Halvar Beck

INSEL 77

EDITION M

Das Buch

Die junge Ärztin Kristin Jørgensen hat erst vor wenigen Monaten ihren Job als Leiterin der Krankenstation auf der Insel 77, einer Nordsee-Bohrinsel, aufgenommen. Ihr Bruder Marius arbeitet dort schon seit Jahren. Gemeinsam wollen sie aufs norwegische Festland zurückfliegen, um den Geburtstag ihres Vaters zu feiern – es könnte sein letzter sein. Doch Marius ist nicht wie geplant an Bord des Helikopters. Alle Kontaktversuche bleiben erfolglos.

Kristin ist zutiefst beunruhigt, erst recht als sie erfährt, dass es in der Vergangenheit schon andere ungeklärte Fälle von vermissten Personen auf der Insel 77 gab. Sie macht sich auf die Suche nach der Wahrheit – zurück auf die von heftigen Stürmen umtoste Bohrinsel – und gerät selbst in größte Gefahr.

Der Autor

Halvar Beck ist das Pseudonym eines erfolgreichen deutschsprachigen Autors. Seit vielen Jahren ist Norwegen sein Sehnsuchtsland, das er besonders gerne auf ausgedehnten Wanderungen und Küstentrips bereist. Natur im Überfluss, das Klima und vor allem auch die Menschen haben es ihm angetan. Die Krimis und Thriller, die er dort ansiedelt, sollen viele Menschen für das Land im hohen Norden begeistern.

HALVAR BECK

INSEL 77

THRILLER

EDITION M

Deutsche Erstveröffentlichung bei
Edition M, Amazon Media EU S.à r.l.
5 Rue Plaetis, L-2338 Luxembourg
Februar 2018

Umschlaggestaltung: semper smile, München, www.sempersmile.de
Umschlagmotiv: © Ivan Zanchetta
1. Lektorat: Kanut Kirches
2. Lektorat, Korrektorat und Satz:
Verlag Lutz Garnies, Haar bei München, www.vlg.de
Printed in Germany
By Amazon Distribution GmbH
Amazonstraße 1
04347 Leipzig, Germany

ISBN 978-1-542-04899-6

www.edition-m-verlag.de

Die Suche

I

DIENSTAG, 8.17 Uhr, Stavanger, Norwegen

Eingesperrt. Sie ist eingesperrt. In wenigen Augenblicken wird der Hubschrauber abheben und sie Hunderte Kilometer weit aufs Meer hinaustragen. Direkt ins Sturmtief hinein.

Kristin Jørgensen versucht, ruhig zu atmen. Sie kann sich in dem sperrigen Hochsee-Überlebensanzug kaum rühren. Aber verkrampfen lässt es sich darin umso besser. Egal, wie oft sie ihre Arm- und Beinmuskeln lockert, der ganze Körper will sofort zurück in die Starre.

Der Schallschutz-Kopfhörer dämpft jedes Geräusch. Alles klingt, als sei sie unter Wasser. Auch auf den hintersten Plätzen bekommt man hin und wieder Einblick in die Vorbereitungsarbeiten der Piloten, wenn man sich ein bisschen verbiegt und zwischen den Kopfstützen der vorderen Reihen hindurchspäht. Links könnte Kristin durchs große Fenster schauen. Wenn sie wollte. Im Moment will sie nur eines: diese Sache so schnell wie möglich hinter sich bringen.

Sie schließt die Augen.

Kein Entkommen. Und kein Zurück. Sie muss sogar froh sein, es überhaupt hierher geschafft zu haben.

Die Gasturbinen gehen auf volle Leistung. Noch sind sie nicht in der Luft, doch schon jetzt schüttelt sich die Sikorsky S-92, als wolle sie sich gegen ihre bevorstehende Aufgabe wehren. Es ist ja auch Irrsinn, heute hinauszufliegen. Doch die nächsten Tage würden kaum besser werden. Sie müssen raus. SIE muss raus. Gut dreihundert Kilometer von der norwegischen Küste entfernt werden die Piloten versuchen, die Landeplattform zu treffen. Wenn sie denn überhaupt in deren Nähe kommen.

Wir müssen.

Als der Hubschrauber vom Boden abhebt, werden die Vibrationen augenblicklich schlimmer. Nun sieht Kristin doch hinaus. Die Maschine dreht langsam. Kaum zehn Meter in der Luft, kippt die Nase nach unten. Ohne dass sie an Höhe verlieren, nehmen sie Fahrt auf, sind eine Minute später schon über dem Meer. Sie spürt die Windböen deutlicher als auf jedem bisherigen Flug. Wie es sich bei prognostizierter Windstärke acht und darüber anfühlen muss, will Kristin sich lieber nicht vorstellen.

Alles ist gut.

Der Gedanke in ihrem Kopf klingt nicht nur wie eine Lüge – es ist eine. Gar nichts ist gut. Man hat sie im Helikopterterminal verständigt, dass es auf der Bohrinsel einen Notfallpatienten gibt, der nicht transportfähig ist, und ihr Narkosemittel und Blutkonserven mitgegeben. Polytrauma. Eventuell innere Verletzungen, möglicherweise Notoperation. Zu allem Überfluss ist gerade kein Arzt vor Ort. Nur die medizinische Assistentin Tuva Bø, die Kristin schon kennt. Tuva ist gut ausgebildet, doch Wunder kann sie keine bewirken.

Kristin wünscht sich, Marius würde neben ihr sitzen. Sie seufzt, greift an ihren Hals, zieht den Reißverschluss etwas nach unten, nimmt das Medaillon zwischen Zeigefinger und Daumen ihrer rechten Hand und drückt es fest.

2

Viele Jahre zuvor, Vossevangen, Norwegen

Kristin hielt den Atem an. Sie konnte nicht einschätzen, was folgen würde. Sie sah zu Mama hoch, deren goldblonde Haare, die mindestens doppelt so lang waren wie ihre eigenen, das Gesicht verdeckten.

Was tut Mama jetzt? Ist sie sauer? Wird sie gleich schimpfen?

Kristin war so empört über Marius. Andererseits fühlte sie sich auf seltsame Weise für ihn und das, was er anstellte, verantwortlich. Sie hoffte, Mama würde nicht laut werden. Er war ja noch klein. Aber dass sein Verhalten nicht durchgehen würde, war sonnenklar.

Was tut Mama jetzt?, fragte sie sich wieder, weil zu lange nichts passierte.

Marius war erstarrt und sah ungläubig auf Mamas Medaillon, das zu Boden gefallen war. Aus seinem Händchen baumelten lose die Enden der dazugehörigen Goldkette. *Die kann auch reißen?*, schien sein Blick sagen zu wollen, aber auch: *Das habe ich nicht gewollt!* Dann hob er seinen Kopf, schaute Mama mit großen Augen an und wartete auf ihre Reaktion.

Bis eben hatte ihr kleiner Bruder noch getobt und geschrien, als hinge sein Leben davon ab, hier an Ort und Stelle stehen bleiben und auf den See hinunterschauen zu dürfen, wo ein schnelles Motorboot seine Kreise zog. Was natürlich viel cooler war, als in die Kirche zu gehen. Schließlich musste Papa auch nie dorthin. Aber Mama sagte immer, bei Papa sei das etwas anderes.

Jedenfalls klammerte sich Marius an einem Zaunpfosten fest wie ein Äffchen und ignorierte Mamas Hinweis, dass sie seinetwegen noch zu spät zum Gottesdienst kämen.

Letztendlich hatte Mama ihren rechten Arm zwischen Marius und den Pfosten gesteckt, ihren widerspenstigen Sohn einfach weggezogen und hochgehoben. Dabei hätte sie doch wissen müssen, was folgen würde! Die blauen Flecken auf Kristins Oberarmen waren Beweis genug, was passierte, wenn Marius etwas nicht in den Kram passte. Kristin fand das total ungerecht. Aber noch konnte sie sich gegen ihn wehren.

Marius hatte um sich geschlagen, gekreischt und an allem gerissen, das er zwischen die Finger bekam – darunter Mamas Kette. Wehe, Papa hätte mitbekommen, was gerade passiert war. Dann hätte Marius ein riesiges Donnerwetter erlebt. Für Mama war dieses Medaillon etwas ganz Besonderes. Papa, Marius und sie hatten es ihr zum zehnten Hochzeitstag geschenkt, mit Fotos von ihnen dreien drin. »Damit du uns immer bei dir hast!«, hat Papa gesagt, und Mama hat vor Freude geweint.

In letzter Zeit hatte Kristin oft beobachtet, wie Mama am Fenster stand, hinunter zum See schaute und dabei das Medaillon an ihrem Hals zart mit den Fingern rieb, als wäre es eine Wunderlampe, die Wünsche erfüllen konnte.

»Was hast du gemacht?«, fragte Mama nach einer viel zu langen Pause. Gott sei Dank klang sie nicht sauer. Eher wie Kindergartentante Heidi, wenn sie wissen wollte, was man gerade gebastelt hatte.

Marius sah drein, als würde er gleich losheulen.

»Er hat es nicht kaputt machen wollen, Mama«, übernahm Kristin die Antwort für den kleinen Bruder und zog sie am Rockzipfel, um die Aufmerksamkeit auf sich zu lenken. »Jungs sind so!«

Dieser Spruch wurde zu einem jener Sätze, den Eltern so gern aus ihrer Erinnerung holen, wann immer von der Kindheit ihrer Nachkommen die Rede ist. *Jungs sind so!* Jedes Mal, wenn Mama die erstaunliche Weisheit aus Kristins Kindermund zitierte, durfte das Medaillon nicht fehlen, das sie zur Untermalung ihrer Erzählung präsentierte.

Kristin erinnert sich noch heute, wie brav Marius den restlichen Tag über gewesen war. Wie ihn der Vater, der nichts von Marius' Missetat wusste, ausdrücklich für seine Folgsamkeit gelobt hatte. Und wie souverän ihre Mutter mit der Situation umgegangen war. Gleich als es passiert war, hatte sie erkannt, dass Marius seine Lektion gelernt hatte, und deshalb auf eine Standpauke verzichtet.

Natürlich war es keine große Sache gewesen, die Kette zu reparieren.

Erst als alles wieder gut war, durfte Papa davon erfahren.

3

DIENSTAG, 9.50 Uhr, über der Nordsee

Jede Bö, die den Hubschrauber an der Seite trifft, erzeugt ein metallisches Krachen. Die Köpfe der achtzehn Männer und Frauen an Bord wackeln synchron hin und her. Kristin sitzt der Schreck von der ersten Bö noch in den Knochen. Nach wie vor bezweifelt sie, dass sie lebend auf der Bohrinsel ankommen werden. Aber die Maschine bahnt sich kraftvoll den Weg.

Sie fliegen ziemlich tief, rasen kaum zwanzig Meter über den Schaumkronen der Wellen dahin. Vermutlich ist der Wind weiter oben noch heftiger. Oder die Piloten brauchen die Sicht nach unten. Oder sie wollen ihre Passagiere – Bohrhelfer, Ingenieure, Maschinenführer und Handwerker sowie Köche, nautische Offiziere, Reinigungskräfte oder eben medizinisches Personal – einfach nur in Atem halten.

Kristin denkt an die Schuld, die sie auf der Insel einzulösen hat. Für Ivar, ihren alten Schulfreund. *Freund?* Ist Ivar noch ein Freund – oder längst eines ihrer vielen Probleme?

Die Wischer an der Frontscheibe arbeiten auf Hochtouren. Sie wäre nie auf die Idee gekommen, dass ein Hubschrauber Scheibenwischer braucht, ist aber logisch, vor allem weil es draußen waagerecht zu regnen scheint. Knapp die Hälfte des Flugs liegt hinter ihnen. Der Sturm zieht und drückt sie in alle Richtungen, die Aluminiumzelle ächzt, sie fallen durch Luftlöcher und werden gleich darauf im Expresslift nach oben katapultiert. Das eigene Körpergewicht reißt an den Gurten. Etwas kullert auf dem Boden herum. Ein Mann bückt sich und stößt gegen den Vordersitz. Er reibt sich den Kopf, als er wieder hochkommt. Würde das auf sicherem Boden passieren, Spott und Schadenfreude wären ihm sicher. Hier lacht keiner.

Die Kopfschmerzen, die sich schon beim Abflug angekündigt haben, werden stärker. Aber sie kann nichts dagegen unternehmen. Sie darf sich nicht verrückt machen. Muss lockerlassen. *Entspann dich, Kristin.* Sie schließt die Augen und versucht es mit autogenem Training, das ihr schon oft geholfen hat. *Arme schwer – Arme schwer – Beine – Körper – der Herzschlag ruhig und gleichmäßig – der Atem …*

Da kracht etwas und reißt sie aus der Konzentration. Abrupt öffnet sie die Lider und bemerkt, dass ein Mann aus der vorderen Reihe sie anstarrt. Sie kennt ihn nicht. Wie auch sonst keinen auf diesem Flug. Rund zweihundert Leute absolvieren zugleich ihren vierzehntägigen Einsatz auf der Bohrinsel, während die Mehrheit der Belegschaft ihre Auszeit an Land genießt. Zwei Wochen Dienst, vier Wochen frei. Es wird noch einige Einsätze dauern, bis sie wenigstens einen Teil der Mannschaft kennt.

»Was ist?«, ruft sie nach vorne, wobei sie ihre eigenen Worte nur als völlig unverständliche dumpfe Laute hört. Sie schüttelt den Kopf, weil der Kerl seinen Blick nicht abwenden will.

Sie überlegt, was er so interessant an ihr finden könnte. Die Idee, er könnte etwas mit dem Mann zu tun haben, der sie bis nach Stavanger verfolgt hat, beunruhigt sie. Aber würde er sich dann so auffällig verhalten?

Endlich schaut er weg und dreht sich zu seinem Nachbarn.

Die beiden stecken die Köpfe zusammen, ziehen die Schutzhörer einen Spaltbreit vom Kopf weg und brüllen sich etwas zu. Kristin meint, *Blondchen* an den Lippen ablesen zu können. Gleich darauf hat sie zwei Beobachter und fühlt sich wie ein Tier im Zoo. Sie versucht, die beiden zu ignorieren, schaut hinaus, aber das macht es nicht besser, im Gegenteil.

»Hey!«, hört sie dumpf und sieht wieder nach vorne. Einer der beiden Komiker hält ihr eine Spucktüte entgegen. Der andere lacht jetzt völlig unverschämt.

Als vorn im Cockpit ein Warnsignal angeht, laut genug, dass man es bis ganz nach hinten hören kann, ist auch den beiden Spaßvögeln vor ihr nicht mehr nach Lachen zumute.

Kristin atmet tief durch, wieder und wieder, bis sie merkt, dass sie gleich zu hyperventilieren beginnt. Der Alarm dringt bis in den letzten Winkel der Kabine. Sie versucht, die Tonfolge an etwas festzumachen, an das sie sich erinnern kann, an etwas Harmlosem, hat aber noch nie ein vergleichbares Geräusch in diesem Hubschrauber gehört. Sie sieht, wie einer der Piloten den Arm hebt und einen Schalter umlegt, aber das schauerliche Geräusch bleibt. Ist eine Turbine ausgefallen? Die Maschine hat zwei davon. Eine reicht aus, besagt die Theorie. Sie sind schon viel zu weit über dem Meer, um umzukehren. Aber wer soll sie retten, wenn sie jetzt gleich notwassern müssen? Wie lang kann sie mit dem Schutzanzug überleben, und noch wichtiger, kommt sie – und kommen alle – überhaupt rechtzeitig aus der Passagierkabine? Sie erinnert sich an den Überrollsimulator. Schon im Training im Schwimmbecken war es ein Horror, kopfüber aus dieser Helikopterzelle zu gelangen. »Hubschrauber haben den Schwerpunkt nun mal oben!«, erklärte der Ausbilder die Notwendigkeit, sich kopfüber unter Wasser aus der Kabine befreien zu können. Luft anhalten, Gurt lösen, Augen auf und raus. Aber wie öffnet man die Ausstiegstür noch mal, wenn sonst niemand mehr dazu in der Lage sein sollte?

Ein fliegender Sarg. Nichts anderes ist diese Maschine, denkt sie und spürt, wie sehr sie zittert. Ihre Finger sind eiskalt. Sie schluckt, schaut zum Fenster hinaus, sucht einen Fixpunkt, sieht aber nichts als die Schaumkronen der Wellen. Immerhin hält der Hubschrauber seine Höhe und bewegt sich weiter vorwärts. Wieder und wieder streichen Wolkenfetzen und dichte Regenschwaden um die Aluminiumzelle der Sikorsky, rasend schnell. Ein heilloses Durcheinander – und sie mittendrin. Keine Bohrinsel weit und breit. Die käme auch viel zu früh, denn der Flug dauert regulär noch eine knappe Stunde. Diese verfluchten Böen!

Eiskalte Schauer ziehen über ihren Rücken.

Keine Schwäche zeigen. Tapfer sein.

Ein Seitenblick verrät, dass es der Mann rechts neben ihr jetzt auch mit der Angst zu tun bekommt. Er hat seine Hände ineinander verschränkt und die Augen zugekniffen. Seine Lippen bewegen sich schnell. Kristin wettet, dass er gerade sein letztes Gebet spricht.

Aber beten will sie nicht.

Außerdem kann sie nicht mehr beten.

Seit dem Tag, an dem Marius verschwunden ist.

4

Vier Wochen zuvor, Insel 77

Kristin war nervös. Sie saß mit den anderen im Bereitschaftsraum und steckte schon im Schutzanzug. In der Ecke lag das Gepäck. Draußen hörte man den Helikopter kommen, er landete, gleich darauf trotteten die Neuankömmlinge an ihrem Raum vorbei. Nur noch wenige Augenblicke, dann mussten sie raus.

Sie stand auf. Der Einweiser streckte ihr die Handfläche entgegen, als sie sich der Tür näherte. »Warten!«, bellte er knapp.

»Ich muss noch einmal zurück! Ich … ich habe unten etwas vergessen.«

»Du wartest hier wie alle anderen. So sind die Regeln. Wenn etwas liegen bleibt, kommt es eben mit der nächsten Maschine nach.«

Kristin musste Gewissheit haben, wo Marius steckte. Er musste mitkommen!

»Bitte!«, flehte sie.

Der Mann schüttelte nur den Kopf.

»Ich muss auf die Toilette«, gab sie vor.

»Dann geh, aber schnell!«, sagte der Einweiser und begleitete sie nach draußen.

Mist!, dachte sie, als er ihr die direkt daneben liegende Tür aufhielt. Dass hier ein WC war, hatte sie nicht gewusst. Sie ging hinein, sperrte zu, zog den schweren Reißverschluss auf und griff an ihre Jeans, um ihr Handy hervorzuholen.

Sie schaltete den Flugmodus aus. *Wo steckst du?*, tippte sie hastig und schickte die Nachricht ab, nachdem sich das Handy endlich ins bordeigene Mobilfunknetz eingeloggt hatte – eine Annehmlichkeit, die es mittlerweile auf vielen Norgoil-Inseln gab. Während sie auf die Empfangsbestätigung wartete, überlegte sie. Sie hatte Marius seit dem letztem Abend nicht mehr gesehen. Aber er hätte doch garantiert protestiert und sie informiert, wenn er länger bleiben müsste – noch dazu heute, wo er genau wie sie unbedingt zu Vater nach Hause wollte.

Die »Zugestellt«-Meldung kam nicht. Also rief sie die Nummer an, hörte aber nur eine Ansage, dass der Teilnehmer derzeit nicht erreichbar sei.

Sie schüttelte den Kopf. »Was machst du dich verrückt!«, schimpfte sie mit sich selbst, gerade so laut, dass man es draußen nicht hören konnte. Dann zog sie den Reißverschluss wieder bis zum Hals hoch, öffnete einen Spalt des Neoprenkragens und ging in die Hocke, um die überschüssige Luft im Anzug abzulassen – ganz wie es diese übertrieben peniblen Vorschriften wollten. Aber das Handy würde sie trotzdem auf Empfang lassen.

Da hämmerte jemand an die Tür. »Doktor, komm!«, rief der Einweiser. »Schnell! Sind schon alle oben am Einsteigen!«

Sie verließ das WC und rief ihm entgegen: »Marius Jørgensen. Hast du ihn gesehen? Er soll auch mitfliegen.« *Er MUSS mitfliegen*, verbesserte sie sich in Gedanken.

»Alle sind oben. Komm jetzt, Jørgensen!«, sagte er zackig und fasste sie am Arm.

Als sie vor dem Helikopter stand, dessen Rotorblätter sich schon drehten, ärgerte sie sich, dass sie sich diese Bevormundung gefallen ließ. Wo war sie hier? In einem Straflager?

»Mach schnell! Es geht los!«, sagte ein zweiter Einweiser, der gerade einen Passagier angeschnallt hatte, und deutete auf einen freien Platz direkt bei der Tür.

»Kann ich hinten sitzen?«, rief sie laut, um Zeit zu schinden. Vielleicht war Marius einfach irgendwie aufgehalten worden und würde in letzter Sekunde kommen …

»Hey, Prinzessin, keine Sonderwünsche. Jeder bekommt einen Platz. Einer ist so gut wie der andere. Rein in die Maschine!«

Auch der zweite Mann griff ihr jetzt an den Oberarm, doch sie wand sich frei. »Lass das!«, protestierte sie und stieg so langsam wie möglich in die Sikorsky, während ihr Blick durch die Reihen flog. »Marius? Marius Jørgensen? Ist er hier? Marius, bist du da?«, rief sie in die Kabine.

Noch bevor jemand hätte antworten können, griff ihr der Einweiser an die Hüfte und schob sie in die Maschine. Einige Passagiere lachten.

»Los-las-sen!«, schrie sie und versuchte, sich zu wehren, doch der Mann war stark und drückte sie grinsend in den Sitz. Wenige Sekunden später war sie per Vierpunktgurt angeschnallt und so festgezurrt, dass sie kaum noch Luft bekam. Dann knallte die Schiebetür zu und die Turbinen heulten auf.

Zwei Stunden später, Flughafen Stavanger

Er war nicht da. Marius war nicht da. Kristin verließ den Hubschrauber als Erste und wartete direkt neben der Schiebetür, aber er war nicht an Bord. Sie fragte die letzten fünf Passagiere einzeln nach ihm, erntete aber nur Kopfschütteln.

Als alle draußen waren, stieg sie in den Hubschrauber zurück und befragte die Piloten. Doch auch die konnten ihr nicht helfen. Selbst darauf, ob alle Plätze besetzt waren oder einer frei geblieben war, konnten sie unmöglich achten, sagte man ihr.

Sie ging die Sitzreihen ab, bückte sich mehrmals, als hätte Marius sich darunter oder hinten beim Gepäck verstecken können. Dann stieg sie aus und schlich zum Helikopterterminal. Er hätte diesen Flug niemals verpasst, ohne ihr Bescheid zu sagen. Sie wusste, wie sehr er an Vater hing. Er hätte alles getan, um an diesem Tag bei ihm zu sein. Marius hätte Kristin angerufen, eine Nachricht geschrieben oder sie sonst wie verständigt – es gab schließlich Möglichkeiten genug. Er war zwar nie der verlässlichste Mensch gewesen, aber das hier passte einfach nicht zu ihm.

Kristin wurde immer unruhiger.

Jemand winkte sie heran, rief ihr entgegen, sie solle endlich ins Terminal kommen. Kristin zögerte kurz, doch schließlich blieb ihr nichts übrig, als der Aufforderung zu folgen. Ein Passagierflugzeug donnerte wenige Hundert Meter entfernt über die Startbahn und machte es unmöglich, die Zurechtweisung zu verstehen, die der erboste Mann ihr im Vorbeigehen noch zu erteilen versuchte.

Derselbe Mann gab sich bald darauf kooperativer und sah in seine Aufzeichnungen, rief sogar beim Flugdienst und dem Personalverantwortlichen auf der Bohrinsel an – doch weiterhelfen konnte ihr niemand. Dass Marius laut den offiziellen Listen nicht an Bord des Hubschraubers gewesen war, es aber eigentlich hätte sein müssen, wusste sie selbst. Aber mit dieser Bestätigung wuchs auch ihre Unruhe, und so beschloss sie, gleich alle Hebel in Bewegung zu setzen, die sie in die Hände bekam.

Nachdem der Mann vom Bodenpersonal ihr noch versichert hatte, Meldung zu machen und an der Sache dranzubleiben, stand sie wenige Minuten später schon am Schalter der Flughafenpolizei, wo sie von einer hochnäsigen Beamtin abgefertigt wurde.

»Beruhigen Sie sich, Fräulein. Rufen Sie Ihren Freund einfach an, und Sie werden sehen, er kommt mit dem nächsten Flug.

»Er ist nicht mein F…«, fing Kristin an, erkannte aber, dass die Information überflüssig war, und sagte stattdessen: »Es gibt keinen weiteren Flug heute. Er hätte es mir hundertprozentig ausgerichtet! Also suchen Sie ihn!« Dabei erkannte sie selbst, wie unrealistisch das klang.

»Wie sollen wir das denn machen, hm? – Wo soll er schon hingekommen sein, auf einer *Bohrinsel*? – Ist er denn überhaupt vermisst oder bloß verspätet?«

Es gab keinen Zweifel, dass die Frau ihre Sorge für völlig übertrieben und überflüssig hielt. Doch Kristin hatte darauf bestanden, sich nicht von der Stelle zu rühren, bevor nicht ein Protokoll aufgenommen wurde – was widerwillig, aber doch passierte.

Eine Stunde später blieb ihr nichts anderes übrig, als alleine nach Hause zu fahren.

Sie musste zu ihrem Vater.

5

DIENSTAG, 10.31 Uhr, über der Nordsee

Dieses unausstehliche Alarmsignal plärrt nun schon seit einer Ewigkeit. Ihre Befürchtung von vorhin hat sich bestätigt. Wie sich inzwischen bis zu ihr nach hinten durchgesprochen hat, ist eine der beiden Antriebsturbinen ausgefallen und lässt sich nicht mehr starten. Und das im schwersten Sturm seit Monaten – wo die Nordsee schon bei Durchschnittswetter eine Herausforderung darstellt. Sie sollen sich keine Sorgen machen, hat der Pilot über die Lautsprecher gebrüllt, ein Triebwerk würde locker reichen. Dabei hat er selbst ziemlich beunruhigt geklungen, wie Kristin fand.

Ihr Kopf pocht. Lange wird sie nicht mehr durchhalten. Ob vom Fliegen oder der Migräne – sie wird womöglich doch noch zur Spucktüte greifen müssen. Ihr graut davor. Überhaupt vor allem. Auf der 77 wartet ein schwer verletzter Patient auf sie, den sie vielleicht sogar operieren muss. Wie um Himmels willen soll sie ihm in ihrem Zustand helfen? *Wenn wir es überhaupt schaffen*, fügt die Pessimistin in ihr noch hinzu.

Da sieht sie, wie sich Passagiere in den vorderen Reihen

zum Fenster beugen, andere machen es nach. Schnell schaut sie selbst hinaus und entdeckt sie auch.

Die 77.

Die 77, wiederholt sie den Gedanken zwangsläufig. Die siebenundsiebzigste Bohrinsel des Konzerns. Aber das ist nicht alles. Dank Ivars Recherchen weiß sie: Hinter der Zahl 77 steckt mehr.

Wie ein Fels in der Brandung liegt der Stahlkoloss da, geschätzt zweihundert Meter schräg unter ihnen, umtost von Monsterwellen. Der nach oben spitz zulaufende Bohrturm, auf dem die Gasfackel brennt, wirkt wie ein gigantischer Leuchtturm mitten im Nirgendwo.

Sie arbeiten sich schnell an die Landeplattform heran. Die vielen Stöße aus allen Richtungen, denen die Piloten heftige Steuerbewegungen entgegensetzen, lassen sie Schlimmes für die Landung befürchten.

Die Bohrinsel füllt immer mehr ihres Seitenfensters aus. Kristin kann bereits den Wohntrakt sehen, den großen Turm, die meterdicken Betonpfeiler, die die ganze Konstruktion in Dutzenden Metern Tiefe auf dem Meeresgrund verankern. Aufgewirbelte Gischt erschwert die Sicht. Noch zwanzig Meter … noch zehn …

Dann spürt sie einen harten Schlag.

10.33 Uhr, Insel 77

»Raus, raus, raus! Alle sofort raus!«, schreit der Einweiser in die Kabine.

Kristin reißt die Augen auf. Es ruckelt, vibriert und stinkt. Arme fliegen durcheinander, Menschen befreien sich von ihren Gurten, springen in die Höhe und nach vorn, zur Schiebetür hin, Wind und Regen dringen herein, mit ihnen auch der typische schwere Geruch der Insel, eine Mischung aus Maschinenöl, Abgasen und Meer.

Sie schnallt sich ab und zieht sich an der Kopfstütze des Vordermanns nach oben, um aufzustehen, muss aber gebückt warten, bis sie weiterkommt. Kristin wird die Letzte sein, die den Helikopter verlassen kann. Wieso muss sie auch ganz hinten sitzen?

Der Aufschlag war heftig. Und laut. Kristin versucht, nach vorn zu sehen, zu erkennen, was die Piloten gerade tun, aber keine Chance, da herrscht viel zu viel Durcheinander. Es scheint, als hielten sie sich zum sofortigen Abheben bereit, was auch erklären würde, warum die Rotorblätter immer noch auf hoher Drehzahl arbeiten.

»Schneller!«, keift der Mann vom Inselpersonal, der für den Hubschrauber zuständig ist.

Ein Passagier nach dem anderen springt hinaus, doch es geht viel zu langsam. Immer wieder drückt der Wind, kreischt Metall, und wenn sie es richtig interpretiert, hat ein Windstoß die Maschine gerade seitlich versetzt.

»Und los! Und – los!«, schreit der Einweiser wieder, packt einen nach dem anderen am Arm und reißt ihn heraus, als seien sie militärische Fallschirmspringer. Endlich kann sich auch Kristin dem Ausstieg nähern und besser sehen, was vor sich geht. Da erkennt sie das Problem: Sie sind ganz am Rand der Hubschrauberplattform gelandet, um Haaresbreite am Absturz vorbei.

»Jetzt mach endlich, verflucht!«, verliert ein Mann vor ihr die Beherrschung und schiebt seinen Vordermann heftig an. Der verliert das Gleichgewicht, stürzt hinaus, direkt auf sein rechtes Knie. Er versucht, wieder auf die Beine zu kommen, jemand will ihm helfen, aber es geht nicht. Mit schmerzverzerrtem Gesicht lässt er sich zu Boden sinken und brüllt auf. Sie ahnt, dass er sich schwer verletzt hat. Und was noch schlimmer ist: Er blockiert die Tür! Endlich ziehen ihn zwei Männer weg, die selbst Mühe haben, sich in den Böen draußen auf den Beinen zu halten. Wieder verschiebt es die Sikorsky ein Stück …

Dann springt auch Kristin nach draußen. Dank ihres regelmäßigen Trainings kann sie den Sprung locker abfedern, aber eine Bö macht es ihr schwer, auf den Beinen zu bleiben. Regen klatscht ihr ins Gesicht, von oben und scheinbar auch von unten und aus allen Richtungen, wild durcheinandergewirbelt von den Rotorblättern.

Sie duckt sich und läuft den anderen nach.

Als sie fast schon an der Treppe ist, die von der Landeplattform hinunterführt, hört sie einen Mann hinter sich schreien. Sie reißt ihren Kopf herum und sieht, wie sich der Helikopter unwirklich langsam zur Seite neigt. Der Einweiser wedelt aufgeregt mit den Armen, als sei den Piloten nicht längst klar, was passieren wird, wenn sie jetzt nichts tun: Sie werden über den Rand ins Meer hinabkippen. In Kristins Vorstellung zeichnet sich das Szenario bereits detailreich ab, da hebt sich der Hubschrauber kraftvoll in die Luft und vollführt eine Steuerbewegung, die ihn wieder ins Gleichgewicht bringt. Die Maschine dreht in den Wind und kommt näher, der Plattformbedienstete führt sie mit den typischen Armbewegungen heran, doch eine seitliche Bö erfasst sie und schiebt sie schnell fort, sodass sich die Piloten entschließen abzudrehen.

Mit nur einer Turbine werden sie kaum weitere Landeversuche unternehmen – *Safety first* heißt es doch immer. Die Passagiere sind raus. Aber was ist mit ihrem Gepäck? Soweit Kristin es beobachten konnte, hatte man es noch nicht ausgeladen. Aber sie braucht die Medikamente – das Propofol und die Blutkonserven. Wie soll sie ohne Narkose operieren? Und was soll sie ohne ihre Ersatzkleidung, ihre Alltagsnotwendigkeiten machen?

Der Schlüssel ist auch im Gepäck.

Sie MÜSSEN wieder landen!

Da fasst sie jemand hart am Arm und dreht sie um. »Los jetzt, runter von der Plattform! Hier ist es zu gefährlich!«, brüllt ein Mann mit Helm und Leuchtweste und zieht sie weiter.

Kristin sieht, dass die anderen Passagiere bereits auf dem Weg nach unten sind. Sie reißt den Kopf herum. Der Einweiser hat seine Unterarme zu einem X geformt, auch für sie als Laie ein eindeutiges Zeichen an den Hubschrauber, keinen weiteren Landeversuch zu unternehmen. Die Landescheinwerfer der Sikorsky blinken zweimal, dann dreht die Maschine ab und entfernt sich schnell.

»Ich bin Ärztin! Die Medikamente! Blutkonserven! Im Hubschrauber!«, schreit sie, doch der Mann, der sie immer kräftiger mit sich zieht, schüttelt nur den Kopf.

Dann heult der Alarm los.

Ihr bleibt nichts übrig, als sich gedanklich von ihrem Gepäck, dem rätselhaften Schlüssel, dessen Schloss sie suchen wollte, und von den Notfallsachen zu verabschieden.

Am Ende der Metalltreppe, die von der Landeplattform nach unten führt, wartet jemand. »Jørgensen? Doktor Jørgensen?«, schreit sie ein Mann aus Leibeskräften an, um sich gegen den Alarm durchzusetzen.

»Ja?«

»Sie sollen mitkommen!«, sagt er und greift wie der Mann zuvor nach ihrem Oberarm.

»He!«, protestiert sie und reißt sich los. »Was soll das?«

Ihre Wehrhaftigkeit überrascht ihn sichtlich. Er hebt beschwichtigend die Hände. »Mitkommen!«, wiederholt er im Befehlston, dreht sich um und geht los.

Kristin glaubt, dass er sie gleich auf ihre Station bringen will, wo der Verletzte auf sie wartet. Der Alarm dröhnt immer noch ohrenbetäubend, als sie das Innere der 77 erreichen. Ohne sich nach ihr umzuwenden, steigt der Mann die Treppe hinauf.

»Zur Krankenstation geht's runter!«, ruft Kristin und bleibt stehen.

»Sie sollen sofort zu Kapitän Skeide kommen. Los!«, drängt er.

»Man hat mir gesagt, es steht schlecht um den Patienten. Ich muss auf der Stelle nach ihm sehen.«

»Nein. Sie sollen zum Kapitän. Ich muss Sie zu ihm bringen. Los jetzt, sofort, Jørgensen!«, befiehlt er lauter als nötig und eilt voraus.

Kristin atmet tief durch und folgt ihm.

6

Vier Wochen zuvor, Vossevangen

»Hallo, Papa!«, rief sie Haakon Jørgensen entgegen, als sie ihn nach der anstrengenden Autofahrt von Stavanger nach Vossevangen hinter dem Haus in seinem Gemüsegarten entdeckte. Gemessen an seinem Zustand, brachte er dort immer noch Erstaunliches zuwege.

Er richtete sich langsam auf, Wirbel für Wirbel, genau wie sie es ihm gezeigt hatte, nachdem er letztes Jahr über Probleme mit seinen Bandscheiben geklagt hatte. Es war ebenfalls erstaunlich, was er sich einerseits merken konnte – und wie viel er andererseits vergaß.

»Mein Mädchen!«, rief er zurück, lächelte über beide Ohren und winkte sie mit seinen mit Erde beschmutzten riesigen Händen heran.

Sie umarmten sich, wie sie es seit jeher taten, wenn sie sich länger nicht gesehen hatten. Er strich zärtlich über ihre langen Haare. Dann traten sie beide einen Schritt nach hinten und sahen sich an.

»Aber sag, wie viel hast du bloß abgenommen?«, staunte er.

»Gar nichts«, antwortete sie automatisch. Er fragte sie ständig danach, sicher, weil sein Gedächtnis sie als das Pummelchen gespeichert hatte, das sie in ihrer Jugend gewesen war.

»Na meinetwegen. Du hast mir gefehlt, Kind.«

»Und du mir erst. Alles Liebe zum Geburtstag, Papa.«

Er lächelte. Die Fältchen um seine Augen verrieten, dass er in seinem Leben gern und viel gelacht hatte. Trotz allem, was das Schicksal ihm beschert hatte. *Ihnen*, verbessert sie den Gedanken. Ihm, Marius und ihr.

»Wo ist Marius?«, stellte er die Frage, vor der Kristin sich schon seit Stunden fürchtete.

»Der – kommt nach«, stammelte sie.

»Hat wohl viel um die Ohren auf der Insel, hm?«, fragte ihr Vater mit seiner Seebärenstimme. »Kann ich verstehen. Zu meiner Zeit waren die Plattformen kleiner.«

Und gefährlicher, dachte Kristin.

»Und gefährlicher!«, sagte ihr Vater. »Ein Wunder, dass ich das alles heil überstanden habe. Einmal wäre ich fast in der Nordsee gelandet.«

»Ich weiß«, sagte Kristin schnell und hoffte, er würde auf die Geschichte verzichten, die sie schon hundert Mal und öfter gehört hatte – wobei sie natürlich froh darüber war, dass es bei einem Beinaheunfall geblieben war.

»Verständlich, dass er alle Hände voll zu tun hat auf diesem Riesending. Und was machst DU dort bloß? Frauen haben da draußen nichts verloren, wenn du mich …«

»Kristin!«, unterbrach ihn, gerade rechtzeitig, eine Stimme aus dem Nachbarhaus.

»Hallo, Irma!«, grüßte sie die Frau, die es möglich machte, dass Haakon immer noch in seinem Zuhause leben konnte.

»Können wir dann endlich feiern? Der Kuchen ist noch ofenwarm.«

Kristin blieb still. Ihr Vater sah zu Irma und dann wieder zu ihr, als wüsste er nicht, wie ihm geschieht.

»Was ist denn?«, wurde er ungeduldig. »Irgendwas stimmt nicht, oder? Wieso seht ihr mich so an? Habe ich wieder etwas falsch gemacht?« Und leiser: »Es ist – es ist irgendwas mit meinem Kopf, ich weiß nicht …«

»Nein, Papa. Nichts. Alles ist gut.«

»Aber ich merk es doch genau, dass etwas ist!«

Seine Intuition ließ ihn noch nicht im Stich – wenn er den Grund dafür auch fälschlicherweise bei sich selbst suchte. Sie wusste, wie sehr Marius an Vater hing. Er hätte den runden Geburtstag niemals versäumt. Aber sie durfte ihm nichts von seinem Verschwinden erzählen. Also schüttelte sie nur den Kopf, drehte sich weg und wischte sich schnell die Augenwinkel. Dann lächelte sie ihn an.

Haakon fuhr fort: »Na meinetwegen. Dann ist eben nichts. Vielleicht sagst du es mir ja später. Ich kann die Wahrheit schon vertragen.«

»In Ordnung, Papa.«

»Wo ist Marius?«, wiederholt er.

»Der kommt später, Papa.«

»Wie war's auf der Bohrinsel?«

»Alles super«, log sie, als sie Seite an Seite zu Irmas Haus spazierten.

»Ich versteh's ja immer noch nicht«, sagte er.

»Bitte fang nicht wieder damit an, Papa«, flehte sie und wusste zugleich, dass sie keine Chance hatte, seinem Vortrag zu entgehen.

»Schau! Da! Da drüben liegt das Voss-Hospital. Ich kann fast hinüberspucken. Die suchen händeringend Ärzte wie dich. Und du? Du musst wie wir Männer zum Öl rausfliegen. Warum? Wegen des blöden Geldes? Ich geb dir, so viel du willst. Du könntest bei mir leben und zu Fuß zur Arbeit gehen. Wie oft hast du das in Norwegen, hm? Wo ist's denn schöner als bei uns in Vossevangen? Wo?«

Sie antwortete nicht. Aus seiner Sicht mochte das alles richtig sein. Und sie war gern hier bei ihm in Vossevangen. Aber es gehörte nicht zu ihrem Lebensentwurf, bis ans Ende ihrer Tage am Ort ihrer Geburt zu bleiben.

»So, reinkommen!«, sagte die Nachbarin, die regelrecht aufgeblüht war, seit sie sich um Haakon kümmerte. *Kümmern durfte*, wie sie es ausdrückte. Ihre Kinder und bald danach auch ihr Mann waren in alle Windrichtungen davongeflogen – woraufhin Irma sich in ihren vier Wänden verkrochen hatte. »Ich bin froh, dass ich wieder eine Aufgabe habe!«, hatte sie Kristin schon mehrmals gesagt, als diese das schlechte Gewissen wegen ihres Vaters drückte – und tatsächlich sah man wieder Lebensfreude in der Frau keimen. Dass Vater und sie sich wunderbar verstanden und trotz seiner Erkrankung so harmonisch wirkten, als wären sie ein Paar, war eine glückliche Fügung des Schicksals. Es war, als hätte jemand da oben gemerkt, dass man diesen beiden Menschen allzu übel mitgespielt hatte, und würde jetzt versuchen, einen Teil des Schadens wiedergutzumachen.

»Na, was sagst du jetzt, Haakon?«, fragte Irma stolz und stemmte die Hände in die Hüften.

Dieser blieb vorm Küchentisch stehen und starrte auf den Kuchen, dessen Oberseite mit einer Sechs und einer Null aus Marzipan verziert war. »Wer hat denn Geburtstag?«, fragte er.

7

DIENSTAG, 10.48 Uhr, Insel 77

Sie stehen vor dem Eingang zur Brücke. Der Mann, der sie an der Landeplattform abgeholt hat, klopft an die Metalltür.

»Reinkommen!«, bellt jemand.

Sie treten ein. Kristin erkennt Jacob Skeide, der noch einen aufgeregten Funkspruch wegen des Hubschraubers absetzt und sie dann zu sich winkt. Obwohl seine offizielle Berufsbezeichnung »Facility Manager« ist, lässt er sich von allen mit Kapitän ansprechen – und wehe, man hält sich nicht dran. Diese Eigenart gehört zu den ersten Dingen, die man lernt, wenn man auf die 77 kommt.

Kristin hat Skeide bisher nur einmal getroffen – und sich auf der Stelle Sorgen um seinen Cholesterinspiegel und den Blutdruck gemacht. Ärztekrankheit. Ständig muss man sich vorsehen, sich nicht zu sehr in fremde Lebensgewohnheiten einzumischen. Besonders bei Menschen wie ihm – kaum vierzig und bereits auf dem besten Weg zum Herzinfarkt.

»Macht einer den gottverdammten Alarm aus? Der Heli ist schon einen halben Ozean weit entfernt, zum Donnerwetter! Was soll jetzt noch passieren?« Gleich darauf ist es herrlich still.

»Ah, Jørgensen. Gott sei Dank sind Sie alle wohlauf. Muss ja ein schlimmer Flug gewesen sein. Draußen ist richtig der Teufel los.«

»Sie müssen den Hubschrauber zurückholen«, drängt sie, statt auf seine Begrüßung einzugehen.

Der Kapitän zieht beide Augenbrauen hoch, was ihm einen dümmlichen Ausdruck verleiht. »Wieso?«, fragt er verblüfft. »Sind doch alle raus, nicht?«

»Das Gepäck! Ich habe Medikamente. Betäubungsmittel und Blutkonserven. Die Sachen aller Passagiere sind noch an Bord.«

Er nickt und sie hofft schon, er würde gleich einen Funkspruch an den Helikopter absetzen, als er sagt: »Das geht nicht mehr. Sie werden auf die Sachen verzichten müssen.«

»Unmöglich! Holen Sie ihn zurück! Können die das Gepäck nicht abwerfen?«

»Abwerfen?«, wiederholt er ungläubig.

»Ich brauche die Sachen unbedingt!«

»Wie stellen Sie sich das vor? Die haben nur noch ein Triebwerk! Es ist schon ein Wunder, dass sie überhaupt landen konnten. Hören Sie, Jørgensen. So leid es mir tut, Sie werden ohne das Zeug auskommen müssen. Punkt.«

»Aber …«

»Keine Chance!«

Sie starrt ihn fünf Sekunden lang an, bemüht, ihn ihr Missfallen deutlich sehen zu lassen. Aber es nützt nichts – auch *seine* Körpersprache ist eindeutig.

»Ich sollte herkommen?«, versucht sie, die Sache zu beschleunigen. Sie muss jetzt auf der Stelle zum Verletzten.

»Ja, Jørgensen. Ich will noch warten, bis Braathen hier ist. Sie können sich inzwischen das Ding da ausziehen. Sie sauen uns ja die ganze Brücke voll«, sagt er und zeigt auf ihren Überlebensanzug und die Pfütze, in der sie steht. Dann wendet er sich ab, tritt hinter einen seiner Mitarbeiter und beobachtet dessen Kontrollpulte. »Versuchen Sie es weiter!«, herrscht er ihn an.

Während sich Kristin aus dem Überlebensanzug schält, überlegt sie fieberhaft, was er will. Es könnte mit der Krankenstation zu tun haben. Mit dem Verletzten vielleicht? Oder mit dem Verfolger in Stavanger? Braucht die Polizei ihre Aussage? *Oder geht es hier um Marius?* Im Handumdrehen verdoppelt sich ihre Herzfrequenz. Weiß Skeide, was mit ihm ist? Wurde er gefunden? Sie muss es erfahren. Jetzt sofort. Also nimmt sie allen Mut zusammen und drängt: »Kapitän, ich muss runter auf die Krankenstation. Also, was möchten Sie mir sagen?«

Skeide dreht sich langsam um – zu schnellen Bewegungen scheint sein feister Körper gar nicht fähig zu sein – und mustert sie seltsam. »Wieso haben Sie es so eilig?«

»Wegen des Mannes mit den inneren Verletzungen. Der, den ich operieren sollte.«

»Ach so, ja – der ist tot«, sagt er fast beiläufig. »Ich habe vor einer Stunde von Tuva Bø Bescheid bekommen. Bedaure.«

»Gestorben?«, fragt sie und drängt das Gefühl zurück, verantwortlich zu sein. Sie kann nichts für die Verspätung. Selbst wenn sie pünktlich angekommen wären, hätte es nichts genützt. »Wie ist der Unfall passiert?«, will sie wissen.

»Ja … blöde Sache. Wie es der Teufel will. Materialbruch an einem Kranmast, und der Arbeiter darunter. War nicht mehr viel zu machen. – Ah, hallo, Sam, komm rein! Sie ist da.«

Ein Schrank von Mann betritt die Brücke. Sein rundes Gesicht bildet einen seltsamen Kontrast zum XXL-Format seines Körpers. »Sam Braathen. Sicherheitschef«, stellt er sich vor und reicht ihr die Hand. »Und Sie sind Kristin Jørgensen, die Ärztin.«

Kristin nickt, schüttelt ihm die kräftige Hand und bemüht sich, nicht auf Braathens überdimensionierten kahl rasierten Schädel zu starren.

»Meine Güte, was für ein eiskaltes Händchen«, sagt der Riese.

»Was ist denn los?«, drängt sie. »Was wollen Sie von mir?«

»Doktor Jørgensen«, fängt Kapitän Skeide an, »wir haben erfahren, dass Sie sich an Land mehrere Male an den Norgoil-Konzern gewandt haben, an unterschiedlichen Stellen – auch an Polizei und Medien –, wegen Ihres Bruders.« Kapitän Skeide plustert sich auf. »Wissen Sie, wie oft mich die Firma wegen Marius Jørgensen behelligt hat, von wegen, wo er steckt, und was weiß ich nicht alles? Wissen Sie, wie das aussieht? Als hätte ich nichts im Griff! Und dann bringen Sie meine Insel auch noch in die Zeitung. Mit schweren Vorwürfen! Bei allem Verständnis für Ihre Situation: Was denken Sie sich eigentlich dabei, Jørgensen?«

Sie spürt, wie ihr das Blut in den Kopf steigt, vor Scham und Empörung zugleich.

»Marius ist nicht an Bord«, sagt Sicherheitschef Braathen ruhig.

»Nein, ist er nicht!«, ruft Skeide lauter. »Wir haben jeden Winkel zweimal durchsucht. Es tut mir leid, er ist nicht mehr da. So. Aber ich sage Ihnen eins, Jørgensen. Wenn es nach mir ginge, hätten Sie gar nicht mehr herkommen dürfen. Ich dulde keine Problemmacher auf meiner Insel. Einmal Probleme, immer Probleme. Sie sind so ein typischer Problemmensch. Sie stecken Ihr hübsches Stupsnäschen in Dinge, von denen Sie nichts verstehen, und fallen anderen damit in den Rücken, Jørgensen. Wenn es nicht so wenige Ärzte gäbe und wir Sie nicht so dringend bräuchten … ich sage Ihnen … ich sage Ihnen …« Er muss sich nach vorne beugen und Luft holen. Dann richtet er sich wieder auf. »Also schön. Ich verstehe, dass es nicht einfach ist. Aber ich muss darauf bestehen, dass Sie die Schnüffelei beenden. Sie werden Ihren Bruder hier nicht finden. Tun Sie Ihren Dienst und nicht mehr, Jørgensen. Verstanden?«

Kristin spürt die Tränen kommen. Es sind Tränen der Wut. Wie hat er sie genannt? Problemmensch? Wer ist er, dass er sich so etwas erlauben darf? Was hat sie schon getan, außer nach ihrem Bruder zu suchen, so gut es an Land eben ging? Wieso versteht er das nicht? Sie will protestieren, bringt aber kein einziges Wort über die Lippen.

»IST DAS KLAR, WILL ICH WISSEN!«, schreit Kapitän Skeide plötzlich.

Sosehr es Kristin widerstrebt, bleibt ihr nichts anderes übrig, als zu nicken.

Skeide fährt ruhiger fort: »Manchmal passieren solche Dinge eben. Man kann in Menschen nicht hineinschauen. Hier draußen ist man schnell den Naturgewalten überlassen … man muss nur einen stillen Winkel suchen und …«

Will er gerade andeuten, Marius habe sich etwas angetan? Kristin sieht alles verschwommen, will sich aber nicht die Blöße geben, ihre Augen zu trocknen. *Sie sind für die Menschen auf der Bohrinsel verantwortlich!*, liegt ihr auf den Lippen, aber er hat sie so überfahren, dass sie es nicht herausbringt.

»Also, kann ich mich auf Sie verlassen, Jørgensen?«

Du kannst mich mal!, denkt sie und bleibt still.

»KANN ICH MICH AUF SIE VERLASSEN?«, brüllt er wieder.

»Ja!«, antwortet sie wütend.

»Wir werden ein Auge auf Sie haben, vergessen Sie das nicht. Ich dulde keine Einmischungen. Und jetzt gehen Sie.«

Als sie von der Brücke ist, ärgert sie sich. Sie hätte Kapitän Skeide nach Marius' persönlichen Sachen fragen sollen. Und noch viel mehr. Egal, ob er sie zur Schnecke macht oder nicht.

»Geht's Ihnen gut, Doktor?«, fragt Sam Braathen, der vor ihr die Treppe hinuntersteigt.

»Nicht besonders«, antwortet sie wahrheitsgemäß. Die

Besserung ihres Befindens, die sie mit der Ankunft zu fühlen glaubte, ist wieder dahin.

Er bleibt stehen, dreht sich um und sieht sie an. »Ich nehm den«, sagt er und greift nach dem Schutzanzug, dann auch nach den Schallschutzhörern. »Muss eine schlimme Sache gewesen sein in dem Heli. Sie sind noch ganz blass. Sicher, dass Ihnen bis auf den Schreck nichts fehlt?«

Er mustert sie mit seinen dunklen Augen.

»Es geht schon.«

Braathen zuckt mit den Schultern, dreht sich wieder um und steigt weiter die Stufen hinab. Drei Männer stampfen ihnen entgegen, scherzen kurz mit dem Sicherheitschef, einer grüßt mit »Frau Doktor!«, sie kennt ihn nicht. Dann sind sie wieder allein.

»Sie müssen Jacob entschuldigen«, sagt Braathen zu Kristin, als er unten um die Ecke biegt und ihr direkt ins Gesicht sehen kann. Wieder bleibt er stehen, tippt auf seinen Kopf und sagt: »Unter Stress funktioniert Skeide irgendwie nicht richtig. Man möchte meinen, dass sich ein Kapitän, und wenn's nur der Kapitän einer Bohrinsel ist, besser im Griff haben sollte. Aber er trägt eben viel Verantwortung.«

»Was, glauben Sie, ist passiert?«, fragt sie, statt auf Skeides Erklärungsversuch einzugehen.

Er macht ein bedauerndes Gesicht. »Glauben heißt nicht wissen, Doktor. Ich habe schon vor Langem mit dem Glauben aufgehört. Ich muss mich an Fakten halten. Und die sagen, dass alles nach Vorschrift geschehen ist. Es tut mir leid, aber ich kann dazu auch nicht mehr sagen. Skeide hat riesigen Druck von den Bossen aus Stavanger bekommen, wir haben alles doppelt gecheckt, selbst die Rettungsboote, die Aufbauten, Lagerräume, wirklich jeden Winkel.«

»Und seine Sachen?«

»Sachen?«, fragt er zurück.

»Na, sein Gepäck. Wo war das?«

»Wir haben nichts gefunden«, bestätigt er die offizielle Aussage des Konzerns.

»Und das wundert Sie nicht?«

»Mich wundert hier draußen überhaupt nichts mehr, Doktor.«

Zum Glück verzichtet er auf eine ähnliche Schlussfolgerung, wie sie Skeide angestellt hat. Sie wird niemals an ein spurloses Verschwinden glauben. Und schon gar nicht an Suizid, egal, was irgendwer behauptet. Also nickt sie nur und geht weiter, eisern, beißt die Zähne zusammen.

»Wenn Sie etwas brauchen, bin ich jederzeit für Sie da, Doktor«, sagt Sam Braathen an der Eingangstür der Krankenstation, macht eine Geste, die nach ungeschicktem Salutieren aussieht, und trottet davon.

8

Drei Wochen zuvor, Vossevangen

Der Norgoil-Konzern gab sich zugeknöpft. Man nahm ihre Anfragen zu Marius entgegen, vertröstete sie höflich und teilte ihr nach mehreren Tagen mit, man könne ihn nicht finden. Was das bedeutete, konnte oder wollte ihr niemand sagen. Schließlich wandte sich Kristin wieder an die Polizei. Dort wollte man »der Sache nachgehen«. Mehr als diese Floskel bekam sie vorerst nicht zu hören.

Eines Nachts war ihr Marius' Wagen eingefallen. Der knallgelbe Ford Mustang mit den schwarzen Rennstreifen, *custom* lackiert, wie er ihr stolz erzählt hatte, als er ihn vor ein, zwei Jahren erstanden hatte. Die Amischleuder, die nicht klischeehafter hätte sein können, mit Acht-Zylinder-V-Motor, dem man beim Spritgurgeln zuhören konnte. Zuerst hatte sie sich fast für ihren Bruder geschämt, dass dieser in einem solchen Auto herumfuhr. Jetzt war der Mustang eine mögliche Spur. Das Auto hatte großen Wert für Marius. Bei jeder Gelegenheit hatte er ihr von den vielen Umbauten und Extras vorgeschwärmt, für die er laufend sparte und mit denen er noch lange nicht am Ende war. Vielleicht, dachte Kristin, ergab es Sinn, auch nach dem Auto zu suchen. Einige Anrufe beim Flughafen von Stavanger brachten kein Ergebnis. Der Wagen schien nicht dort zu sein. Weder auf dem Freigelände noch in den Parkhäusern. Ein Hoffnungsschimmer?

Sie hatte auch ihren alten Schulfreund Ivar Mathisen kontaktiert. Er arbeitete inzwischen für das *Bergensbladet*. Journalisten hatten in der Regel ähnlich gute Zugänge zu Informationen wie Polizisten, also lag es nahe, beide parallel ermitteln zu lassen. Sie erreichte Ivar erst nach mehreren Versuchen, und nach knappem Small Talk – er habe kaum Zeit »für irgendwas«, meinte er – weihte sie ihn in Marius' Verschwinden ein. Zuerst schien er sich nicht besonders dafür zu interessieren, denn er benutzte die gleichen Argumente wie die Polizei, nach dem Motto: »Es wird sich schon alles aufklären und ist sicher ganz harmlos.« Er wollte sie abwimmeln, doch sie wehrte sich, bis er zusagte, sich »mal umzuhören«. Das klang viel weniger aussichtsreich als das Ergebnis: Noch am selben Tag schickte er ihr per E-Mail erste Informationen zu.

Ivar hatte binnen Stunden herausgefunden, dass bereits dreimal Männer, die auf der 77 gearbeitet hatten, spurlos verschwunden waren. Die ersten beiden Fälle lagen weit zurück, waren aber wohl Suizide gewesen. Das letzte Mal war es vor drei Jahren geschehen, und dieses Ereignis hatte es sogar in die landesweiten Medien geschafft. Ivar schickte ihr einige Artikel per E-Mail. Auch damals war es ein einfacher Bohrhelfer gewesen. Der Konzern hatte behauptet, dass der Arbeiter mit dem Hubschrauber an Land geflogen und erst dort verschwunden sei. Aber jemand hatte die Fluggastprotokolle gefälscht. Nach einiger Zeit war die Suche nach ihm erfolglos eingestellt worden.

Als Kristin schon glaubte, hier eine heiße Spur gefunden zu haben, wurde sie gleich vom nächsten Artikel wieder desillusioniert. Die Reportage kam zu dem Ergebnis, es sei überhaupt nicht ungewöhnlich, dass immer wieder Leute von Schiffen, Booten und jeder Art von Installation auf See verschwinden. Dabei zähle Selbstmord zu den häufigsten Gründen, worüber allerdings nicht berichtet werden dürfe. Kristins weitere Recherche führte sie zu zahlreichen Unfallberichten. Es gab viel mehr gekenterte und vermisste Schiffe, als man glauben mochte. Die Kreuzfahrt-Horrorstorys von Ehemännern, die ihre Frauen nachts über Bord warfen, verkauften sich medial offenbar besonders gut, wurden aber meist schnell aufgeklärt. Schließlich bemerkte man das Verschwinden von Gästen spätestens beim Auschecken. Wobei solche Kriminalfälle in der absoluten Minderzahl waren. Das Meer war schon für sich genommen lebensfeindlich genug.

Trotzdem hatte Kristin Ivars Interesse geweckt, denn er schlug ihr ein Treffen vor.

An einem Morgen

Wasser. Eiskaltes Wasser. Sturm peitscht salzige Gischt in ihre Nase. Sie schluckt und hustet, rudert und tritt. Zu kalt. Viel zu kalt für menschliches Leben. Sie versucht, sich an der Oberfläche zu halten, rudert nach Leibeskräften, doch etwas packt sie und will sie unter Wasser ziehen. Sie schreit, doch kein Laut kommt aus ihrem Mund. Plötzlich brennt der Himmel. Die Gasfackel? Sie sieht hinauf, alles lodert, dann stürzt etwas herab – nein, nicht etwas: JEMAND. Eine menschliche Fackel fällt durch die Luft, lautlos, schlägt knapp neben ihr aufs Wasser und verschwindet in der Tiefe. Endlich bekommt sie die Beine frei. Sie versucht zu schwimmen, kommt aber keinen Zentimeter weit, und wenn, dann wüsste sie gar nicht, wohin. Wieder legt sich etwas um ihre Fußgelenke und zieht, kräftig, zu kräftig, wieder will sie brüllen und kann nicht, ist hilflos ausgeliefert, wird sterben. Ein Ruck holt sie unter Wasser, so schnell, dass ihr nicht einmal mehr Zeit zum Luftholen bleibt.

»Kristin! Komm!«, hörte sie und schrak auf.

Sie hatte Gänsehaut. Es war nicht ihr erster Albtraum gewesen, seit sie sich wieder an Land befand, aber der bisher schlimmste. Kristin brauchte einige Momente, um sich zu fangen. *Du bist in Vossevangen. Alles ist gut. Papa hat gerufen.* Und wieder: *Alles ist gut.*

»Kristin? Hallo?«

Er klang aufgeregt. War ihm etwas passiert? Brannte die Küche? Der Gedanke reichte – sie schoss in die Höhe, raus aus dem Bett, hastete auf den Gang, polterte die Treppe hinunter und stand plötzlich drei Menschen gegenüber. Ihrem Vater, mit dem zum Glück alles in Ordnung war, und zwei Anzugträgern, die sie nicht kannte. Einer der beiden war schon älter und trug einen Schnauzer.

»Oh«, gab sie wenig einfallsreich von sich und erstarrte.

»Kristin, da sind Männer von der Polizei«, sagte Haakon Jørgensen und wusste sichtlich wenig mit den Besuchern anzufangen. »Sie wollen mit dir sprechen, wegen Marius. Was ist denn mit ihm?«, fragte er und starrte sie verdattert an.

»Nichts, Papa. Gar nichts. Nur eine Formalität«, log sie und warf den Besuchern einen Seitenblick zu.

Diesen schien zum Glück ein Licht aufzugehen, was Vaters Zustand betraf. »Nur eine Formalität«, bestätigte der Ältere der beiden.

Haakon Jørgensen nickte unsicher.

»Komm, Papa. Bist du heute schon im Garten gewesen? So ein schönes Wetter«, sagte sie und zog ihn mit sich an den Beamten vorbei nach draußen.

»Aber was ist das denn für eine Formalität, für die zwei Kripobeamte extra aus Bergen kommen?«

»Schau, wie schön das da wächst. Was ist das, Papa?«

»Was ist mit Marius?«

Kristin hängte sich bei ihm ein. Sie musste stark sein. Wenn sie jetzt heulte, würde er nicht mehr lockerlassen, bis er es erfuhr. Sie führte ihn langsam zu jener Ecke des Gartens, von dem aus man auf den See hinuntersehen konnte, hoffte, sein Kurzzeitgedächtnis würde ihm die Gnade erweisen, das gerade Geschehene zu vergessen. »Was ist denn das da?«, fragte sie nach einer Weile und zeigte auf den Boden.

»Das kennst du doch genau, mein Kind. Ein kleiner Kürbis. Der wird riesig. Schau, und da drüber habe ich Kohl, und das da … ist … das ist …«

»Maggikraut?«, schlug Kristin vor.

»Genau. Es lag mir auf der Zunge.«

Kristin sah Irma im Nachbarhaus am Fenster stehen und deutete ihr, sie solle schnell zu ihnen kommen. In einer Minute war sie da.

»Kannst du Papa etwas beschäftigen und vom Haus fernhalten?«, bat sie die Nachbarin, die nur freundlich nickte und an Vaters Seite trat.

»Guten Morgen«, sagte Kristin zögerlich, als sie ins Haus zurückkehrte.

»Morgen. Solvik und Therjesen, Kripo Bergen.« Der Ältere hielt ihr seinen Ausweis hin, den sie vor Aufregung nicht einmal ansatzweise beachtete.

»Ja … äh, ich ziehe mir nur schnell was an.«

Die Herren nickten. Erst im Bad gelang es ihr, einen klaren Gedanken zu fassen. Sie hatte eine Vermisstenanzeige erstattet. Gab es Neues? Haben sie Marius gefunden? Aber warum wollte ihr die Polizei dann Fragen stellen? Und warum gleich die Kripo und nicht etwa die Ortspolizisten?

Fünf Minuten später saß sie mit den beiden Beamten um den Küchentisch und versuchte, ihr Zittern zu verbergen.

»Also, Doktor Jørgensen«, fing der Schnauzbartträger an, »Sie haben Ihren Bruder Marius letzte Woche als vermisst gemeldet.«

»Ja?« *Haben Sie ihn gefunden?*, wollte sie anhängen, doch es ging ihr nicht über die Lippen. Zu fatal war das Entweder-oder, das folgen musste.

»Die Leute auf der Insel haben ihn gesucht. Leider ohne Erfolg. Laut Norgoil gab es keine Möglichkeit, die Insel zu verlassen. Einen Unfall können wir ausschließen. Deshalb möchten wir Sie fragen, ob Ihr Bruder psychische Probleme hatte? Halten Sie es für möglich, dass er …«

»Nein!«, fuhr sie bestimmt dazwischen. »Niemals!« Sie griff unwillkürlich nach dem Medaillon an ihrem Hals. Auch bei Mutter hatte niemand geglaubt, dass sie sich jemals etwas antun würde. Obwohl es, im Nachhinein betrachtet, Anzeichen gegeben hatte.

»Wir brauchen Anhaltspunkte. Marius Jørgensen ist für uns ein völlig unbeschriebenes Blatt. Ein unauffälliger Einzelgänger. Bis vor Kurzem jedenfalls.«

Der junge Mann nahm ein Blatt aus den Unterlagen und reichte es seinem Kollegen.

»Wir ermitteln gegen ihn«, sagte der Schnauzbartträger.

»Was? Weshalb?«, fragte Kristin.

»Bewaffneter Raubüberfall.« Wie vom Donner gerührt öffnete sie ihren Mund.

»Er wird verdächtigt, vor viereinhalb Wochen eine Esso-Tankstelle in Bergen ausgeraubt zu haben. Wir haben sein Fahrzeug auf einer Überwachungskamera entdeckt. Hier!« Er legte ihr ein Foto vor, das Marius' auffällig lackierten Ford Mustang zeigte. »Das Bild wurde in unmittelbarem zeitlichem Zusammenhang mit dem Überfall aufgenommen.«

Kristin schüttelte ungläubig den Kopf. Marius wohnte seit letztem Jahr in Bergen, weil ihm die Dunkelheit von Bodø auf die Nerven gegangen war. Dass seine »große Liebe«, zu der er heraufgezogen war und um die er ein ziemliches Geheimnis machte, fremdgegangen war, mochte auch damit zu tun gehabt haben. Aber er konnte doch nicht so dumm gewesen sein, ausgerechnet eine Tankstelle in seiner eigenen Stadt auszuräumen, mit einem Auto, in dem er auffiel wie ein bunter Hund, wo noch dazu jeder wusste, dass die Zeit hoher Bargeldbestände in Tankstellen vorbei war.

»Haben Sie das Auto gefunden?«, fragte sie.

»Nein. Können Sie uns diesbezüglich vielleicht weiterhelfen? Oder gar mit dem Überfall?«, fragte der Kripomann.

Da ihr inzwischen klar war, sich nicht verhört zu haben, spürte sie die Wut in sich aufsteigen. »Nein, das kann ich NICHT! Es muss sich um eine Verwechslung handeln. Wann genau soll das denn passiert sein?«

»Am 15. Mai. Hier, sehen Sie, der Code am Rand des Fotos. 15. Mai, 23.01 Uhr.«

Sie betrachtete das Bild und rechnete zurück. Der Überfall musste während Marius' vierwöchigen Landurlaubs gewesen sein. Sie hatten sich in der Zeit kaum gesehen. Aber sie erinnerte sich, dass sie ihn einmal in seiner neuen Wohnung in Bergen besuchen wollte, er aber immer verhindert gewesen war.

»Das ist völlig unmöglich«, behauptete sie.

»Wieso?«

Kristin schüttelte nur den Kopf. »Hören Sie, ich kann Ihnen da nicht helfen. Marius würde niemals so eine Dummheit anstellen. Sie müssen herausfinden, was mit ihm passiert ist!«

»Wir finden ihn. Verlassen Sie sich drauf«, sagte der Jüngere. Es klang mehr nach einer Drohung als einem Versprechen. Die beiden nuschelten sich etwas zu und nickten. Dann standen sie auf, verabschiedeten sich und waren weg.

9

DIENSTAG, 11.20 Uhr, Insel 77, Krankenstation

»Da bist du ja!«, ruft ihr Tuva Bø aufgeregt entgegen, als Kristin den Behandlungsraum betritt. Die Assistentin kommt auf sie zugeflogen und nimmt sie stürmisch in die Arme.

»Uh! Hallo, Tuva. Schön, dich zu sehen«, erwidert sie und versucht, sich Luft zu verschaffen.

»Jo hat's mir gerade erzählt. Der Helikopter, echt? Fast abgeschmiert?«, fragt Tuva und starrt sie an.

»Da waren schon alle Passagiere raus. Aber viel hat nicht gefehlt.«

»Krass«, staunt sie, macht noch größere Augen, als sie ohnehin schon hat, und hält ihr einen weißen Kittel hin.

Kristin streckt den ersten Arm hinein, dann den zweiten. Sie weiß, dass Tuva auf alles steht, das Krach macht – Autos, Maschinen, Flugzeuge –, und der größte Fan von *The Fast and the Furious* ist, den es auf diesem Planeten gibt. Sicher bedauert sie gerade, das Taumeln der Sikorsky nicht selbst miterlebt zu haben.

Auf dem Untersuchungsbett liegt der Mann, der sich beim Aussteigen aus dem Hubschrauber verletzt hat. Er nickt Kristin zu. Tuva hat ihn Jo genannt. Die medizinische Assistentin hat bereits Röntgenbilder gemacht und sie in den Leuchtkasten gehängt.

Schon aus drei Metern Entfernung sieht Kristin, was los ist. »Au weh«, sagt sie, geht zu ihm hin und reicht ihm die Hand. »Jørgensen. Ich bin die Ärztin. Ich habe das Missgeschick gesehen und schon so etwas vermutet. Wobei ich Ihnen eine bloße Prellung vergönnt hätte.«

»Das war kein Missgeschick. Jemand hat mich rausgestoßen!«

Da muss sie ihm recht geben, könnte es sogar bezeugen, bleibt aber still.

»Ist etwas gebrochen?«, will er wissen.

»Ja, hier, sehen Sie die schwarze Linie? Patellafraktur, einmal quer durch. Die Kniescheibe. Sauber, mittig, eindeutig. Ich erspar Ihnen, jetzt noch daran herumzufingern, wie es die Diagnostik vorgibt.«

Er nickt zustimmend und blickt vorwurfsvoll zu Tuva.

»Was?«, sagt diese. »Ich wollt doch nur schauen, ob sich noch alles bewegen lässt. Jo, du hast doch gesagt, es tut kaum weh?«

»Mhm«, macht er tapfer. Doch der Schweiß auf seiner Stirn verrät anderes.

»Wo arbeiten Sie?«, will Kristin wissen.

»In der Küche. Als Beikoch.«

»Damit wird es die nächsten acht Wochen nichts. Das muss an Land operiert werden.«

»Mist! Geht das nicht auch hier?«

»Hier?« Die Frage erstaunt Kristin.

»Ja – ich meine, kann man das nicht gleich in Ordnung bringen? Ich würde mich schon unter Ihr Messer legen, Doktor.«

Träumt sie, oder hat er ihr gerade zugezwinkert?

»He!«, protestiert Tuva, die es wohl auch gesehen hat. »Ich bekomm den ersten Tanz, Jo Lauritzen, nur damit das klar ist!«, ruft sie theatralisch und stemmt die Fäuste in die Hüften.

Kristin kann nicht anders, als herzlich zu lachen, genau wie der Patient, der es aber gleich wieder bleiben lässt, als sich sein Bein nur einen Millimeter bewegt. »Auaauaaa!«, schreit er hemmungslos. Einen Moment atmet er tief durch und mimt den tapferen Krieger.

Seit Wochen hat Kristin nichts mehr zu lachen gehabt. Sie merkt, wie gut es tut.

»Hören Sie, Herr … Lauritzen, selbst wenn ich Sie operieren wollte, ich könnte das nicht. Das Narkosemittel ist mit dem Heli zurückgeflogen. Sie werden vermutlich nicht wollen, dass ich Sie per Holzhammer betäube und Draht und Schrauben aus der Bordwerkstatt verwende, um Ihre Kniescheibe zu flicken, oder? Ich kann nur versuchen, das Bein irgendwie ruhigzustellen und hochzulagern, bis Sie abtransportiert werden können.«

Er nickt. »Kann ich dann wenigstens hierbleiben?«, will er wissen und sieht einen Moment zu lange zu Tuva, als dass es unverdächtig gewesen wäre.

»Hier? Wieso? Sie haben doch eine Kabine, nicht?«

»Aber da ist kein Platz, und außerdem … außerdem kann ich mir nicht selbst helfen, ich komm ja nicht mal aufs Klo! Und überhaupt, so ganz ohne Gesellschaft – wer weiß, wie lange es dauert, bis mich jemand abholen kommt.«

Stimmt, denkt Kristin. Bei dem Sturmtief kann es durchaus ein paar Tage dauern. Immerhin ist er derzeit der einzige Patient.

Weil der andere tot ist!, fällt ihr siedend heiß ein.

»Tuva, komm bitte«, sagt Kristin und geht mit der Assistentin in den Nebenraum.

»Was? Hab ich was falsch gemacht? Ich schwöre, Jo hat gesagt, es tut kaum weh!«

»Nein. Wegen des anderen, Tuva. Kapitän Skeide hat mir gesagt, er sei vor einer guten Stunde verstorben?«

»Ja. Ich war bei ihm.« Plötzlich ist sie ganz ernst. Als hätte auch sie es zwischenzeitlich vergessen gehabt. Sie schaut betreten zu Boden und wischt mit ihrer Fußspitze imaginären Staub hin und her.

»Ich weiß, wie hart es ist, einen Patienten zu verlieren, Tuva«, sagt Kristin und legt ihr die Hand auf den Unterarm. »Du hast sicher alles getan, was möglich war.«

Ihre Assistentin nickt und schnieft.

»Wo ist er?«

»Wer?«

Solche Fragen kann nur Tuva Bø stellen, denkt Kristin. »Der Tote natürlich, Tuva! Wo ist er? Ich will ihn mir ansehen.«

»Ach so. Sie haben ihn abgeholt.«

10

Drei Wochen zuvor, Bergen

Kristin kannte Bergen vom Studium und der darauffolgenden Zeit im Haukeland-Krankenhaus. Sie hatte dort ihre postgraduale Praxisausbildung absolviert und sich besonders für den Notfalldienst interessiert, aber auch die Freiheiten genossen, die ihr das erste selbst verdiente Geld verschafft hatte.

Bergen. Für sie gab es keine schönere Stadt auf der Welt. Die Bryggen und die Aussicht vom Fløyen. Edvard Griegs inspirierendes Troldhaugen. Der neue Hafen. Sie liebte es, den großen Schiffen beim An- und Ablegen zuzuschauen, das bunte Treiben zu beobachten. Die Fähren, Kreuzfahrt- und Postschiffe, den Austausch und das Fremde auf Zeit. Wahrscheinlich war hier ihre Sehnsucht nach dem Meer geweckt worden. Nach allem, das es versprach. Freiheit. Ungebundenheit. Und Abenteuer.

Von zu Hause aus waren es mit dem Auto nur gut hundert Kilometer oder anderthalb Stunden, in norwegischen Maßstäben nicht mehr als ein Katzensprung. Es ging – landschaftlich überaus reizvoll – vorbei am Evangersee, durch schmale Täler, an Berghängen, See- und Fjordküsten entlang, vorbei an Fischerbuchten und malerischen kleinen Orten. Bunt gesprenkelte Zeugnisse der Zivilisation inmitten einer Höchstdosis Natur. Nur die vielen Tunnels, oft unbeleuchtet, schmal und unsicher, ängstigten sie beim Autofahren auch heute noch. Zudem hatte sie seit Marius' Verschwinden kaum schlafen können, fühlte sich gerädert und war schon für sich genommen eine Gefahr für den Straßenverkehr. So war sie froh, als sie Bergen wohlbehalten erreichte, unweit des Redaktionsgebäudes des *Bergensbladet* einen Parkplatz fand und aus ihrem Auto steigen konnte.

Ivar Mathisen wartete bereits im Lokal. »Kristin!«, rief er und erhob sich, als er sie sah.

»Ivar! Wie schön, dich zu sehen«, sagte sie und konnte dabei weder Anspannung noch Verblüffung überspielen.

»Ja, da schaust du, hm?«, meinte er selbstbewusst und zupfte lässig an seinem Sakko.

Sie *schaute* tatsächlich. Er war ihr als Kapuzenpullityp mit Schlabberhosen in Erinnerung, doch jetzt stand er im Anzug vor ihr. Auch seine Frisur und das glatt rasierte Gesicht passten überhaupt nicht zu dem Ivar, den sie kannte. Sie nickte anerkennend.

»Du siehst ja furchtbar aus«, sagte er dann. Ivar hatte immer schon eine offene und direkte Art gehabt – eine Eigenschaft, die einem Journalisten garantiert bessere Dienste leistete als einem pubertierenden Schüler.

»Vielen Dank«, erwiderte sie.

»Nein, ich meine nicht generell. Wegen deiner Augenringe. Bist du krank oder so? Und abgenommen hast du auch, oder?«

Eigentlich könntest du dir ja denken, was ist, dachte sie. »Nein, nein. Ich hab nur schlecht geschlafen in letzter Zeit. Kein Wunder, oder?«

»Ja, verständlich. Gibt's was Neues zu …«

»Marius«, musste sie ihn an den Namen erinnern.

»Marius, genau.«

»Nein, nichts. Bei dir?«

»Einerseits schon, aber dann wieder nichts, was deinen Bruder betrifft. Aber eines musst du mir vorher mal erklären.« Er zog eine Augenbraue hoch.

»Das wäre?«

»Was um alles in der Welt sucht eine wie du auf einer Bohrinsel?«

»Eine wie … ich?

»Ja, ich meine, da sucht alle Welt nach Medizinern wie dir … und du gehst in die Einsiedelei? Liegt an den vielen Männern dort, oder?«

Sie sah ihn nur an. Als er seinen Blick abwandte und sich setzte, blieb sie demonstrativ stehen.

»Vielleicht war das blöd von mir, verzeih. Komm, setz dich hin. Ich will mich nicht in deine Angelegenheiten einmischen. Schau mich an. Ich bin ja auch noch bei diesem lokalen Drecksblatt, dabei sollte ich längst in Oslo sein und für die *Aftenposten* schreiben. Man darf Leute nicht nach ihrem Arbeitgeber beurteilen.«

Es war eindeutig: Ivar hatte sich lediglich optisch zum Besseren entwickelt. *Was für ein aufgeblasener, selbstgefälliger Gockel*, dachte sie. »Nein, es geht dich nichts an«, sagte sie schließlich und nahm Platz.

Ivar kam von selbst zum Thema. »Ob du's glaubst oder nicht, mit Norgoil ist die Kacke richtig am Dampfen.«

Sie musste sich bemühen, sich darauf zu konzentrieren. »Das glaube ich«, meinte sie dann. »Das bedeutet, du hast etwas herausgefunden?«

Er lächelte selbstgefällig, sagte aber nichts.

»Ivar!«, stieß sie aus und stierte ihn an. Langsam reichte er ihr.

»Ja, ja. Mann, du bist ja schlimmer als der Pavian von Chefredakteur, ha ha. Also. Das mit dem Verschwinden von Leuten ist nur ein Aspekt. Es gibt einige Hinweise auf kriminelle Vorgänge, die irgendwie mit der Insel 77 zusammenzuhängen scheinen.«

»Auf der 77?«, hakte sie nach. Dort bestimmten ihres Wissens ganz andere Sorgen den Alltag.

»Nicht auf der Insel. An Land, Kristin. Die Sachen passieren an Land. Es gibt ungewöhnlich viele Mitarbeiter, die aufgrund strafrechtlicher Verurteilungen aus dem Inseldienst ausgeschieden sind.«

»Das ist doch Quatsch!«, entgegnete sie.

»Nenn es, wie du willst, die Fakten liegen auf dem Tisch – beziehungsweise in den Strafregistern.«

Sie dachte nach, wie sich diese neuen Puzzleteile in ihr bisher noch recht dürftiges Bild einfügen ließen – ohne Ergebnis. »So etwas hat doch niemand vom Bohrinselpersonal nötig«, sagte sie dann.

»Das habe ich auch gedacht«, unterstrich er ihren Einwand. »Geld haben die genug, sollte man meinen. Ihr verdient doch unglaublich gut auf den Bohrinseln, oder nicht? Wie viel? Fünfzigtausend? Achtzigtausend Kronen pro Monat? Doppelt so viel wie ich bei diesem Schmierblatt.«

Sie hatte überhaupt keine Lust auf seine neiderfüllte Gehaltsdiskussion. »Kleinkriminelle sehen jedenfalls anders aus.«

»Kleinkriminelle«, gluckst Ivar. »Wie kommst du darauf? Habe ich etwas von Taschendieben gesagt, Kristin?«

»Was dann?«

»Drogen. Und Waffen. Körperverletzung mit Todesfolge. Und … ach ja: Anstiftung zum Auftragsmord. Solche Sachen.«

Sie horchte auf. »Inselarbeiter sollen das getan haben?«

»Ja. Ich glaube, im größeren Maßstab. Die Straftaten haben anscheinend nichts miteinander zu tun. Der einzige offizielle

Zusammenhang scheint die 77 zu sein. Aber die Prozesse liefen alle merkwürdig ähnlich. Die Leute haben geschwiegen wie ein Grab. Keiner der Täter hat bis zur Verurteilung auch nur ein Wort von sich gegeben. Das ist nicht normal.«

»Aber wieso die Insel? Kann das nicht bloß Zufall sein? Es gibt ja in jeder Organisation Leute, die sich nicht an Regeln halten.«

»Aber nicht in der Menge, Kristin. Es sieht für mich irgendwie … organisiert aus.«

Sie blieb still und überlegte. Sie war weit davon entfernt, die Insel und ihre Belegschaft zu kennen. Aber niemals hätte sie diese mit kriminellen Vorgängen in Verbindung gebracht. »Wie hängt das alles mit Marius' Verschwinden zusammen?«, fragte sie schließlich, um zu dem Thema zurückzukommen, das sie wirklich beschäftigte.

»Anscheinend gar nicht. Es gibt keinen Hinweis, dass Marius mit einem der Täter in Verbindung gestanden hätte. Aber wenn er vielleicht an den Falschen geraten ist – oder DIE falschen …«

»Die?«

»Dazu kommen wir gleich. Kristin, ich möchte dir einen Deal vorschlagen: Ich helfe dir, wenn du mir hilfst.«

»Ivar, sag's mir endlich. Was ist mit Marius passiert?«

»Eine Hand wäscht die andere«, sagte er trocken. Plötzlich wirkte er todernst. »Ich helfe dir, wenn du mir hilfst, Kristin«, wiederholte er. »Ich sehe es pragmatisch: Die Story könnte mein großer Durchbruch werden. Mein Eintritt in die nächste Liga. Aber dafür brauche ich dich.«

»Was willst du?«, sagte sie nur, erschrocken von der Kühle seiner Absichten.

»Ich möchte, dass du zu meinen Augen und Ohren auf der Insel wirst, Kristin. Es gibt da einen Kontakt. Einen Informanten, wenn du so willst. Auf der 77. Und ich muss persönlich an ihn herankommen, oder eben über einen Mittelsmann. Eine Mittelsfrau, in deinem Fall.«

»Einen Informanten? Wen?«, sagte sie nach einer längeren Pause.

»Wenn es so einfach wäre, bräuchte ich dich ja nicht. Er will seine Identität noch nicht preisgeben. Er hat Unterlagen, die gewisse Zusammenhänge aufdecken sollen. Eben die Ungereimtheiten, von denen ich dir erzählt habe.«

»Warum schickt er sie dir nicht einfach?«

»Er fürchtet, dass man ihn überwacht. Er hat ganz einfach Angst, Kristin.«

»Warum soll er dir überhaupt etwas erzählen? Was hätte er davon?«

In Ivars Gesicht blitzte Verärgerung auf. »Das ist doch egal, oder? Sagen wir, er will gut aussteigen.«

»Ihr bezahlt ihm etwas?«

»Noch einmal, Kristin – die Einzelheiten meiner Vereinbarung mit ihm gehen niemanden etwas an. Machst du's oder nicht?«

»Sonst?«

Er hob die Augenbrauen und ließ sie selbst draufkommen. Schon klar. Traf sie sich nicht mit diesem Informanten, half er ihr auch nicht mit Marius. Eine Hand wusch die andere.

Es fühlte sich falsch an. Wenn sie ihrem Bauchgefühl trauen sollte, hätte Kristin jetzt aufstehen und gehen müssen. Doch es war wohl tatsächlich so, dass sie Ivar genauso brauchte wie er sie. »Was soll ich konkret machen?«, hakte sie nach und registrierte mit einem Hauch von Abscheu, wie er grinste.

»Dich mit ihm treffen, die Infos entgegennehmen und mir weiterleiten.«

»Wieso wartest du nicht, bis er wieder an Land kommt?«

»So viel Zeit habe ich nicht. Außerdem hat er ausschließlich die Insel als Übergabeort benannt. Es ist ein wenig – kompliziert. Also, haben wir eine Vereinbarung? Ich hätte da noch eine andere Story in Arbeit und habe nicht für beide Zeit.« Er tat, als wollte er aufstehen.

»Also gut«, sagte sie hastig. »Ich mach's ja. In Ordnung.« Es war einer jener Momente im Leben, in denen man instinktiv wusste, dass man einen Fehler beging – und ihn trotzdem machte.

»Hand drauf!«, rief er triumphierend und streckte ihr seine entgegen.

Sie schlug zögerlich ein. »Und?«, drängte sie gleich anschließend. »Was hast du jetzt zu Marius herausgefunden?«

Schlagartig wurde er wieder ernst. Zuerst antwortete er nicht. Kristin schien es, als habe ihn die Frage überrascht. Dann schüttelte er kaum merklich den Kopf.

»Nichts?«, fragte sie ungläubig.

»Nein«, bestätigte er.

Sie konnte es nicht glauben. »Wozu dann dieser ganze Dealquatsch eben?«

»Quatsch?«, protestierte er. »Glaubst du, ich kann so etwas einfach abdrucken, nur weil wir uns aus der Schule kennen? Tut mir leid, aber nach verschwundenen Ölarbeitern kräht kein Hahn. So tragisch dein individueller Verlust auch sein mag, für die Öffentlichkeit ist er bedeutungslos. So eine Story kann mir journalistisch gesehen nur schaden.«

Seine Sätze fühlten sich wie Nadelstiche an. Aus Ivar war ein unmöglicher Idiot geworden. *Individueller Verlust. Bedeutungslos.* Das, was sie noch an Beherrschung zusammenkratzen konnte, reichte gerade, um still dazusitzen und ihm nicht sofort die Handtasche über die Ohren zu ziehen.

»War das jetzt unsensibel? Dann verzeih bitte. Versteh doch, unser Business ist knallhart. Ein verschwundener Hilfsarbeiter bringt keine Aufmerksamkeit. Wäre es ein Mädchen, eine Katze oder ein Hund, dann gäbe es eine perfekte Story ab. So funktioniert das Geschäft eben, verstehst du? Man muss sich nach den Lesern richten, sonst blamiert man sich nur. Aber ich habe mich trotzdem für dich ins Zeug gelegt. Die Redaktion hat mir ihr grundsätzliches Okay für das Interview gegeben. Wir können es am Samstag drucken.«

Sie brauchte einige Momente, um ihre Beherrschung wiederzufinden. Ivar und Kristin hatten das eigentliche Frage-Antwort-Spiel schon per E-Mail erledigt, wobei er kein Wort darüber verloren hatte, für wie bedeutungslos er Marius' Verschwinden in Wahrheit hielt.

Er kramte den Entwurf aus seiner Schreibmappe und legte ihn hin. Sie merkte, wie schwer es ihr fiel, sich auf den Text zu konzentrieren. Sie musste einige Sätze erneut lesen, weil ihre Gedanken ständig abdrifteten. Schließlich nickte sie. »Passt so. Ich möchte aber auch noch einen Aufruf drin haben, Ivar. Wenn es jemanden gibt, der auch jemanden vermisst, soll er sich bei mir melden können.«

Er druckste herum, rang mit sich und dem, was ihm auf der Zunge lag.

»Was? Ist das etwa schwierig?«

»Nein, *schwierig* ist es nicht, Kristin. Aber was soll ich denn noch alles machen?«

Jetzt reichte es ihr. »Ivar, was du von mir verlangst, geht weit über das hinaus, was du mit dem Interview für mich tust, und das weißt du ganz genau. Ich muss meinen Bruder finden. Entweder, du machst den Aufruf und gibst noch ein Foto von Marius dazu, oder wir vergessen unseren Deal gleich wieder. Wie hast du vorhin gesagt? Eine Hand wäscht die andere.«

Was sie forderte, widerstrebte ihm sichtlich. Schließlich nickte er doch. »Okay. Der alten Zeiten wegen.«

Sie wollte gegen die »alten Zeiten« protestieren, die überhaupt nichts damit zu tun haben sollten, bremste sich aber. Hier ging es weder um Fairness noch ums Prinzip. Sie brauchte das Interview. Danach konnte Ivar bleiben, wo der Pfeffer wuchs.

»Hier«, sagte sie und kramte ein Foto aus ihrer Tasche.

Er nahm es an sich und gab es – zum Glück ohne weiteren Kommentar – zu seinen Unterlagen.

»Und jetzt erzähl mir, was du denkst, Ivar«, sagte sie fest.

»Was ich denke?«

»Ich möchte wissen, worauf ich mich da einlasse. Du hast von kriminellen Vorgängen gesprochen. Dass Marius ... wie war das? Dass er vielleicht an die Falschen geraten ist. Du bist mir noch die Antwort schuldig.«

»Ach, das. Nun, ich hab dir ja schon was über diesen Sørvik geschickt, du weißt, den ähnlichen Fall vor einiger Zeit. Der Verschwundene mit den gefälschten Flugprotokollen. Ich bin mir ziemlich sicher, dass er tatsächlich an die Falschen geraten ist, und wie es scheint, war deren Einfluss bei Norgoil nicht gerade klein. Wieso wären sie sonst mit den Manipulationen davongekommen? Aber da stößt du auf Granit. Ich hab's versucht, glaub mir. Norgoil mauert sowieso. Sørvik hat keine Angehörigen gehabt und, wie es scheint, auch keine Freunde. Ein Einzelgänger. Aber ...«

»Ja?«, sprach Kristin in seine rhetorische Pause hinein.

»Schau, in meinen Recherchen bin ich unter anderem auf einen pensionierten Arbeiter der Insel 77 gestoßen, der damals von der Polizei vernommen worden ist.«

»Wie heißt der Mann? Wo wohnt er?«

»Nicht so eifrig, Kristin. Ich unterliege der Schweigepflicht, genauso wie du mit deinen Patienten. Wie er heißt, kann ich dir nicht sagen. Er wohnt in einem staatlichen Sozialheim. Es geht ihm nicht gut. Ich glaube, er hat mehr gesagt, als er eigentlich hätte sagen wollen.«

»Wie? Warum? ... Ivar, sag's mir!«

»Er hat nicht von DER 77 gesprochen.«

»Sondern?«

»Jetzt beruhig dich doch. Okay, okay. Ich hab ihn besucht und die Zahl fallen lassen. 77. Da hat es merklich ›klick‹ gemacht. Er hatte gleich so ein Strahlen in seinem Gesicht. Dann hat er sein Hemd aufgeknöpft und mir eine Tätowierung gezeigt, zweimal eine große Sieben hinten an der Schulter, fast wie ein Abzeichen. Und bevor er wieder in seinen Dämmerzustand gefallen ist, hat er mir mit Stolz gesagt, er habe dazugehört. Zu den 77.«

»Du meinst zur Insel 77.«

»Nein, Kristin. Zu DEN 77.«

II

DIENSTAG, 16.01 Uhr, Insel 77, Krankenstation

Abgeholt.

Sie haben ihn abgeholt, wie Tuva es zu Mittag ausgedrückt hat. Ihn, das war der verstorbene Bohrhelfer Harald Myhre-Nygård, siebenunddreißig, vor zwei Tagen bei einem Kranbruch verunglückt. Der Mann, den Kristin hätte operieren sollen. Knochenbrüche, Rissquetschwunden, tiefe Schnitte und sehr wahrscheinlich innere Blutungen. Mehr hat Tuva ihr nicht mehr sagen können, da man auch seine Krankenakte samt Testergebnissen und Röntgenbildern *abgeholt* hat.

»WER hat ihn abgeholt?«, hat sie die naheliegende Frage zuerst gestellt.

Tuva hat nur mit den Schultern gezuckt und gemeint, einer von Skeides Offizieren sei dabei gewesen, den sie nicht kennt.

Nun gibt es zwar kein eindeutiges Protokoll, wie mit Leichen an Bord zu verfahren war, normalerweise bleibt aber die medizinische Abteilung für Todesbescheinigung und Aufbewahrung bis zur Übergabe an den Transportdienst verantwortlich. Kristin kann sich nicht vorstellen, dass es auf der 77 anders sein sollte.

Sie würde am liebsten den Sicherheitschef Braathen hinzuziehen, doch angesichts der eindeutigen Warnung des Kapitäns geht das nicht. Braathen würde ihn beim geringsten Problem garantiert informieren.

Ich muss mir diesen Toten ansehen, beschließt sie still und fährt mit der Dokumentation der gebrochenen Kniescheibe fort. Sie hat Jo Lauritzens Bein ruhiggestellt und gegen die ärgsten Schmerzen ein Lokalanästhetikum gespritzt, ihn dazu auf Piritramid gesetzt, bis man ihn an Land bringen kann. Dabei tut er ihr jetzt schon leid, trotz der opioidhaltigen Injektionen, die sie ihm alle sechs Stunden geben konnte. Jede Erschütterung, ob auf dem Schiff oder im Heli, wird ihn die Wände hochgehen lassen.

Dicke Tropfen, die außen an die Fensterscheibe prasseln, reißen sie aus der Arbeit. Sie steht auf, tritt ans schmale Fenster und schaut hinaus. Von der Insel 77 selbst ist hier am äußersten Rand der Plattform überhaupt nichts zu sehen. Nur Meer, Meer und nochmals Meer. Hin und wieder, zu selten, ein Schiff, das durch die Wellen pflügt. Bisher faszinierten sie die raue See und das Wetter. Es konnte ihr gar nicht wild genug um die Bohrinsel schlagen. Schließlich musste sie nicht hinaus, war in Sicherheit, konnte hier auf der Station bleiben, in dem beruhigenden Wissen, dass die 77 seit Jahrzehnten unverwüstlich in der Nordsee stand. Sie konnte den Elementen in aller Seelenruhe die Zunge herausstrecken.

Doch jetzt ist alles anders. Jetzt kommt ihr die Insel wie ein Kerker vor. Sie steht unter Beobachtung des Kapitäns und des Sicherheitsdienstes. Schließlich hat sie ihnen gute Gründe gegeben. Sie darf sich nichts erlauben. Darf nicht auffallen. Und obwohl Marius genau hier verschwunden ist, fühlt sie sich ihm ferner denn je.

Ihr Handy signalisiert das Eintreffen einer privaten E-Mail. Sie öffnet die App und liest:

Hi Kristin, Zielperson wird dich kontaktieren. Gruß, Ivar

Im ersten Moment erschrickt sie und ihr Puls geht in die Höhe – gleich darauf ärgert sie sich über Ivar. Was soll sie mit der knappen Information anfangen? Irgendwer wird sie also irgendwann kontaktieren. Und dann? Wie soll sie ihn erkennen? Sie drückt auf »Antworten« und tippt:

Wer soll das sein? Ich will einen Namen, Ivar.

Jemand räuspert sich. »Frau Doktor?«

Sie zuckt zusammen, steckt das Gerät weg und dreht sich um. Gänsehaut. Da steht der junge Mann, der sie vorhin von der Landeplattform zum Kapitän gebracht hat. »Ja?«, sagt sie so gelassen wie möglich.

»Haben Sie Zeit für mich, Doktor?«, fragt er und zeigt auf seinen Hals.

»Äh … ach so, ja, natürlich, kommen Sie, setzen Sie sich, Herr …?«

»Jan-Petter. Berge.«

Sie merkt, dass ihm der förmliche Umgangston, der vor allem Medizinern gegenüber stark verbreitet ist, schwerfällt. Sie legt ohnehin keinen Wert darauf. »Ich bin Kristin. Also, wo fehlt's, Jan-Petter?«

»Mein Hals. Beim Schlucken.«

Sie greift zu einem Hölzchen und braucht ihn nicht extra anzuweisen, den Mund aufzumachen, die Zunge herauszustrecken und *Ah!* zu sagen. Aber sie sieht nichts. Keine Rötung, keine Wunden, keine Schwellung. »Hm«, sagt sie und tastet seinen Hals ab. »Tut das weh?«

»Tu nichts«, flüstert er, als sie ganz nah bei ihm ist.

Sie zögert einen Moment, der eine seltsame Intimität in sich trägt. Der Mann hat etwas an sich, das sie …

»Tu nichts!«, wiederholt er etwas lauter.

»Wie bitte? Tut das weh, die Berührung, ja?«, fragt sie.

»Du musst aufpassen, Kr…«

Da geht die Tür auf.

»So, Schluss für heute, Kristin! … Oh, aber hallo«, kräht Tuva Bø und hat noch die Türklinke in der Hand, als sie sich kleinlaut für ihr Hereinplatzen entschuldigt und wieder gehen will.

»Nein, wir sind hier fertig«, stammelt Jan-Petter und erhebt sich. »Danke, Doktor«, sagt er noch und verlässt den Raum.

Tuva und Kristin schauen ihm nach, dann treffen sich ihre Blicke und der Assistentin platzt ein Lacher heraus. »Der hübsche Knackarsch steht wohl auf dich, was?«, meint sie. »Kann ich verstehen … du bist ja auch eine selten scharfe Schnecke«, hängt sie an, streckt ihre Zunge heraus und schleckt die Luft vor ihrem Gesicht.

Kristin gibt sich alle Mühe, mit ihr zu lachen.

12

Drei Wochen zuvor, Bergen

Nachdem sie sich mit Ivar getroffen hatte, führte sie der nächste Weg zu Marius' Wohnung. Sie besaß die Adresse schon länger, war aber noch nie dort gewesen. Obwohl mehrfach vereinbart, war ihm jedes Mal irgendetwas dazwischengekommen.

Sie stand vor einer der Wohnungstüren eines abgewohnten, aber prächtig gelegenen Mehrparteienhauses unweit des Herrenhauses Damsgård und der Esso-Tankstelle, die Marius überfallen haben soll. Auf den Hangterrassen besaß so gut wie jede Immobilie eine fantastische Aussicht auf die Bucht und den größten Teil der Stadt. Sowohl die Kauf- als auch die Mietpreise mussten astronomisch sein.

Bevor sie das Wohnhaus betrat, hatte sie sich nach Marius' knallgelbem Ford Mustang umgesehen, aber natürlich hätte ihn die Polizei dann längst entdeckt und sie nicht danach gefragt. Sicher hatte man die Garagen überprüft, wenn es welche gab – eine Einfahrt oder Tore waren nicht zu sehen gewesen.

Nichts wünschte sie sich mehr, als dass sie jetzt einfach klingeln und er öffnen würde. Sie fasste sich ein Herz, drückte den Taster und hörte das Signal im Inneren der Wohnung. Dann war es still. Kein Mucks wäre ihr entgangen. Sie hoffte, sie würde gleich Schritte hören, auch wenn sie ahnte, wie unrealistisch ihre Hoffnung war. Immer wieder versuchte sie, die Tatsachen zu verdrängen und sich an neue Strohhalme zu klammern. Aber niemand konnte sich einfach so von einer Nordsee-Bohrinsel stehlen. Es gab keine Alternative zu Hubschraubern und Versorgungsschiffen, die nur alle paar Tage kamen.

Sie klingelte wieder. Während sie wartete und wartete, schmolz die letzte Hoffnung auf eine halbwegs erträgliche Erklärung seines Verschwindens dahin.

Im halbdunklen Gang roch es modrig. In der übernächsten Wohnung stritten Kinder, die Einheiten links und rechts von Marius waren genauso totenstill wie seine.

Sie musste in die Wohnung ihres Bruders, wenn sie weiterkommen wollte. Die Tür war alt und dünn. Sie hatte zwar keine Ahnung, wie man Schlösser knackt, aber den Trick mit der Kreditkarte hatte sie zu Hause schon erfolgreich ausprobiert. Sollte die Tür also nur ins Schloss gefallen, nicht aber zugesperrt worden sein, war das ein überwindbares Hindernis. Sie sah sich um, zog ihre Karte aus der Handyhülle, legte an und presste sie zwischen …

»Was tust du da?«

Ihr Herz schlug bis zum Hals. Kristin meinte, das eigene Blut in den Ohren rauschen zu hören. Langsam, ganz langsam zog sie die Kreditkarte zurück und verdeckte sie mit ihrer Hand. Sie konnte nur hoffen, dass der Mann hinter ihr nicht gesehen hatte, was sie gerade vorgehabt hatte. Sie drehte sich um.

»Was machst du da?«, wiederholte der Kerl.

Er musste in etwa so alt wie Marius sein. Er hielt eine Einkaufstüte in der einen und Schlüssel in der anderen Hand. Sie konnte ihn im Halbdunkel nur oberflächlich einschätzen, aber ihr erster Eindruck war, dass er mit seinen strähnigen Haaren und dem Trenchcoat ungepflegt, wenn nicht gar verwahrlost wirkte.

Sie bemühte sich, einen geschäftigen Eindruck zu machen. »Ich … bin Ärztin«, sagte sie, als ob das erklären könnte, warum sie in fremde Wohnungen einbrach. »Kennen Sie Marius Jørgensen? Er soll hier wohnen.«

»Der ist nicht da.«

»Wo ist er denn?«, fragte sie dann.

»Arbeiten. Was weiß ich?«

»Sie kennen ihn?«, fragte sie nach dem Offensichtlichen.

»Ich wohne bei ihm zur Untermiete. Wolltest du die Tür aufbrechen, oder was ist los?«

»Nein, natürlich nicht!«, stammelte sie, wobei ihr die Stimme brach. Sie räusperte sich, doch die Unruhe legte sich nicht. »Ich … er … er ist mein Bruder.«

»Ach so?«, sagte er skeptisch, mit einem Blick, der nach *Das kann ja jeder behaupten!* aussah.

»Hier …« Sie kramte ihren Führerschein heraus und zeigte ihn dem Mann. »Jørgensen, sehen Sie? Ich bin seine ältere Schwester.«

Das schien ihm Beweis genug. »Okay. Aber wie schon gesagt, er ist nicht da.«

»Genau das ist das Problem. Ich war mit ihm auf der Insel und hätte zusammen mit ihm an Land fliegen sollen. Aber er ist nicht mitgekommen, und auf der Bohrinsel finden sie ihn auch nicht. Er ist verschwunden. Jetzt suche ich nach Anhaltspunkten, egal was. Ich muss mich umsehen.« Nur mit Mühe konnte sie die Tränen zurückhalten. Es war eine Sache, es zu wissen, eine andere, es offen auszusprechen.

Er kratzte sich mit dem Schlüssel am Kinn, anschließend in den langen Haaren und schien Mühe zu haben, so viele Fakten auf einmal zu verarbeiten. »Ach so. Dann kommen Sie mit«, sagte er, ging an ihr vorbei und sperrte auf. Der Geruch von altem Schweiß und Nikotin schlug ihr entgegen. »Verschwunden, sagen Sie, hm?«, fragte er beim Eintreten. Ohne große Betroffenheit und mehr aus Höflichkeit, wie ihr schien.

Ihr fiel ein, dass Marius ihr nie von einem Mitbewohner erzählt hatte. »Und Sie wohnen bei ihm zur Untermiete, Herr …?«

Er räusperte sich nur und hustete. Irgendetwas stammelte er dazwischen, das sie aber nicht verstand.

Sie traten ein. Die abgestandene Luft, darin mehr als nur ein Hauch konzentrierten Alkohols, fand sie fürchterlich. Als hätte jemand hier drin zwei Wochen durchgefeiert. »Wo ist sein Zimmer?«, fragte sie und unterdrückte den Drang, sofort ein Fenster aufzureißen.

»Ha!«, machte er und hustete nochmals. Dann schniefte er und antwortete: »Alles hier ist sein Zimmer.« Dann ging er zielstrebig in einen der Räume und schloss die Tür.

Sie schüttelte den Kopf über sein Desinteresse und ging zwei Schritte weiter in die offene Wohnküche.

Marius' Wohnung. Sie fühlte sich schlecht, ohne sein Wissen und sein Einverständnis hier zu sein. Sie kam sich vor wie eine Schnüfflerin. Was sie ja auch war.

Los, Kristin!, gab sie sich selbst einen Ruck und ließ ihren Blick über das Chaos streifen, das sich in der Spüle und über jeder weiteren Abstellfläche ausbreitete. Dreckige Teller, Gläser und Besteck. Aufgerissene Kartonpackungen, Pizza, Tomatensauce, Teigwaren. Weinflaschen und Bierdosen. Krümel auf dem Boden und etwas, das aussah wie das Stück einer getrockneten Tomate. Sie registrierte einen süßlichen Geruch: Marihuana. Hätte eine Hanfpflanze auf dem Fensterbrett gestanden, sie hätte gepasst.

Alles hier war schmuddelig und verwahrlost. Zweifellos konnte nur Marius' Untermieter dafür verantwortlich sein. Marius war kein schmutziger Mensch. Jedenfalls nicht, wenn er bei ihr war. Und Drogen? Nie im Leben. Er hatte in seiner Jugendzeit zwar manche Probleme mit sich und seiner Umwelt gehabt – nie mit Kristin –, aber Drogen gehörten nicht dazu, da war sie sich sicher. Andererseits hatten sie sich in den letzten Jahren nur alle paar Wochen gesehen. Bis zum gemeinsamen Job auf der Plattform, auf den Marius, der dort seit dem Ende seiner Schulzeit als Hilfsarbeiter arbeitete, Kristin gebracht hatte. *Schau, Krissie, die Stellenanzeige. Das wär doch perfekt für dich! Wir könnten uns wieder öfter sehen. Die Jørgensens, eine Bohrinsel-Dynastie … was meinst du, was Papa dazu sagt …* und so weiter. Sie hatte seinen begeisterten Tonfall noch im Ohr.

Aber hier war kein Platz für Nostalgie. Sie musste etwas finden, das sie weiterbrachte. Nachdem sie eine Runde durch Küche und Essbereich gedreht hatte, wo sich nichts Persönliches von ihm finden ließ, machte sie sich auf die Suche nach seinem Schlafzimmer. Weil man dort, wie sie vermutete, am ehesten wichtige Sachen verwahrt. Vor allem, wenn man sich die übrige Wohnung mit einem Mitbewohner teilte. Sie öffnete eine Tür, hinter der sich die Toilette verbarg, karg eingerichtet – WC, Rollenhalter, Waschbecken ohne Seife. Als Nächstes kam das Bad, und auch dort fand sich nur, was man in einem Badezimmer erwartete. Sie zog die Tür wieder zu und blickte über ihre Schulter. Hinter ihr, auf der anderen Seite des Ganges, lag das Zimmer des Mitbewohners – den sie auf keinen Fall zu stören gedachte. Dann wartete die letzte Tür.

Als Kristin das Schlafzimmer ihres Bruders betrat, schrie alles in ihr: *Marius*. In der abgestandenen Luft glaubte sie den Geruch seines Lieblingsparfums zu erkennen, das er seit gefühlten Ewigkeiten, sicher schon seit der Jugendzeit, verwendete. Sie spürte, wie die Tränen aus ihr herauswollten, doch sie biss die Zähne zusammen. Sie musste weitermachen.

Also ging sie zum Fenster und zog die Vorhänge ganz zur Seite, um mehr Licht zu haben. Dann öffnete sie die erste

Schublade, fand darin Unterwäsche, ein altes Magazin, die gesprungene Plastikverpackung einer Swatch-Uhr, einen abgetragenen Herrengürtel aus schwarzem Leder – nichts, das nicht genauso einem anderen Menschen auf dieser Welt gehört haben könnte. Das Gleiche darunter. Wäsche, aber keine, die sie kannte, diverser Kram, eine grüne Taschenlampe, die man schütteln musste, damit sie leuchtete, eine weitere Zeitschrift, die sich mit Autos beschäftigte. Sie hatte den ersten Schrank durch, ohne ein einziges Foto, ein Dokument oder irgendeinen Anhaltspunkt gefunden zu haben, an dem sich einhaken ließ. Blieb noch der große Kleiderschrank, den sie mit gespannter Erwartung aufzog. Hier stach ihr das blaue Hemd mit dem weißen Muster ins Auge, das ihm so gut stand.

Weiter!, befahl sie sich selbst. Kurz kam ihr der Gedanke an einen Spürhund, den man an der Wäsche riechen lassen könnte, aber das war Blödsinn. Selbst wenn ein ungewaschenes Stück darunter war – was hätte der Hund denn machen sollen? Marius ist von einer Hunderte Kilometer weit entfernten Stahlplattform mitten im Meer verschwunden. Weder Geruch noch Sentimentalität brachten sie einen Millimeter weiter.

Sie überprüfte jeden Winkel des Schranks, fand aber nichts als Kleidung und Wäsche. Also schloss sie ihn wieder und drehte sich einmal im Stand, suchte nach einer weiteren Möglichkeit, Dinge aufzubewahren.

Nirgendwo Fotos. Keine Briefe, keine Notizen, keine Sentimentalitäten irgendwelcher Art. Das Leben war doch mit Dingen verbunden, die sich um einen herum stapelten. Kontoauszüge, Versicherungspolicen, Schulzeugnisse, Abrechnungen und Allerlei – und sei es nur, weil man zu faul war, regelmäßig auszumisten. Wer lebt, produziert Papierkram. Zu Hause hatte Marius sein Zeug immer herumliegen lassen. Aber hier war nichts. Gar nichts.

13

DIENSTAG, 17.19 Uhr, Insel 77, Fitnessraum

Sie läuft, als sei der Teufel hinter ihr her. Fanatisch. Verbissen. Viel zu schnell für eine einfache Trainingseinheit im Fitnessraum. Aber er kann sich vorstellen, dass sie sich den Schreck des Flugs aus den Knochen laufen will. Und natürlich die andere Sache.

Ihr am Hinterkopf zusammengebundenes langes Haar baumelt im Takt. Sie starrt auf die Anzeigen, vielleicht auch durch sie hindurch, möglicherweise nur, um einen optischen Fixpunkt fürs Gleichgewicht zu haben. Sie scheint völlig in ihre Welt abgetaucht zu sein. Er beobachtet sie nun schon seit Minuten. Sie hat kein einziges Mal aufgeblickt.

Er nimmt einen Schluck aus dem Trinkbrunnen, wischt sich den Mund und sieht wieder hin. Ihr leuchtend grünes, bauchfreies Trainingsoberteil ist durchgeschwitzt. Rein äußerlich betrachtet entspricht sie seinem Geschmack. Groß, athletisch, hübsch. Ein nordisches Mädchen eben. Auch ihr Hinterteil ist genau richtig. Weder Männerpo noch Kardashian-Monster. Ihre Beinmuskeln sind gut definiert. Man erkennt sofort, dass sie sich viel und ausgiebig bewegt.

Sie erhöht die Steigung des Laufbands. Er hört sie heftig keu-

chen, aber sie will mehr. Und noch mehr. Es scheint ihr gar nicht anstrengend genug sein zu können. Fit und attraktiv ist sie, keine Frage.

Aber auch naiv. Der sprichwörtliche Elefant im Porzellanladen. Wie kann sie nur glauben, sie könne einfach so auf die Insel kommen und sich in fremde Dinge einmischen? Sie hat ja keine Ahnung, mit wem sie sich einlässt. Hier auf dem Gerät kann sie laufen, wie sie will – davonlaufen kann sie nicht.

Er muss an sie ran. Unbedingt. Hier im Trainingsbereich gibt es keine Kamera. Jedenfalls keine, die er kennt. Aber draußen auf dem Gang. Er muss vorsichtig sein. Schritt für Schritt nähert er sich ihr, sein Handtuch um die Schultern gelegt, bewegt sich mit gespielter Langeweile. Leider ist noch ein anderer Mann im Raum und versucht, sich das gute und reichhaltige Essen auf dem Rudergerät abzutrainieren.

Er muss aufpassen.

Ganz nah ist er jetzt, bleibt rechts hinter ihrer Maschine stehen, außerhalb ihres Blickwinkels und doch nahe genug, um ihren Schweißgeruch wahrzunehmen. Man sagt ja, Menschen können sich gut riechen – oder eben nicht. Hier drin haben sich im Lauf der Jahre die verschiedensten Ausdünstungen gesammelt, aber die, die vom Körper dieser Frau ausgehen, kann er eindeutig identifizieren und einstufen. Was er riecht, gefällt ihm.

Da merkt er, wie ihm der rudernde Mann einen Blick zuwirft. Schnell lächelt er, nickt ihm zu und setzt sich wieder in Bewegung. Alibihalber geht er an die Adduktorenmaschine, klemmt sich ins Gerät und presst die Beine zusammen. Viel zu wenig Gewicht für seine Oberschenkel, aber darum geht es nicht. Das Einzige, was zählt, ist, dass er sie im Auge behalten kann.

Jetzt fällt ihre Anstrengung richtig auf. Sie keucht nicht nur, sie stöhnt, verausgabt sich völlig. Wären mehr Leute hier, würde garantiert einer von ihnen einschreiten und den edlen Ritter geben, der die hilflose arme Dame aus den Fängen des wild gewordenen

Foltergeräts befreit – und anschließend auf seine Belohnung hofft. Frauen sind hier ebenso unterrepräsentiert wie auf den anderen Inseln. Das Testosteron ist trotzdem da, wie er an seinen eigenen Gedanken feststellen kann.

Plötzlich läuft sie nicht mehr. Hat sie den Not-Aus-Schalter betätigt? Nein, das Laufband ist immer noch in Bewegung, nur sie selbst steht mit gegrätschten Beinen links und rechts der Laufmatte auf den Trittschienen. Sie beugt sich vornüber, er sieht an ihrem Bauch, wie schnell sie atmet, geradezu hechelt, sie ist am Rand ihrer Kräfte, vielleicht sogar kurz vorm Zusammenbruch. Das Band wird langsamer und bleibt stehen, der vordere Teil der Maschine sinkt in die Waagerechte. Ist seine Gelegenheit gekommen? Würde er jetzt endlich an sie herankommen? Einen besseren Vorwand als die Besorgnis um ihr Wohlergehen kann es doch kaum geben. Er dreht seinen Kopf. Der andere Mann rudert stoisch vor sich hin. Sein Gehabe hat aber auch etwas Verstohlenes, seine Ruderzüge wirken kaum anstrengender als das Training, das er selbst gerade vortäuscht. Er kennt den Kerl nicht. Wieder ruft er sich ins Bewusstsein: Du musst aufpassen. Aber er muss eben auch an sie heran.

Bevor er sich durchringen kann, sie anzusprechen, hat sie das Gerät mit einem Desinfektionstuch abgewischt und geht jetzt eilig zur Damenumkleide.

Mist!, denkt er und lässt seine Beinmuskeln zu schnell locker. Es kracht.

Der andere starrt ihn an und steht auf.

18.28 Uhr, Insel 77

Mit nichts als einem Badetuch bekleidet liegt Kristin im Bett ihrer Einzelkabine und starrt erschöpft zur Decke hoch. Alles kribbelt. Die Beine schmerzen, vor allem die Fußsohlen.

Sie hat die Anstrengung gebraucht. Mehr für die Seele als für den Körper. Doch die trüben Gedanken ließen sich damit nur kurz verdrängen. Jetzt fließen sie wieder, tropfen herab wie schwarzer Teer, neutralisieren die Endorphine, die sie seit Marius' Verschwinden so nötig hat wie Luft zum Atmen. Es liegt lange zurück, dass sie so sportlich war wie in den letzten Wochen. Damals, in Bergen, hatte sie jede freie Minute neben dem Studieren zum Laufen genutzt. Dabei hatte sie gemerkt, wie gut es ihr tat, sich körperlich anzustrengen. Manchmal, wie auch vorhin wieder, geht sie bis knapp an die Bewusstlosigkeit heran. Dann scheint ihr, als könne sie den Sorgen und Nöten einfach davonlaufen. Medizinisch gesehen ist diese extreme Anstrengung nicht ratsam. Seit Marius' Verschwinden aber nötig.

Immer noch besser, als zur Chemie zu greifen, denkt sie. Als Ärztin hätte sie natürlich Zugriff auf diverse Hilfsmittel der Pharmaindustrie. Bei vergleichbaren persönlichen Traumata verschreibt ihre Zunft gerne Anxiolytika, Angstlöser wie etwa Benzodiazepine. Doch sie scheut sich davor, das Zeug zu nehmen. Sie braucht einen klaren Kopf und will keine entscheidenden Hinweise verpassen. Dann lieber einen Kreislaufkollaps auf dem Laufband riskieren.

Sie denkt an ihren Vater, der zu Hause immer noch im Unklaren über Marius ist. Irma hält alle Nachrichten von ihm fern, so gut es geht. Er bekommt ohnehin kaum Besuch, liest keine Zeitung und sieht nicht fern, aber die Gefahr, dass er trotzdem Wind von Marius' Verschwinden bekommen würde, ist allgegenwärtig und würde seinen Zustand mit Sicherheit verschlimmern. Zu hoffen, er würde es dann gleich wieder vergessen, wäre naiv. Man weiß nie, was er sich noch merken kann und was nicht. Zudem ist sein Herz nicht mehr das beste. Kristin will ihren Vater nicht mehr belasten als unbedingt notwendig.

Jemand klopft lautstark an ihre Tür. Sie erkennt am Rhythmus des Trommelns: Das kann nur Tuva sein.

»Hey, Schnecke!«, sagt diese, als Kristin die Tür öffnet.

»Hi, Tuva.«

»Sexy Outfit, so ein Handtuch. Steht dir voll! – Und? Dem hast du's gegeben, was?«, kommentiert sie das knallgrüne Trainingsoberteil, das durchgeschwitzt auf dem Boden der Kabine liegt. Achtlos hingeworfen. Tuva hat es ihr geliehen, weil Kristins Sachen nach dem Beinaheabsturz des Hubschraubers nach Stavanger zurückgeflogen sind.

»Hm«, macht Kristin lustlos.

»Schau, ich hab dir noch etwas von meinem Zeug rausgesucht. Dürfte dir passen. Sind ein paar heiße Teile dabei. Aber nicht, dass du mir die besten Hengste auf der 77 scheu machst! Die gehören mir!«

»Mhm. Danke«, sagt sie und nimmt den Stapel. »Bekommst du zurück, versprochen.«

»Eilt nicht. Ich hab noch ganz andere … Sachen«, sagt sie und untermalt die Anspielung mit einer Gesichtsverrenkung, die Kristin nicht so recht deuten kann. Aber klar, worauf sie abzielt.

Was Beziehungen mit Arbeitskollegen betrifft, ist Tuvas Ruf sogar schon zu Kristin vorgedrungen. Manchmal wird sie den Eindruck nicht los, dass ihre medizinische Assistentin einfach allem nachsteigt, das zwei Beine hat. Sie eingeschlossen. Andererseits kokettiert sie auch gern mit ihrem Ruf. Man weiß nie so recht, was sie ernst meint und was nicht.

Weil Kristin nichts sagt, spricht Tuva weiter. »Gehst du mit mir was essen? Ich hab einen Mordshunger, sag ich dir … oh – Entschuldigung.«

Bei *Mord* ist sie zusammengezuckt. Tuva hat es gleich registriert. Kristin will die Situation überspielen und tut, als hätte es sie gar nicht getroffen. »Nein, nein, geh du nur. Mir ist irgendwie nicht gut.«

Zum Glück verzichtet Tuva darauf, sie trotzdem zum Mitgehen zu überreden, was ihr in ähnlichen Situationen meistens gelingt. »Irgendwas Neues von deinem Bruder?«, fragt sie nach einem Moment der Stille, weniger aufgedreht.

Wieder der Stich in Kristins Innerem. »Nein. Niemand hat ihn mehr gesehen.«

Tuva legt ihr die Hand an den Oberarm. »Wenn du jemanden zum Reden brauchst, bin ich für dich da, Kristin. Jederzeit.«

Vielleicht tut sie ihr ja Unrecht, aber Tuva wirkt nicht gerade wie jemand, der schweigen kann wie ein Grab. »Danke, Tuva. Aber ich will einfach nur wissen, was mit ihm passiert ist. Wo er … steckt.«

Tuvas Gesicht spricht Bände. »Kristin.«

»Was?«, stößt diese aus und spürt, wie die Tränen kommen. Tränen der Trauer, aber auch Tränen der Wut.

»Oh, du Ärmste«, sagt Tuva und legt ihre Arme um Kristin, die sich nur kurz dagegen zu sträuben versucht.

Hoffnungslos, hat sie in Tuvas Gesicht abgelesen, bevor sie sie angefahren hat. Sie ahnt ja selbst, dass die Suche nach Marius nicht einfach wird. Und dass die Chancen, ihn lebend wiederzusehen, minimal sind. Aber die Hoffnung stirbt zuletzt. Und niemand darf sie sterben lassen außer sie selbst.

Kristin kommt nicht umhin, Tuvas Parfum einzuatmen, das an reife Kirschen erinnert. *Wie die Faust aufs Auge,* denkt sie.

»U-hu-huuu!«, heult ein Mann, der den Gang entlangkommt. »Nicht aufhören, Ladys!«

Tuva lässt los und dreht sich zu ihm. »Schau bloß, dass du dich um deinen eigenen verfluchten Kram kümmerst, Jan, klar?«, keift sie in ihrer unnachahmlichen Art und streckt ihm dann die Zunge raus. »Das nächste Mal, wenn du meine Schnecke und mich mit den Augen ausziehst, steckst du uns beiden ein paar Scheinchen in den Slip, verstanden?«

Kristin kann nicht anders, als loszulachen. Aber sie gibt sich alle Mühe, es vor dem Mann zu verbergen.

»Das wär's mir schon wert!«, brummt dieser und zieht weiter.

Eine Sekunde später starrt Tuva schon wieder in Kristins Gesicht. »Ich mach mir Sorgen um dich.«

»Musst du nicht. Geht schon wieder. Wirklich!«, lügt sie.

Tuva bleibt still.

»Geht schon. Danke, Tuva«, sagt Kristin bestimmt, tritt zwei Schritte zurück und zieht die Kabinentür zu. Dann dreht sie sich um, lehnt sich mit dem Rücken an die Tür und lässt sich daran hinunterrutschen. Nach einer Weile hört sie, wie Tuva davonschlurft.

Kristin inspiziert noch im Sitzen die Sachen, die sie ihr gerade in die Hand gedrückt hat. Einen String. Noch einen. Einen Hauch von Büstenhalter. *Sind das Netzstrümpfe?*, fragt sie sich selbst und muss es kurze Zeit später bejahen. Das einzige Shirt im Stapel dürfte ihr bis knapp unterhalb der Achseln reichen.

14

Zwei Wochen zuvor, Vossevangen

Das Interview im *Bergensbladet* erschien wie geplant am folgenden Samstag. Kristin, seit Tagen in Vossevangen, besorgte sich die Zeitung und nahm sie mit nach Hause.

Wie sie es sich gewünscht hatte, waren ihr Klarname und eine Kontakt-E-Mail-Adresse mit abgedruckt worden, verbunden mit dem Hinweis: »Haben auch Sie etwas zum Verschwinden von Mitarbeitern der Bohrinsel 77 zu berichten? Dann melden Sie sich direkt bei …« Kristin ahnte, wie weit sich Ivar damit aus dem Fenster lehnte. Wer wollte, konnte dieses Interview auch als direkten Angriff auf den Ölkonzern sehen. Norgoil leistete sich mit Sicherheit die besten Anwälte, um gegen Publicity vorzugehen, die den Interessen des Konzerns schaden konnte. Kristin war dieses Risiko egal. Aber wie dachte man in der Chefredaktion der Zeitung darüber?

Das Foto, das von den Textblöcken des Interviews umrahmt wurde, zeigte Marius auf der Motorhaube seines gelben Mustang, den rechten Zeigefinger an den Lippen. Sie hatte ihn aus Spaß posieren lassen, und heute war es ihr Lieblingsbild von ihm. Weil es seinen Charakter so wunderbar spiegelte: einerseits der wilde Draufgänger, gleichzeitig aber auch der sanfte, fast philosophische Denker. Kristin weiß, er hätte jedes Studium geschafft, das er sich ausgesucht hätte – wäre er nicht so faul gewesen. *Weil ich damit zufrieden bin,* hatte er ihr auf die Frage geantwortet, warum er gleich nach dem Pflichtschulabschluss als Hilfsarbeiter bei Norgoil anheuerte und so in Vaters Fußstapfen trat, der zwanzig Jahre lang auf einer anderen Plattform des Norgoil-Konzerns gearbeitet hatte.

»Was liest du da, mein Mädchen?«

Der Schreck ließ sie zusammenfahren. Sie hatte ihren Vater nicht kommen gehört. Er stand direkt hinter ihr und spähte über ihre Schulter.

Schnell faltete sie die nächste Seite des *Bergensbladet* auf. »Ach, nur so«, überspielte sie den Adrenalinschub, der sich rasant in ihrem Körper ausbreitete. »Gar nichts, Papa«, sagte sie fester. »Ich wollte nur mal sehen, was in Bergen im Kino läuft.«

Er schaute misstrauisch. »Du warst doch gerade erst in Bergen? Diese Woche, oder nicht? Was machst du so oft dort? Stimmt etwas nicht, mein Mädchen? Verheimlichst du mir etwas?«

»Blödsinn. Du hast mich nur erschreckt, Papa«, antwortete sie und drängte die Panik zurück.

Zum Glück nickte Haakon Jørgensen nur. Dann pfiff der alte Wasserkessel in der Küche und ihr Vater schlurfte davon.

Die Suche an Land brachte sie nur langsam weiter. Je mehr sie Marius' Leben durchleuchtete, desto mehr wurde ihr der eigene Bruder zum Rätsel. Es lag nicht an dem, was sie fand, sondern an allem, was sie nicht fand – das aber da sein müsste. Hätte er ein normales Leben geführt.

In seiner Wohnung war nichts Persönliches zu finden gewesen. Jedenfalls nichts, das man leicht hätte entdecken können. Vielleicht hatte er es versteckt, was angesichts des Untermieters verständlich gewesen wäre. Vielleicht war es auch noch in Bodø, bei dieser geheimnisvollen Ex-Freundin. Marius hatte sich nie besonders um solchen Kram gekümmert. *Aber ebendeswegen hätte etwas in Bergen herumliegen müssen*, drehten sich ihre Gedanken im Kreis.

Sie blieb übers Wochenende in Vossevangen, half ihrem Vater bei den Arbeiten im und rund ums Haus, lag aber oft stundenlang nur in ihrem Zimmer, versperrte die Tür und hörte der Zeit beim Vergehen zu.

Je länger sie sich hier verkroch, desto schwärzer wurden ihre Gedanken. Dinge aus der Vergangenheit, die sie schon lange erledigt geglaubt hatte, rückten wieder in den Mittelpunkt. Ereignisse und Gefühle. Alte Ungerechtigkeiten und Schulden, wie sie wohl jeder Mensch mit sich herumtrug. Jetzt, noch dazu hier in Vossevangen, kochten sie wieder hoch. Jeden Tag. Aus Kristin Jørgensen, dem pummeligen Mauerblümchen, war eine aufstrebende Ärztin geworden. Vor wenigen Wochen kam der Bohrinseljob hinzu, der Abenteuer und Freiheit versprach. Nicht, dass sie es darauf angelegt hätte, aber sie merkte genau, wie die Männer ihr hinterhersahen. Alles addierte sich zu einem neuen, interessanten Leben. Doch Marius' Verschwinden nahm nicht einfach nur einen der Punkte weg. Er riss alle anderen mit sich.

Sie wollte in ihr neues Leben zurück.

Nach dem Erscheinen ihres Interviews passierte zunächst nichts, das sie weiterbrachte. Sie rief ihren E-Mail-Posteingang mit Sicherheit tausend Mal und öfter auf, doch was sie fand, war nutzlos. Sie erhielt E-Mails von Menschen, die ihr Mitgefühl ausdrückten, von eigenen Verlusten schrieben; gut gemeinte Floskeln wie »Kopf hoch!« und »Wenn Sie wen zum Reden brauchen …« waren natürlich auch darunter. Doch selbst wenn man aus solchen Mails darauf schließen wollte, dass die heutige Welt keine anonyme Wolke sensationsdürstender Einzelkämpfer war, sondern tatsächliches, aufrichtiges Mitgefühl gegenüber Fremden empfinden konnte: Was brachte es ihr schon, den immer noch frischen Verlust mit anderen Menschen zu beweinen? Das hätte bedeutet, Marius abzuschreiben. Aufzugeben. Sich dem Schicksal zu ergeben. Und dafür war die Zeit noch lange nicht reif. Marius war nicht tot. Er wurde lediglich vermisst.

Mit jeder bedeutungslosen Mitleids-E-Mail schwand ihr Gefühl, dass das mit dem *Bergensbladet* und Ivar wirklich ein guter Deal war.

Bis die nächste Woche kam.

15

MITTWOCH, 1.02 Uhr, Insel 77

Sie liegt mit offenen Augen im Bett. Schon vor drei Stunden hat sie das Licht gelöscht. Draußen ist tiefschwarze Nacht. Nur hin und wieder kommt ein schwacher Lichtschein durchs Fenster ihrer Kabine. Diese liegt von der eigentlichen Bohrplattform mit ihrer stets brennenden Gasfackel abgewandt. Ein Privileg. Aber sie schätzt nicht nur die Dunkelheit, sondern auch die Ruhe in ihrem Teil des Wohnkomplexes. Marius' Kabine auf der anderen Seite des kubischen schneeweißen Hotels, wie der Wohnbereich auch bezeichnet wird, war nicht nur lichtdurchflutet, sondern auch laut – manche Arbeiten auf der Insel reichen bis tief in die Nacht hinein. Er meinte, ihm sei es so lieber – je stiller es sei, desto schlechter könne er schlafen.

Der Sturm fegt über die Plattform. Die Wellen, inzwischen bald an die neun Meter hoch, sind leiser, als man glauben möchte. Die Insel 77 steht bombensicher. So weit draußen auf dem Meer, bei diesem Wetter noch dazu, könnte man ohne sie wohl kaum fünf Minuten überleben.

Irgendetwas schlägt regelmäßig und metallisch gegeneinander, aber auch dieses Geräusch ist zu leise, um ihm die Schuld geben zu können, dass sie nicht schlafen kann.

Da sind zu viele Gedanken in ihrem Kopf. Menschen und das, was sie tun – oder ihnen widerfahren ist. Wie immer ist Marius gegenwärtig, und mit ihm die vielen Möglichkeiten, was geschehen sein mag. Aber er hat Gesellschaft bekommen. Von Kapitän Skeide, von der Helisache und dem *abgeholten* Toten. Dann fällt ihr dieser merkwürdige Patient wieder ein, dem nichts gefehlt hat. Der ihr etwas sagen wollte und dessen Stimme sie an irgendjemanden erinnert. *Du musst aufpassen*, hat er gemeint. Ein seltsamer Rat auf einer Bohrinsel, wo die Gefahr an jeder Ecke lauert. Doch wahrscheinlich hat er es anders gemeint.

Immer wieder denkt sie an diesen geheimnisvollen Schlüssel, der mit ihrem anderen Gepäck nach Stavanger zurückgeflogen ist. Wo mag das Schloss sein, in das er gepasst hätte?

So wie es aussieht, wird sie auch diese Nacht nicht schlafen können.

Sie muss erfahren, was hier vor sich geht. Aber sie steht unter Beobachtung. Überall Kameras mit Unbekannten hinter den Bildschirmen.

Du musst es wissen, sagt sie sich und erinnert sich an das Versprechen, das sie abgelegt hat.

Ihre Mission ist noch komplizierter geworden. Wenn sie an Kapitän Skeide denkt, könnte sie vor Wut etwas gegen die nächstbeste Wand werfen. Aber es hilft nichts. Sie darf nicht auffallen. Trotzdem muss sie erfahren, was geschehen ist. Dass sie hier in ihrem Bett liegt, während sich tausend Gedanken in ihrem Kopf aneinanderreiben, bringt überhaupt nichts. Sie braucht Fakten. Beweise. Und wenn es keine gibt, so zumindest Hinweise.

Du MUSST es wissen!, wiederholt Kristin ihr Mantra und gibt sich einen Ruck, drückt den Schalter ihrer Leselampe, schwingt sich aus dem Bett und schlüpft in die alten Sachen. Sie löscht das Kabinenlicht und öffnet leise die Tür, zu Beginn nur einen Spalt, doch alles ist ruhig, wie schon seit einer guten Stunde. Die Insel schläft.

Um möglichst wenig Verdacht zu erregen, geht sie zielstrebig zur Krankenstation. Dort, in ihrem Reich, bieten sich ihr viel mehr Möglichkeiten als in der Kabine. Sie schließt auf, schleicht hinein, am Krankenzimmer vorbei, in dem Jo Lauritzen leise schnarcht, zurück zum Arztzimmer. Tuva würde alle paar Stunden nach Lauritzen sehen. Außerdem reicht ein Knopfdruck, um sie zu rufen, egal, wo auf der Insel sie sich gerade befindet. Kristin muss damit rechnen, dass sie jeden Moment auftauchen könnte. Aber gerade ist alles still. Ihre Chance.

Sie schließt die Tür hinter sich und dreht das Licht auf, geht an den Patientenschrank und findet erwartungsgemäß keine Krankenakte des Toten Harald Myhre-Nygård. Wie Tuva ihr gesagt hat, wurde sie mitgenommen. Wozu? Eines ist klar: Der Aktenschrank würde es ihr nicht sagen. Also setzt sie sich an den Schreibtisch, entsperrt den Computer und öffnet den Patientenordner. Aber nur in Ausnahmefällen werden hier Dinge abgespeichert. Noch wehren sich manche ihrer Arztkollegen gegen die Digitalisierung der Akten. Dementsprechend schaut es auf dem PC aus. Sie versucht es weiter, doch Harald Myhre-Nygård findet sich nur als Zeile im allgemeinen medizinischen Personalregister:

Harald Myhre-Nygård / Alter: 37 / wohnhaft in Grimstad / ledig / Bohrhelfer / 185 cm / 90 kg / Blutgruppe A positiv / Allergien neg. / Sonstiges neg.

Kristin seufzt. So weit, so gewöhnlich. Ein gesunder Mann. Laut Kapitän Skeide wurde er unter einem gebrochenen Materialkran begraben. Tuva hat ihr von Knochenbrüchen, Rissquetschwunden, tiefen Schnitten und inneren Blutungen berichtet. Bis auf die Schnitte passt das Verletzungsbild. Selbst diese Wunden könnten erklärbar sein. Aber ohne die Leiche zu sehen, kann sie gar nichts sagen.

Und was brächte das schon. Myhre-Nygård ist nicht Marius. Dass der Unfalltod eines Arbeiters mit dem spurlosen Verschwinden eines anderen zu tun haben könnte, ist unwahrscheinlich. Nur die Geheimnistuerei ist dieselbe. Unterm Strich bleibt: Bohrinseln sind gefährliche Orte.

Norgoil will den eigenen Ruf schützen und die Mannschaft nicht verunsichern. Aber Kristin muss die Wahrheit erfahren.

Sie spürt eine Vibration, für die sie eine Windbö verantwortlich macht. Das Rütteln ist so schnell wieder fort, wie es gekommen ist. Aber der Sturm wird zweifellos stärker. Sind sie wirklich sicher hier draußen? Kristin steht auf und geht zum Fenster, doch jetzt ist da nur noch eine schwarze Fläche, in der sich das Licht des Innenraums spiegelt. Plötzlich fühlt sie sich allein. Sie weiß, sie darf dem Impuls nicht nachgeben, sonst kommen die tiefschwarzen Gedanken wieder. Und die helfen niemandem.

Das Signal ihres Handys unterbricht die angespannte Stille.

Ivar Mathisen: *Hoffe, du bist noch wach. H. Kolnes kommt jetzt auf deine Station.*

Noch während sie die Textnachricht liest, geht das Licht aus.

Kristin hält die Luft an. Ohne visuelle Anhaltspunkte muss sie sich ganz auf ihr Gehör konzentrieren. Da ist vor allem ihr Herz, das wie von Sinnen schlägt. Instinktiv geht sie in die Hocke, dreht sich langsam in den Raum, reißt die Augen auf, so weit es geht, aber natürlich sieht sie nichts. Rabenschwarzes Nichts. Ein Schauer kriecht ihr über den Rücken. Plötzlich wirken der Sturm und die See zehnmal so laut. Wenn jemand hier ist, werden seine Schritte davon übertönt.

Sie könnte ihn weder sehen noch hören.

Kristin beschließt, zu warten, bis sich ihre Augen auf die Dunkelheit eingestellt haben.

»Hallo?«, hört sie den Patienten draußen rufen. »He! Du da!«

Jemand ist hier. Der Informant? Das mit dem Warten kann sie vergessen. Sie muss etwas tun. Kristin streift die Schuhe ab, steht auf und schleicht auf Zehenspitzen und mit vorgestreckten Armen in die Richtung, wo sie die Tür vermutet. Prompt stößt sie mit dem Schienbein gegen die scharfe Unterkante des fahrbaren Aktenschranks. Vor Schmerz sieht sie Sterne, farbige Sterne, die um ihr Gesicht tanzen, verbietet sich aber zu schreien, der Stoß war schon laut genug.

»Hallo! Hört mich jemand?«, ruft Jo Lauritzen aus seinem Krankenzimmer.

Wen hat er vorhin gesehen? Und was will derjenige hier? Den nächsten Patienten *abholen* vielleicht? Kristin ahnt: Wenn sie in dieser Nacht noch etwas herausfinden will, dann jetzt. Gebückt schleicht sie an der Wand entlang zur Tür, zieht diese vorsichtig auf, bereit, sie beim geringsten Lichteinfall wieder zu schließen. Aber draußen auf dem Gang ist es genauso dunkel. Also verlässt sie das Zimmer, tastet sich an der Wand entlang vorwärts in Richtung Patientenzimmer, aus dem ebenfalls kein Licht kommt.

Lauritzen ist still. Panik überkommt sie. Sie ist für ihn verantwortlich. Sie macht schneller, fühlt den Türrahmen, hält sich daran fest und bewegt sich in den Raum.

Sie hört nichts. Kein Atmen, keine Schritte, nichts. Obwohl es hier viel stiller ist als hinten im Arztzimmer.

»Lauritzen?«, flüstert sie.

»Ja? Wer ist da?«, fragt er leise.

Sie atmet tief durch. Dem Patienten ist nichts passiert. Er liegt einfach mucksmäuschenstill in seinem Bett. »Jørgensen«, antwortet sie.

»Doktor?«, fragt er.

»Ja. War jemand hier?«

»Gerade eben. So ein verdammtes Poltern hat mich aufgeweckt. Da hab ich ihn gehört.«

»Wen?«

»Jemanden. Keine Ahnung. Laute Schritte. Wie soll ich denn irgendwas sehen in der Dunkelheit?«

Wie aufs Stichwort geht das Licht wieder an. Ein elektrisches Gerät piepst. Kristin starrt Jo Lauritzen an und umgekehrt, einen kurzen Augenblick nur, dann muss sie die Augen zusammenkneifen – alles ist viel zu grell.

»Sie sehen schlimm aus, Doktor. Haben Sie geweint?«

»Äh – nein!«, antwortet sie schnell, wendet sich ab und wischt sich einmal übers Gesicht. »Ich war gerade …«, will sie zu einer Erklärung ansetzen, doch sie ist ihm keine Rechenschaft schuldig. »Wie geht's Ihnen?«, fragt sie mit tausend anderen Gedanken im Kopf. Wer war der Eindringling? Der Informant oder jemand anderes? Sie wagt es nicht, sich die Möglichkeiten vorzustellen.

»Mein Knie zieht wieder.«

Sie sieht auf die Uhr. Die letzte Spritze ist lange genug her. »Dann gebe ich Ihnen noch eine zum Schlafen. Gut?«

Er nickt dankbar.

Eine Minute später geht sie aus dem Krankenzimmer. Inzwischen ist die Suche nach dem Eindringling sinnlos. Daher will sie ins Arztzimmer zurück.

Da sieht sie den kleinen gelben Zettel auf dem Boden. Zuerst will sie ihn bloß in den nächsten Papierkorb werfen, doch irgendetwas in ihr drängt sie dazu, ihn genauer anzusehen.

I C U

Erneut beschleunigt sich ihr Puls.

I C U …

I see you? Englisch für »Ich sehe dich«?, überlegt sie. Ist das eine Drohung? Oder mehr eine Feststellung? Dass sie jemand sieht? Davon geht sie aus. Die Vorwarnungen waren deutlich genug.

Als sie die Notiz umdreht, stockt ihr Atem. Ihr ist, als würde sie von einer Schockwelle erschüttert.

Dabei ist es nur ein Buchstabe.

M.

M wie … MARIUS?

Ein völlig willkürlich zusammengemixter Gefühlscocktail durchströmt sie. Freude. Angst. Wut. *Marius ist hier? Wieso zeigt er sich dann nicht?* Sie reißt den Kopf zum Ausgang, will laufen, aber er ist schon viel zu lange weg. Zu viele Optionen. Vor allem auch zu viele Augen.

Ist das seine Handschrift? Anhand der paar Buchstaben kann sie es unmöglich sagen. Aber wieso tut er ihr das an? Was geht hier vor? Wieso lässt er sie wochenlang im Unklaren darüber, ob er noch lebt?

Völlig verwirrt geht sie schließlich in ihre Kabine zurück, zielstrebig, ohne in die Kameras zu schauen. Sie hofft, dass dort ein weiteres Post-it auf sie wartet. Eines, das alles erklärt. Mit ganzen Wörtern und nicht bloß Buchstaben. Vielleicht sogar ein Brief. Wenn Marius sich etwas zuschulden kommen lassen hat, weiß sie, sie wird ihm verzeihen.

Sie muss aufpassen, die letzten Meter nicht zu laufen – und wird enttäuscht. Kein Post-it, kein Brief, kein Hinweis.

Aber es gibt Hoffnung. Das erste Lebenszeichen seit Marius' Verschwinden. Und auch, wenn sie es selbst nicht versteht, und obwohl diese vier Buchstaben von jedem Menschen auf der Insel kommen könnten, fühlt sie neue Zuversicht.

1.48 Uhr, Insel 77

Es wäre die Gelegenheit gewesen. Aber jemand ist ihm zuvorgekommen.

Wurde er verraten? Ist er jetzt aufgeflogen?

Er muss vorsichtiger sein.

Als er die Gestalt gesehen hat, die in die Krankenstation geschlichen ist, konnte er nur noch den Strom unterbrechen und abhauen. Zum Glück kennt er die Insel wie seine Westentasche und kann sich auch ohne Licht orientieren.

Aber sie muss selber schauen, wo sie bleibt. Er musste sie ihrem Schicksal überlassen.

Seit ein paar Minuten ist das Licht wieder an. Er wird so tun, als sei nichts gewesen. Wenn jemand fragt, wird er sagen, er wollte nur schnell frische Luft schnappen.

Ob er einen weiteren Versuch starten kann?

Er fühlt sich wie eine Fliege im Netz. Aus welcher Ecke wird die Spinne kriechen?

Mach dich nicht verrückt!, *schimpft er mit sich selbst. Wenn er jetzt die Nerven verliert, ist alles umsonst gewesen. Zum ersten Mal seit vielen Jahren hat er das Gefühl, das Richtige zu tun. Doch das Richtige für ihn ist das Falsche für viele andere.*

Sie werden versuchen, ihn aufzuhalten.

Dafür müssen die erst mal von meinen Plänen erfahren, *versucht er sich zu beruhigen. Doch sein Bauchgefühl sagt, dass das längst der Fall ist. Jemand merkt immer etwas. Wie hätten die sonst jahrzehntelang im Verborgenen bleiben können?*

Er weiß, dass diese Sache zu groß für ihn ist. Aber er kann nicht anders. Der Tod seines Kumpels Harald war der letzte Impuls. Er kann nicht mehr kneifen. Selbst wenn ihn dieser schmierige Kerl aus Bergen gelinkt hat. Das hier ist wichtiger als Geld.

Es darf keine Toten mehr geben.

Als er um die letzte Ecke biegt, keine fünf Meter vom Schutz seiner Kabine entfernt, stößt er mit jemandem zusammen. Fast gleichzeitig krümmt sich sein Körper nach vorne, ohne dass er es steuern könnte. Etwas ist in seiner Magengrube gelandet. Doch er spürt keinen Schmerz, weiß nur, dass er gerade angegriffen wird.

Mit all seinem Lebenswillen ballt er die Fäuste, holt aus, schlägt nach der Gestalt, die ihre Hand zurückzieht und einen länglichen blutigen Gegenstand offenbart – ein Messer.

Das Blut an der Klinge ist seines. Er schwingt seinen rechten Arm ein zweites Mal und trifft den anderen am Brustbein, sieht, wie er zu Boden geht.

Er muss weg. Jetzt oder nie. Er hält sich mit beiden Händen den Bauch, spürt das Blut, das warm herausquillt.

16

Anderthalb Wochen zuvor, Vossevangen

Verschlafen öffnete sie die E-Mail, die in den frühen Morgenstunden eingetroffen war.

Betreff: Bohrinsel Bericht Bergensbladet

Hallo! Ich weiß etwas über die Insel. Wann und wo können wir uns treffen?

Ihr Körper kam in Windeseile auf Touren. Der erste konkrete Hinweis. Sie wollte gleich antworten, am liebsten sofort losfahren.

Die Absenderadresse war eine willkürliche Zahlen- und Buchstabenkombination. Wer auch immer ihr da schrieb, achtete auf seine Anonymität. Insgeheim rechnete sie damit, dass sich ihr Arbeitgeber Norgoil spätestens an diesem Montagmorgen meldete. Dass jemand sie sprechen, ihr vielleicht sogar einen Verweis erteilen wollte. Eine Vorstandssekretärin, die einen Termin ausmachte, ohne das Gesprächsthema zu nennen. Irgendetwas in der Art. Schließlich nannte sie den Namen der

Insel und des Konzerns. Aber dienstliche Konsequenzen waren ihr egal. Ohne Marius war die Bohrinselsache für sie gestorben. Und Ärztejobs gab es genug.

Hallo! Vielen Dank für die Nachricht. Worum geht es? Wo sind Sie zu Hause?

Von einer Ecke des Landes in die andere zu kommen, konnte in Norwegen mit riesigen Umwegen verbunden sein. Aber es ging ihr nicht um den Aufwand. Sie wollte wissen, worauf sie sich einließ. Mehr erfahren. *Ich weiß etwas*, das konnte jeder behaupten.

Keine fünf Minuten später kam die Antwort.

Das tut nichts zur Sache. Es ist wichtig. Ich kann an jeden Treffpunkt kommen, den Sie mir nennen. Aber nur noch heute.

Wieder wollte sie sofort antworten, wieder hatte sie ein mulmiges Gefühl dabei. Es lag ihm – oder ihr – viel an der Sache. Aber sie wollte sich nicht einfach blind darauf einlassen. Sie war ja keine Geheimagentin. Sie zögerte einige Minuten, hatte schon beschlossen, gar nicht zu antworten, als sie sich doch wieder hinsetzte und tippte.

Wenn Sie schon eine anonyme E-Mail-Adresse benutzen, können wir auch vertraulich schreiben. Worum geht es?

Jetzt folgte die Antwort sofort.

Damsgård Museum Bergen. Zwölf Uhr. Ich erkenne Sie. Keine weiteren Nachrichten.

Kristin schluckte. Das klang nach einer deutlich größeren Portion James Bond, als ihr lieb war. Ein Treffen in einem kleinen Museum, mit einer Person, die sie nicht kannte, klang überhaupt nicht vernünftig.

Dann wurde ihr bewusst, dass Damsgård bei Marius um die Ecke lag. Wusste der anonyme Kontakt nicht nur etwas zur Insel, sondern auch über Marius' Schicksal? Warum hätte er sonst diesen Treffpunkt wählen sollen? Wusste er vielleicht sogar, dass sie erst vor wenigen Tagen dort gewesen war?

Sieben Stunden später, Bergen

Das Treffen mit dem rätselhaften E-Mail-Schreiber war geplatzt.

Ein Stau durch einen Unfall in einem der gefürchteten Tunnel auf der Strecke kostete so viel Zeit, dass sie trotz ihres frühen Aufbruchs erst gegen halb zwei beim Herrenhaus Damsgård ankam. Anderthalb Stunden später als vereinbart. Kristin bezahlte den Eintritt und sah sich um, aber natürlich war die Person, die sie kontaktiert hatte, längst nicht mehr da. Eine Schulklasse, ein älteres einheimisches Paar und eine Mutter mit Kind. Mehr Leute traf sie nicht. Sie fragte die Dame am Eingang noch, ob jemand eine Nachricht für sie hinterlegt oder nach ihr gefragt habe, obwohl ihr schon vorher klar war, dass das nichts bringen würde.

Enttäuscht ging sie durch Bergens Straßen. Und natürlich zog es sie förmlich in Richtung des Hauses, in dem Marius seine Wohnung hatte.

Als sie die vielen Blaulichter davor entdeckte, duckte sie sich.

Polizei überall.

Sie hatte Deckung hinter einem großen Trafokasten des städtischen Energieversorgers gefunden, erwartete aber jeden

Moment, von einem Bewohner des Wohnhauses direkt hinter ihr entdeckt zu werden. *Hey, Sie da! Was machen Sie da?*, hatte sie schon förmlich im Ohr. Doch vorerst blieb alles ruhig. Also verharrte sie und beobachtete.

Waren die beiden Kripobeamten wegen *dieser* Sache zu ihr nach Vossevangen gekommen? Weil man etwas – jemanden – in der Wohnung gefunden hatte? Aber warum sollte sich der Einsatz hier dann lange hinziehen? Kristin überflog das Geschehen. Da waren keine Krankenwagen. Nur Polizei. Zuerst galt ihre Aufmerksamkeit den uniformierten Beamten, die die ganze Gegend absperrten. Ihre Funkgeräte quäkten immer wieder, ohne dass man etwas verstehen könnte. Als Nächstes entdeckte sie die Spezialkräfte der *Beredskapstroppen*, die direkt am Wohnhaus standen. Kristin wusste: Wo die hinkamen, war es ernst. Die Männer sprachen miteinander, bevor sie in voller Montur und mit gezückten Waffen ins Haus eilten.

Als nach Momenten gespannter Ruhe recht lange nichts passierte, ließ Kristin ihren Blick wieder über die Umgebung streifen und erkannte, dass sie nicht die einzige Schaulustige war. Mehrere Personen hatten sich aus ihren Fenstern gebeugt und gafften völlig hemmungslos zu Marius' Haus hinüber. Auch auf der Straße standen jetzt Menschen. Sie war die Einzige, die sich versteckte, und damit wohl auch die Einzige, die sich verdächtig machte. Also stand sie auf, trat auf die Straße hinaus und spazierte zu den anderen, die direkt an der Absperrung standen.

Kurz darauf wurde es hektisch. Ein Knall, dann Rauch aus einem offenen Fenster in Marius' Stockwerk. Ohne den imaginären Gebäudeplan aus ihrer Erinnerung kramen zu müssen, ahnte sie, dass es nicht nur sein Geschoss, sondern auch seine Wohnung war, in der dieser Einsatz stattfand.

»Treten Sie zurück!«, befahl einer der Uniformierten, der vom Knall selbst erschrocken schien und eilig auf sie zu marschierte. »Los, zurück, alle! Behindern Sie nicht den Einsatz! Haben Sie gehört?«

Kristin fasste sich ein Herz. »Was ist hier los?«, fragte sie den Beamten mit aller Autorität, zu der sie in der Lage war.

Der junge Mann war jetzt ganz offensichtlich überfordert. »Haben Sie mich nicht verstanden? Sie behindern den Einsatz! Soll ich Sie festnehmen, ja?«

Sie wusste, dass sie jetzt nicht nachgeben durfte. Also dachte sie sich etwas Naheliegendes aus. »Ich bin die Ärztin«, blaffte sie. Arzt mochten viele sein – DER Arzt aber kaum. DEM Arzt würde man sicherlich eher Beachtung schenken als EINEM Arzt. Ein kleiner Trick, der ihr früher mal geholfen hatte.

»Oh … Entschuldigung!«, sagte der Mann, griff, ohne zu zögern, nach dem Mikrofon an seiner Schulter und sprach etwas hinein. Zuerst erhielt er keine Antwort, vermutlich, weil es oben in der Wohnung gerade brenzlig war. Man sah nichts. Der Rauch löste sich auf. Eine Minute verging, zwei, dann versuchte es der Polizist erneut – und bekam dieses Mal gleich eine Reaktion, von der Kristin überhaupt nichts verstand, der Uniformierte dafür umso mehr. »Sie sollen gleich kommen«, sagte er und hob das Absperrband hoch.

»Äh … nein, wieso?«

»Der Einsatzleiter braucht Sie vorne.«

»Nein, ich möchte doch nur wissen, was passiert ist!«

»Sie warten auf Sie. Einsatzleiter Therjesen hat Sie zu sich beordert. Also, kommen Sie.«

Therjesen – Therjesen, überlegte sie, während ihr nichts anderes übrig blieb, als dem Polizisten zu folgen. Der Name kam ihr so bekannt vor …

Sie gingen auf zwei Anzugträger zu, die ihnen die Rücken zugewandt hatten. »Hier ist der Arzt!«, sagte diese übereifrige Karikatur von einem Verkehrspolizisten. Gleichzeitig fiel Kristin ein, woher sie den Namen kannte.

Der Mann drehte sich um. »Ach, schau an!«, sagte der Jüngere der beiden Kripobeamten, die sie in Vossevangen aufgesucht hatten. »Jørgensen! Immer da, wenn's brenzlig wird. Interessant, was, Therjesen?«

Die beiden Ermittler tauschten vielsagende Blicke aus. Kristin, hin- und hergerissen zwischen Flucht und einer verschämten Entschuldigung, sagte nichts.

»Praktisch, denn wir haben da ein paar Fragen an Sie. Am besten begleiten Sie uns gleich auf die Polizeistation, Doktor.«

17

MITTWOCH, 7.55 Uhr, Krankenstation

»Hey, Schnecke!«, ruft Tuva ihr zur Begrüßung entgegen, als Kristin die Station betritt. Die Assistentin steht an Lauritzens Bett und schäkert mit ihm.

»Frau Doktor!«, stimmt dieser mit ein. »Sie sind aber blass!«

Sie erwidert nichts, merkt aber, wie Tuva sie jetzt ebenfalls schief anschaut. »Alles gut!«, sagt sie.

Tuva zuckt mit den Schultern und bückt sich, um etwas vom Boden aufzuheben. Kristin nutzt den kurzen Moment und legt ihren Zeigefinger vor den Mund. Sie hofft, Lauritzen würde kapieren, dass ihre nächtliche Begegnung ihr Geheimnis bleiben soll. Wenn er es nicht ohnehin längst ausgeplaudert hat.

»Guten Morgen. Na, wie geht es uns?«, fragt sie ihn dann.

»Danke. So halbwegs. Ist es nicht wieder Zeit für eine …?«

»Eine was?«, fragt Tuva, als ahnte sie es nicht längst.

»Ich glaube, er meint das Piritramid«, schlägt Kristin vor.

»Ach, die Scheißegalspritze. Jo, sag's einfach, ich besorg dir, was du willst«, scherzt Tuva und zwinkert ihm neckisch zu.

Kristin schüttelt den Kopf. Ihre Assistentin ist einfach unverbesserlich.

Lauritzen nickt, grinst und sieht anschließend hoffnungsvoll zu Kristin.

Diese zieht die Mundwinkel hoch. Neben Tuva wird alles leicht und locker. Noch dazu fühlt sie sich halbwegs ausgeschlafen – zum ersten Mal seit Wochen. »Na, von mir aus, aber das ist dann die letzte«, sagt sie und registriert, wie Lauritzens Gesichtszüge einfrieren. »Oder lieber noch aufsparen, für später?«, fragt sie neckisch, blickt zu Tuva und dann wieder zu Lauritzen.

Der Patient ringt mit sich. Man kann es förmlich in seinem Gesicht mitlesen. Jetzt Spritze, später Spritze? Wie stark sind meine Schmerzen? Wie lange halte ich die aus?

»Oder wir geben Ihnen jetzt eine und später die zweite«, sagt sie und erntet nichts als pure Dankbarkeit. Natürlich kann er so viele davon haben, wie er will. Jeder Bandscheibenpatient bekommt sie wie am Fließband. Eine unversorgte Patellafraktur wiegt mindestens so schwer. Lauritzen nicht schmerz- und sorgenfrei zu halten, wäre völlig unnötige Quälerei.

Keine Viertelstunde später, Kristin sitzt in ihrem Zimmer, bricht plötzlich Hektik aus. Die Stationstür schlägt auf. Kristin hört eine tiefe männliche Stimme. Kurz darauf Tuva, ziemlich aufgeregt. Sie springt auf und läuft auf den Gang. Da sieht sie, wie sich ein großer Mann am Rand seiner Kräfte hereinschleppt. Tuva fasst ihn am Arm, stützt ihn und führt ihn ins Behandlungszimmer.

Kristin läuft hin, greift nach den Einweghandschuhen und zieht diese in Windeseile über, erkennt, dass der Mann sehr schwach ist. Blasses Gesicht. Er zittert. Schweiß auf der Stirn, dazu ein übler Geruch, selbst für Bohrinselverhältnisse. »Wie kann ich Ihnen helfen?«, fragt sie und hofft, er könne ihr gleich weitere Anhaltspunkte für die Anamnese liefern. Aber er antwortet nicht. Seine Lippen bewegen sich zwar, doch es kommt nichts Verständliches aus seinem Mund. »Los, Tuva, Blutdruck, Vorgeschichte. Schnell! Kennst du ihn?«

»Vom Sehen, ja … aber … äh …«

»Wie ist Ihr Name? … Hallo, wie heißen Sie?«

Er schüttelt langsam den Kopf, als könne er sie nicht verstehen. Da sieht sie den dunklen Fleck auf seinem Hemd.

»Okay. Oberkörper frei. Los!«

Weil Tuva einen Moment zu lang zögert – der Kerl flößt trotz seines Zustands noch gehörigen Respekt ein –, fasst Kristin an die Vorderseite seiner Brust und reißt das Hemd mit einem kräftigen Zug auf. Die Knöpfe fliegen in hohem Bogen weg, gegen die Wand, auf den Boden, klackern, dann ist es plötzlich still. Der Bauch, um den ein Mullverband gewickelt wurde, bewegt sich auf und ab, begleitet von noch schnelleren, nur für ein geschultes Auge erkennbaren Zuckungen im Rhythmus seines Herzschlags. An einer Stelle, Kristin schätzt knapp unterhalb des Magens, ist der Verband von Blut durchtränkt.

»Tuva, Schere! Was ist? Los, Tuva, mach endlich!« Ihre Assistentin scheint eingefroren zu sein. »Zum Donnerwetter! Schere, Tuva!«, bellt Kristin und starrt sie an.

Als sich ihre Blicke treffen, findet Tuva endlich aus ihrer Schockstarre, eilt zu einer der Schubladen, holt die Verbandsschere heraus und reicht sie ihr. Kristin hat inzwischen eine sterile Packung mit Wundauflage darin aufgezogen und schneidet den Verband in einem durch. Als sie ihn abzieht, quillt das Blut aus der Wunde. »Mist!«, flucht sie. »Zwei Zugänge, Tuva, Tempo!« Sie ist sich jetzt sicher, dass die Symptome des Mannes von einem hypovolämischen Schock stammen. Auf die Schnelle kann sie das fehlende Blut nur durch Kochsalzlösung ersetzen.

»Hey, bleiben Sie bei uns! Nicht schlafen! Hallo? He!«

11.20 Uhr

Kristin steht an der Seite des Patienten im Behandlungszimmer. Wie Tuva herausgefunden hat, heißt er Hermud Kolnes. *H. Kolnes* stand in Ivar Mathisens SMS. Das bedeutet: Der, der da vor ihr liegt und um sein Leben ringt, ist der Informant, mit dem sie sich in Ivars Auftrag hätte treffen sollen. Kristin hat versucht, ihre Überraschung vor Tuva zu verbergen, weiß aber nicht, ob es gelungen ist. Ein Mensch nach dem anderen verschwindet oder stirbt. Wer würde der Nächste sein?

Sie?

Kolnes schwebt in Lebensgefahr. An Land wäre ihm längst der Bauchraum geöffnet worden, um nach den verletzten Gefäßen suchen zu können. Dazu bekäme er eine Blutkonserve nach der anderen verabreicht. Doch hier gibt es keine. Aus Kostengründen. Die Krankenstation einer Bohrinsel kann keine Blutbank vorhalten. Zu kurz die Haltbarkeit, zu selten die Notwendigkeit, zu einfach und schnell der Notfalltransport an Land. Wenn nicht gerade ein Riesensturm um die Insel weht.

Die Verletzung, mit der er sich jetzt auf die Station geschleppt hat, ist alles andere als alltäglich. Kristin hat so etwas schon gesehen. Nach Messerstechereien. Scharfkantige, schmale Wunde, zwei Zentimeter hoch. Kein Küchenmesser, eher eines, das halbstarke Teenager bei sich tragen. Zum Angeben oder, zum Glück viel seltener, um andere damit anzugreifen. Ein Butterfly oder ein Springmesser etwa, mit langer Klinge, die in Kolnes' Bauch entsprechenden Schaden angerichtet hat. Vielleicht hat sie ein Organ erwischt oder gar ein großes Gefäß. Sie kann ihn hier nicht operieren. Ohne Narkose wäre das mittelalterlicher Wahnsinn.

»Bleiben Sie ganz ruhig liegen. Wir machen einfach so weiter, bis Hilfe kommt.«

Er nickt. Seit den Infusionen geht es ihm etwas besser. Doch Kristin weiß, dass das nur vorübergehend ist.

Sie hat Tuva zum Kapitän geschickt, um Meldung zu machen. Er muss schließlich erfahren, was auf seiner Insel los ist. Wer, wenn nicht er, sollte etwas dagegen unternehmen können?

Sie muss Kolnes dazu bringen, alles zu erzählen, solange sie alleine sind.

»Wie ist das passiert?«, fragt sie ihn vorsichtig. Obwohl er gerade um sein Leben kämpft, strahlt Kolnes eine natürliche Gefährlichkeit aus. Sein Körperformat, sein Stiernacken, der finstere Blick, die groben Tattoos an seinen Armen – Kristin ahnt, dass nur die wenigsten Männer auf der Insel 77 den Mumm hätten, sich ihm in den Weg zu stellen.

Er schüttelt nur den Kopf und schließt die Augen. Gleich muss sie ihn wieder drängen, nicht einzuschlafen.

»Kolnes!«, sagt sie eine Spur lauter, wobei sie einen Schritt zurück macht. »Sie haben etwas für mich?«

Jetzt reißt er die Lider auf. Seine Pupillen bewegen sich nach links und rechts, als wollte er sichergehen, dass sie alleine sind. Dann gestikuliert er langsam mit den Fingern – Kristin meint zu erkennen, dass sie näher herankommen soll. Also geht sie nach vorne und bückt sich zögerlich hinunter.

»Karte«, sagt er leise.

»Ja? Eine Karte? Sollen Sie mir eine Karte übergeben?«

»Schschsch!«, zischt er überraschend laut und zieht die Augenbrauen zusammen. Dann nickt er kaum merklich.

»Wo ist sie, Kolnes?«, flüstert sie.

Seine Augäpfel wandern nach unten. Dann ein weiteres kurzes Nicken, als wollte er in eine Richtung zeigen.

»Dort an der Wand?«, schlägt sie vor und merkt selbst, wie einfältig das klingt. Wenn, dann trägt er die Karte wohl an sich. Oder in seinen Sachen?

»In Ihrer Hose?«

Er schüttelt den Kopf, dann muss er husten. Kristin meint, dass sie ihm beim Schwächerwerden zuschauen kann.

»Wo sonst? Kolnes? Hallo? Bleiben Sie bei mir, Kolnes!«

Da driftet er wieder in seinen Dämmerzustand zurück.

Kristin kommt ein brandheißer Gedanke. Sie sagt: »Marius … Marius Jørgensen, Kolnes. Mein Bruder. Kennen Sie ihn? Was ist mit ihm? Kolnes? Hallo!«

Keine Reaktion.

Sie lässt sich auf einen Stuhl sinken, hat keine Ahnung, wie lange sein Körper noch durchhalten wird, weiß nur, dass Kolnes ihre bisher heißeste Spur ist. Wenn er Bescheid weiß, was auf der Insel gespielt wird, weiß er wohl auch, wie die Leute verschwinden – und warum. Aber im Moment sieht es nicht so aus, als ob er ihr noch etwas sagen könnte.

Eine halbe Minute später kommt Tuva vom Kapitän zurück.

»Und?«, drängt Kristin knapp.

»Keine Chance. Weder in der Luft noch übers Wasser. Skeide sagt, in dem Sturm geht gar nichts mehr.«

Kristin kommt zwei Schritte an Tuva heran, damit der Patient nicht mithören kann. »Hast du ihm nicht klargemacht, wie schlimm es um Kolnes steht?«

»Klar doch! Ich hab ihm gesagt, er soll kommen und sich's selber anschauen, wenn er's mir nicht glaubt.«

»Und?«

»Er sagt, er hat selbst alle Hände voll zu tun und kann uns ohnehin nicht helfen. Irgendein Schiff könnte mit uns kollidieren oder so. Er meint, wir müssen hier alleine klarkommen.«

»Aber irgendjemand muss dem doch nachgehen. Es kann doch nicht sein, dass hier ein Mensch nach dem anderen stirbt.«

Sie schweigen sich einen Moment lang an.

»Was jetzt?«, fragt Tuva dann.

Kristin seufzt. »Wir sollten uns drauf einrichten, dass wir heute kaum noch von der Station kommen werden«, sagt sie und sieht auf die Uhr. Trotz der Umstände meldet sich ihr Magen mit wachsender Ungeduld. »Wir müssen uns abwechseln, Tuva.«

»Gut. Mach du zuerst Pause«, schlägt ihre Assistentin vor. »Du hast alles getan. Iss was und ruh dich aus. Ich hab keinen Hunger.«

Kristin will aus Höflichkeit ablehnen. Doch Tuvas fester Blick, dem die übliche Clownerie fehlt, sagt ihr: *Es ist okay.* Also nickt sie Tuva zu, zieht den Kittel aus und verlässt die Krankenstation.

Sie weiß genau, wie sie die Pause nutzen wird.

18

Anderthalb Wochen zuvor, Bergen

Kristin saß alleine in einem Verhörraum der Politistasjon im Zentrum der Stadt. Als wäre sie eine Verdächtige. Die Kripobeamten, mit denen sie hergefahren war, meinten, sie hätten vor der Befragung noch etwas zu erledigen und sie solle inzwischen hier warten.

Die Uhr hinter ihr tickte stoisch. Kristin versuchte zum wiederholten Mal, sich vorzustellen, was die Einsatzgruppe in Marius' Wohnung gesucht hatte. Das konnte doch alles nur ein riesiger Irrtum sein.

Oder hatte man Marius beim Polizeieinsatz aufgespürt? Womöglich würde man ihn gleich hereinbringen, neben sie setzen, und … *nein, würde man nicht*, begriff sie. Wenn, dann würde man sie im Unklaren lassen, beiden dieselben Fragen stellen und sie anschließend mit den Widersprüchen konfrontieren. Dabei hatte sie ja selbst keine Antworten. Zudem hatte sie das Gefühl, dass sich ihr Bruder gerade selbst zu einem großen Rätsel entwickelte.

Sie erinnerte sich an ihre letzte Begegnung …

»Krissi!«

»Hi, Marius!«

Am letzten Abend ihres Einsatzes stand er plötzlich vor ihrer Kabine. Sie bat ihn herein. Er lächelte, aber sie merkte, dass ihn etwas bedrückte.

»Geht's dir gut?«, fragte sie.

»Jaja«, antwortete er schnell.

Kristin musste gleich wieder in die Station zurück, um die medizinische Anfrage einer Nachbarinsel zu beantworten. Möglicherweise musste sie sogar per Hubschrauber dorthin gebracht werden, um helfen zu können. Sie konnte deshalb nur kurz mit ihm reden. »Brauchst du was? Kann ich dir helfen?«, drängte sie ihn.

Er schwieg und sah vor sich hin.

»Marius, es tut mir leid, aber ich muss gleich wieder los. Ein dringender medizinischer Fall bei den Nachbarn. Also raus damit!«

»Ja, äh … hör zu, Krissi. Heute ist ja der Verabschiedungsabend meines Schichtleiters. Und da haben die Jungs alle zusammengelegt und sich an einem Geschenk für ihn beteiligt … alle außer mir.«

»Wieso?«

»Also ich … weil ich vergessen hab zu überweisen. Und das Internet funktioniert gerade nicht.«

»Du willst, dass ich es dir leihe«, folgerte sie.

»Ja – wenn das geht? Aber ich möchte nicht zu viel von dir verlangen. Ausgerechnet heute streikt das Konto, das ist echt blöd.«

Sie wollte ihn schon fragen, ob sie das nicht an Land regeln könnten, doch sie hatte keine Zeit für Diskussionen. Vielleicht war das so ein Männerding – Geld und Ehre, was wusste sie schon. Geld war ihr noch nie wichtig gewesen, und wenn sie ihm damit helfen konnte, tat sie's gern. »Wie viel?«

»Aber ich kann doch nicht meine eigene Schwester anschnor-

ren, oder? Noch dazu hast du ja gerade das Geschenk für Papa besorgt und …«

»Marius Jørgensen! Wie viel?«, fragte sie mit gespielter Entrüstung und stemmte die Fäuste in die Hüften. Kurz fühlte sie sich in die Kindheit zurückversetzt – sich kleine Szenen auszudenken und diese den Eltern theatralisch vorzutragen, gehörte zu ihren liebsten Spielen.

»Zehntausend.«

Ihre künstliche Pose erschlaffte wie eine Ballonfigur, der man den Stöpsel zog. Sie glaubte, sie habe nicht richtig gehört. Zehntausend Kronen.

»Was habt ihr ihm denn zum Abschied gekauft? Einen Sportwagen?«, fragte sie und bemühte sich, ihre Verwunderung hinter einem belustigten Gesicht zu verstecken.

»Siehst du? Ich hab doch gesagt, ich kann das nicht von dir verlangen. Verdammter Mist mit dem Online-Banking.«

»Ich hab überhaupt nicht so viel bei mir.« In Gedanken ging sie ihre Bargeldvorräte durch. »Zwei, höchstens drei.« Was sollte sie auch mit ZEHN? Auf der Bohrinsel, wo alles über die Personalkarte abgerechnet werden konnte?

Ihr kam es vor, als stünde jetzt Ärger in seinem Gesicht. Einen kleinen Moment nur, aber doch. Dann sagte er: »Das passt schon. Ich kann noch zwei, drei weitere Leute fragen, dann bekomm ich es schon zusammen.«

Das Stationstelefon, das sie mit sich in die Kabine genommen hatte, klingelte. Sie musste dringend weiter. Also griff sie nach ihrer Tasche, zog den Reißverschluss auf und nahm einfach alles Geld heraus, das drin war.

»Hier, nimm das. Kein Problem!«

Er sah es an, als wäre er hin- und hergerissen. »Willst du es denn nicht zählen?«

»Marius, ich muss wirklich weiter. Bitte nimm es, ich leih es dir gern!«, sagte sie, faltete die Scheine mit einer Hand in der Mitte *zusammen und steckte sie, Falz voraus, in seine Hosentasche. Dann ließ sie ihn in ihrer Kabine zurück.*

Bergen, Polizeistation

Kristin seufzte. Wieder waren Minuten vergangen, ohne dass irgendetwas passierte. Sie sah zur Seite. Wo der große Spiegel war, ganz wie in den Filmen. Ein Raum, ein Tisch, zwei Stühle und darauf zwei Menschen, die sich unterhielten, gefolgt vom Geständnis des Täters. Offensichtlich wurde sie gerade wie eine Verbrecherin behandelt. Und dort, hinter dem Spiegel, lauerten die Kommissare, studierten ihr Verhalten, ließen sie darben und in ihren trüben Gedanken köcheln, bis sie weich war. Und sie merkte: Das Prinzip funktionierte.

»Hallo?«, sagte sie, als sie das Gefühl hatte, dass es ihr die Kehle zuzuschnüren begann. »Ist jemand hier? Ich – ich weiß nicht, wieso ich hier allein gelassen werde! Ich habe nichts gemacht! – Dürfen Sie mich so lange hier sitzen lassen, ohne alles? Hallo? Ist da jemand?«

Da ging die Tür auf und der junge Solvik kam herein. Er nickte ihr zu, öffnete den mittleren Knopf seines Jacketts und setzte sich ihr gegenüber hin. Dann legte er ein Aufnahmegerät auf den Tisch und murmelte einen Satz, der sich auf Ort, Zeit und Zweck des Gesprächs bezog. »Ihr voller Name und Wohnort?«, sprach er fest.

»Werfen Sie mir etwas vor?«, sagte sie ins Tonband. »Was soll das denn für eine Befragung sein? Bin ich verdächtig?«

»Ihr voller Name und Wohnort?«, wiederholte er nur.

Wieder erinnerte sie vieles an einen Fernsehkrimi. Sie wusste, dass die besonders harten Jungs in solchen Situationen den Mund hielten und einen Anwalt verlangten.

»Herr Polizist, ich bin freiwillig mitgekommen und Sie behandeln mich, als hätten Sie mich verhaftet. Ich kann mich aber nicht daran erinnern, dass Sie mich aufgeklärt hätten, was mir vorgeworfen wird. Wenn Sie also auf diese Art weitermachen, werde ich aufstehen und gehen.« Sie war sich ziemlich sicher, dass sie das auch durfte, und hoffte, er würde nicht merken, wie sehr sie zitterte.

Solvik seufzte und machte das Tonbandgerät aus. »Also schön«, sagte er gleichgültig. Dann klappte er eine Akte auf, die er mitgebracht hatte.

Wo ist Therjesen?, fragte sie sich, als hätte die Anwesenheit des Älteren irgendetwas an ihrer verzwickten Lage ändern können. Trotzdem wäre ihr lieber gewesen, er wäre mitgekommen. Der junge Kriminalpolizist hatte etwas Furchteinflößendes an sich. Etwas Bösartiges, das sie nicht benennen konnte. Als er kleinlaut neben Therjesen saß, dessen Schnauzbart die Blicke förmlich auf sich zog, fiel das nicht auf.

»Frau … *Doktor*«, begann er und machte gleich eine Kunstpause. Kristin meinte fast, Spott herauszuhören. Frau *DOKTOR*. Als wäre ihr Titel etwas Schmutziges. Sie zwang sich, keine Reaktion zu zeigen. »Frau *Doktor* Jørgensen. Wir haben das Auto gefunden. Mit der Beute. Jetzt fragen wir uns natürlich, ob wir hier an der Nase herumgeführt werden. Allen voran … von Ihnen.«

Sie war zu perplex, um etwas zu erwidern. Wer soll wen getäuscht haben? Wollte er gerade behaupten, dass Marius' Verschwinden erfunden war – und sie mit drinsteckte? »Das Auto?«, stammelte sie ungläubig.

»Das … *Auto*. Ja. Ein schickes Ding.«

Sie zwang sich zum Stillsein und starrte auf die zerkratzte Oberfläche des Tisches. Dabei kochte die Wut längst und wollte aus ihr heraus.

»Was? Habe ich Sie jetzt verärgert? Ja, so ist das eben, wenn man seine Tarnung aufgeben muss, weil die Beweise gegen einen sprechen.«

Sie wusste, dass sie demnächst explodieren würde, wenn er mit seinen Frechheiten nicht aufhörte. Sie beschloss, dass es das Beste für sie und auch für ihn war, wenn dieses Verhör zum Ende kam, so schnell es ging. »Ich will einen Anwalt«, sagte sie nur.

Solvik sah sie an. Sein Ausdruck wandelte sich. »Den können Sie kriegen«, antwortete er triumphierend, als habe sie soeben ein Geständnis abgelegt. »Aber glauben Sie mir, besser wäre es, *Frau Doktor* würde erzählen, wie das war mit dieser Schmierenkomödie.«

Da platzte ihr der Kragen. »Was bilden Sie sich eigentlich ein? Behandeln mich hier wie eine Schwerverbrecherin! Beleidigen mich nach Lust und Laune. Ich habe nichts gemacht! Und ich weiß auch nichts! Ich …« Sie rang nach Worten und registrierte dabei, wie sich Solviks Augen weiteten. »Ich weiß nichts über das, was Sie mir da erzählen. Ich will nur wissen, was mit Marius passiert ist!« Sie hasste es, dass ihr ausgerechnet jetzt die Tränen in die Augen schossen. »Ich habe nichts getan! Er ist verschwunden!«, weinte sie mehr, als dass sie es sagte.

»Ach, die alte Nummer«, erwiderte Solvik völlig unbeeindruckt. »Das arme Unschuldslamm verdrückt ein Tränchen. Aber das läuft nicht! Schauspieltalent wird Sie nicht aus der Verantwortung bringen! Das mag vielleicht in Ihrer *Doktorenschule* so sein, wenn Sie sich nicht genügend auf eine Prüfung vorbereitet haben. Aber nicht hier!«

Sie war so wütend, dass sie etwas kaputt machen wollte. Ihr ganzer Körper zitterte. »Solvik!«, hörte sie einen anderen Mann rufen – den Alten. Gerade noch rechtzeitig. Sie war so fixiert auf ihr Gegenüber und dessen unfassbare Gemeinheiten, dass sie Therjesen gar nicht hereinkommen gehört, geschweige denn gesehen hätte. Alles war verschwommen. Sie musste zwinkern.

Tränen tropften ihr von den Lidern, rannen über die Wangen und den Hals hinab. Es war ihr egal. Ihr Herz raste. Selten, vielleicht noch nie, hatte ihr jemand so Unrecht getan wie dieser Scheißkerl gerade. Ihr, Marius und dem letzten Rest von Familie.

»Kein Grund, emotional zu werden«, sagte Therjesen, schickte seinen Kollegen hinaus und nahm Platz.

»Sie haben Marius nicht gefunden, stimmt's?«, fragte sie, was sie sich ohnehin zusammenreimen konnte.

Er schüttelte den Kopf. »Nur sein Auto. In einer Tiefgarage hier in Bergen. Die Spurensicherung hat die Beute des Überfalls gefunden. Unter einem der Sitze.«

»Und jetzt glauben Sie, er sei gar nicht verschwunden, oder wie? Und ich decke das alles? Das kann doch wohl nicht Ihr Ernst sein!«

»Was wir glauben, ist unerheblich«, sagte er dahin.

»Wie viel wurde denn überhaupt gestohlen?«

»Geraubt«, verbesserte er sie. »Dreißigtausend«, sagte er nach einer kurzen Pause.

»Dreißigtausend … Kronen?«, wiederholte sie. Die Summe stand weder im Verhältnis zu Marius' Gehalt noch zu dem Zirkus, den die Polizei hier machte. Es war so lächerlich, dass sich neue Wut in Kristin regte. »Glauben Sie, er hat sich damit in die Karibik abgesetzt, oder was?«, schleuderte sie ihm an den Kopf. »Marius ist verschwunden. Es gab keine Möglichkeit, von der Insel wegzukommen. Er … er muss noch auf der Insel sein!«

Therjesen schwieg einen Moment. Dann fragte er: »Frau Doktor, was wissen Sie über Bernt Karlsson?«

»Wen?«, gab sie reflexartig zurück.

Ihr Gegenüber zog kurz die Mundwinkel hoch. »Sein Mitbewohner. Der Untermieter.«

Sie überlegte. Durfte sie ihm sagen, dass sie ihn schon getroffen hatte? Würde die Polizei das als Beweis sehen, dass sie mit drinsteckte, worin auch immer? Andererseits würde es sie womöglich erst recht verdächtig machen, wenn sie lügen und dieser Karlsson ihnen erzählen würde, dass sie sich sehr wohl begegnet waren. »Ich habe ihn einmal gesehen«, entschied sie sich für die Wahrheit.

Der Kripomann musterte sie prüfend. Schließlich holte er demonstrativ Luft und fuhr fort: »Karlsson hat gerade zugegeben, dass er und Ihr Bruder sich das Fahrzeug geteilt haben. Stimmt das?«

Sie konnte sich ja vieles vorstellen, aber dass Marius sein Fahrzeug mit diesem verlausten Kerl teilte, gehörte nicht dazu. Andererseits wusste sie es ja nicht sicher, und da Therjesen das Wort *zugegeben* verwendet hat, war es wohl so, dass es mit dem Untermieter jetzt einen weiteren Verdächtigen in der Tankstellensache gab.

Sie entschied sich erneut für die Wahrheit. »Ich weiß es nicht«, sagte sie.

19

MITTWOCH, 12.07 Uhr, Insel 77

»Hallo?« Kristin flüstert fast, als sie die Bürotür des Sicherheitsdienstes aufdrückt und hineinspäht. Niemand hier. Einen Moment lang spielt sie mit dem Gedanken, einzutreten und auf einen Mitarbeiter der Abteilung zu warten. Vielleicht könnte sie die Zeit nutzen, um sich da drinnen ein wenig umzusehen und dabei die eine oder andere Unterlage auf den Schreibtischen unter die Lupe zu nehmen.

Gerade noch rechtzeitig sieht sie die Kamera in einer Ecke des Raums und zieht sich zurück. Es ist schon die zehnte, die ihr auf dem Weg von der Krankenstation hierher auffällt. Seit Kapitän Skeides eindeutiger Warnung achtet sie genau auf Anzahl und Position der Überwachungsgeräte. Zum Glück hängt keine in der Krankenstation. Auch der Fitnessraum und die Kabinen sind – zumindest datenschutztechnisch gesehen – Tabuzonen. Aber auf den Gängen, in den Außenbereichen und sogar in der Kantine hängen die Dinger überall. Bestimmt fragt sich gerade irgendjemand, was sie denn bei den Sicherheitsleuten sucht. Sie muss aufpassen.

Weil sich ihr Magen meldet – und ein Vorwand, was sie in

diesen Teil der Insel verschlagen hat, nicht schaden kann –, holt sie sich ein belegtes Brot aus dem Restaurant und geht in ihre Kabine. Der Putzdienst war bereits da, also sind ihr ein paar Momente der Ruhe garantiert. Sie überprüft Handy und Stationstelefon, hätte es aber sicher nicht überhört, wenn Tuva sich gemeldet hätte. Dann legt sie sich auf ihr Bett und kaut nachdenklich ihr Brot.

Armselig, sagt die Stimme in ihr. Es ist armselig, wie sie sich hier verkriecht. So wird sie Marius nie finden.

Sie greift in die Tasche ihrer Jeans und kramt den Zettel hervor.

I C U – und hinten: *M*. Sie hält ihn vorsichtig wie einen Schatz. Nur zu gern würde sie glauben, dass Marius der mysteriöse Mann in der Krankenstation war. Sie ist mittlerweile überzeugt davon, dass der Stromausfall und das Auftauchen der Gestalt zusammenhängen.

Er muss es gewesen sein. Eine andere Möglichkeit schließt sie aus.

Sie macht die Augen zu, fühlt aber sofort, dass sie zu aufgeregt ist, um ein paar Minuten dösen zu können. Dann vibriert ihr Handy. Also steht sie auf, entsperrt es und liest.

Was ist? Hast du dich mit Kolnes getroffen? Hast du die Sachen? Warum meldest du dich nicht? Gruß, Ivar

Zuerst will sie ihm gleich zurückschreiben, doch dann überkommt sie die Wut. *Er* hat ihr diese Spionagesache eingebrockt. Nur damit sie in *seine* Zeitung kommt. Aber der Preis dafür ist viel zu hoch. Wahrscheinlich ist es Ivar und seiner Ungeduld zu verdanken, dass Kolnes jetzt um sein Leben ringt. *Es gibt überhaupt keinen Grund, ihm auf der Stelle zu antworten*, denkt sie und legt das Handy weg.

Kristin geht ans Fenster und lässt ihre Gedanken schweifen. Schon erstaunlich, dass die Nachrichtenübermittlung über die Satelliten noch klappt, so heftig, wie es draußen stürmt und regnet. Erstaunlich und gleichzeitig bedauerlich, weil sowohl Ivar als auch ihr Vater sie auf diese Weise zusätzlich unter Druck setzen können.

Ein, zwei Minuten schaut sie hinaus zu den Brechern, zur Gischt, die der Sturm aufwirbelt und waagrecht an ihrem Fenster vorbeiträgt. Windstärke neun bis zehn dürfte tatsächlich zutreffen. Wie Tuva ihr während Kolnes' Behandlung beiläufig erzählt hat, denkt man daran, ab Mittag alle Außenarbeiten einzustellen und auf Wetterbesserung zu warten. Die Geräuschkulisse passt dazu. Es scheint jetzt deutlich mehr auf den Gängen los zu sein als üblich. Immer wieder hört Kristin schwere Schritte lauter und wieder leiser werden, draußen an ihrer Kabine vorbei. Türen fallen zu und gehen wieder auf, Leute sprechen miteinander, scherzen und lachen. Ein Betrieb, den sie sonst vom frühen Abend kennt.

Sie sollte wieder nach dem Patienten sehen. Also mustert sie ihr blasses Gesicht im Spiegel über dem Waschbecken, versucht ein Lächeln, doch es wirkt gequält. Dann geht sie hinaus, kontrolliert, ob die Tür verriegelt ist, und nickt zwei Männern zu, die sich über die unverhoffte Freizeit freuen. An Land würden sie wohl die nächste Kneipe aufsuchen, doch hier auf der Insel herrscht striktes Alkoholverbot. Und das ergibt Sinn. An die zweihundert Männer auf engstem Raum, da braucht es nicht mehr als eine Handvoll Menschen, die aggressiv auf Alkohol reagieren, und fertig ist das Chaos. Kristin hat auch ohne Kneipenszenen genug zu tun.

Sie geht zügig, doch irgendjemand hat es noch eiliger, nähert sich schnell. Er läuft fast. Sie verbietet sich, nach hinten zu sehen. Sie darf jetzt nicht paranoid werden. Es kribbelt kalt an ihren Unterarmen. Soll sie doch stehen bleiben und sich umdrehen, um wenigstens eine Chance auf Verteidigung zu haben?

Zu spät. »Sechzehnhundert«, murmelt der blonde Mann im Vorbeigehen und tut so, als müsse er husten. »Bereich C, Freifallrettungsboot. *I see you!*«, setzt er mit vorgehaltener Hand nach. Dann eilt er weiter, biegt um die Ecke und ist davon.

Kristin weiß sofort, dass die Nachricht für sie bestimmt war. Dass sie mit dem gelben Zettel zusammenhängt. Mit den Buchstaben *I C U.*

Und sie hat den Mann erkannt: den Patienten, dem nichts gefehlt hat.

13.05 Uhr, Arztzimmer

Sechzehnhundert. Bereich C, Freifallrettungsboot.

Seit sie die Wörter aus dem Mund des merkwürdigen Mannes gehört hat, drehen sie sich in ihrem Kopf. Die Anweisung ist klar. Er möchte sich mit ihr treffen. Um vier Uhr nachmittags, am erwähnten Ort. Kristin hat die Grafik mit der schematischen Darstellung der Fluchtwege vor sich. Bereich C ist ihre Evakuierungszone und liegt praktischerweise vom Sturm abgewandt. Wenn etwas schiefgeht, muss die ganze Krankenstation mit ihren Patienten dorthin. Falls sie also jemand auf dem Weg erwischt und fragt, was sie hier zu suchen hat, könnte sie es auf eine stationsinterne Übung schieben. Oder einen Fehlalarm.

Blödsinn!, meint die innere Stimme.

Du musst aufpassen, hat derselbe Mann ihr gestern noch geraten. Sie hat sich seine Akte genauer angesehen. Jan-Petter Berge, vierundzwanzig, Mitarbeiter der Sicherheit, erst seit drei Monaten im Dienst von Norgoil. Medizinisch gesehen war er bisher unauffällig.

Vierundzwanzig!, staunt Kristin. Zwei Jahre jünger als sie selbst. Als sie ihm am Vortag bei der Untersuchung kurz näher gekommen ist, hat er zwar jung, aber doch wie ein Mensch gewirkt, der älter ist als sie. Vielleicht sollte sie sich langsam daran gewöhnen, nicht mehr überall die Jüngste zu sein.

Sie beschließt, Jan-Petter Berge wegen Hermud Kolnes' Stichverletzung Bescheid zu geben, wenn sie ihn trifft – was sie daran erinnert, wieder nach dem schwer verletzten Lagerarbeiter zu sehen.

»Doktor!«, grüßt sie Jo Lauritzen, als sie am Zimmer des Beikochs vorbeigehen will.

Mittlerweile kennt sie den Tonfall genau. Er hätte gern die nächste Spritze. Doch da muss er sich noch gedulden. Sie vertröstet ihn und geht eine Tür weiter zum Behandlungsraum, wo Tuva Wache hält.

»So, raus mit dir. Eine Stunde Pause«, sagt sie zur Assistentin, der die Betroffenheit anzusehen ist. Tuva schaut auf die Uhr, nickt nur und verlässt die Station.

»Wie geht es Ihnen, Kolnes?«

Er ist wach, reißt beim Klang ihrer Stimme die Augen auf, schafft es aber kaum, sie länger als fünf Sekunden offen zu halten. Sein Brustkorb geht schnell auf und ab.

Kristin könnte an der medizinischen Aufgabe verzweifeln. Das Problem ist nicht zu lösen: Kolnes braucht Blut. Menschenblut. Es gibt keinen synthetischen Ersatz. Sie ist zwar Ärztin, doch in diesem Fall liegt es nicht in ihrer Macht, Spenderblut zu beschaffen. Obwohl es in Anbetracht von Kolnes' Blutgruppe hier an Bord vermutlich mehrere Dutzend potenzielle Spender gibt, wäre eine Übertragung ohne entsprechende Ausrüstung glatter Wahnsinn. Sie erinnert sich an die Horrorgeschichten von direkten Bluttransfusionen noch bis in die Zeit des Zweiten Weltkriegs hinein. Selbst die Möglichkeiten von damals hätte sie nicht. Dazu wäre ein Vollbluttransfer von Mensch zu Mensch heute völlig unvorstellbar, nicht nur wegen der Ansteckungsgefahr und möglicher Rechtsfolgen. Sie hat nicht einmal etwas an Bord, um Mengen abzumessen, was aber wichtig ist, um nicht das Leben des Spenders zu riskieren. Blutkonserven herzustellen, setzt ebenso das entsprechende Equipment voraus. In dem Fall käme die Blutgerinnung, die Kolnes zwecks Wundverschlusses nötig hätte, noch erschwerend hinzu.

Was ein Hollywood-Held jetzt unternehmen würde, vielleicht gar sein Hemd aufknöpfen und den Sterbenden mit dem eigenen Blut versorgen, ist in der Wirklichkeit völlig ausgeschlossen.

Sie wird ihn nicht retten können. Daher sollte sie so schnell wie möglich versuchen, Informationen aus ihm herauszubringen.

»Wer war das, Kolnes?«, sagt sie fest.

Wieder reißt er die Augen auf, starrt sie an, wirkt plötzlich feindselig. Dann bewegt er den Kopf langsam hin und her und die Lider fallen zu.

»Kolnes! Wer hat auf Sie eingestochen? – Was geht hier vor?«, hakt sie nach. »Was ist mit Marius Jørgensen passiert?«

Er hustet kraftlos. Sie erschrickt, als ein Ruck durch den mächtigen Körper geht. Wer weiß, was die Wunde im Bauchraum macht, wenn sich das Zwerchfell so abrupt anspannt. Im schlimmsten Fall ist er binnen Sekunden tot.

Dann lässt seine Körperspannung nach.

»Kolnes, bleiben Sie hier … hallo!«

20

Letzten Freitag, Vossevangen

Kristin hielt das Gerät an ihr Ohr.

»Hovland?«, meldete sich eine Frauenstimme.

»Ja … hier ist Kristin Jørgensen. Sie wollten mich sprechen?«

»Ach, ja, genau! Schön, dass Sie die Zeit gefunden haben. Frau Doktor, ich habe Ihr Interview gelesen und möchte Ihnen nur sagen, wie tapfer ich das finde«, sagte die Frau am anderen Ende der Leitung.

»Danke«, antwortete sie und wunderte sich, dass die Zeitung ihr diese Nummer weitergeleitet hatte. Bekam sie jetzt doch noch die geballte Ladung ab? So nett es die Dame, mit der sie gerade telefonierte, auch meinen mochte, es nützte ihr nichts.

»Haben Sie etwas für mich?«, fragte Kristin noch und stellte sich schon darauf ein, das Gespräch zu beenden, weil die Frau nicht antwortete.

»Hallo? Frau Hovland?«

»Ja … ich … ich hätte damals auch so mutig sein müssen wie Sie.«

Zwei Tage später

Kristin stand vor einem idyllisch am Meer gelegenen Haus in Solsvik, kaum vierzig Minuten von Bergen entfernt. Eine Privatzufahrt führte zum Anwesen, das inmitten einer Lichtung stand, die von Bäumen und Buschwerk umgeben war.

Alma Hovland kam aus dem Gebäude, noch bevor Kristin ihren roten Fiat in der Einfahrt zum Stillstand gebracht hatte. Sie ging am Stock, ließ sich davon aber nicht abhalten, ihren Gast vom Fahrzeug abzuholen.

Beim Händeschütteln gewann Kristin den Eindruck einer gepflegten und wohlhabenden Dame, zu dem auch ihre höflichen Umgangsformen und das wohldosierte Lächeln beitrugen. Trotz der Etikette strahlte sie eine natürliche Freundlichkeit aus. Aber da war noch mehr.

Ein Schatten auf der Seele, dachte Kristin. Leid, das man nicht zur Schau stellte und das doch ins Gesicht geschrieben stand.

»Kommen Sie, ich zeige Ihnen etwas«, sagte die weißhaarige Dame und hinkte voran.

Sie gingen nicht ins Haus, wie Kristin erwartet hatte, sondern rechts daran vorbei in den gepflegten Vorgarten. Wie die ganze Lichtung, auf der sich das Anwesen befand, war auch der Garten sorgfältig angelegt und bestens in Schuss. Sogar einige für diese Gegend ungewöhnliche Blumenarten trotzten dem maritimen Klima. Sie wettete, dass das, was so natürlich aussah, in Wahrheit eine Wissenschaft für sich war. Ohne Gärtner konnte Hovland das unmöglich geschafft haben.

»Hier, sehen Sie?«, fragte diese, als sie vorne an der Böschung standen. »Ist unser Land nicht wunderschön?«

Kristin sah über die Küste und aufs Meer hinaus – und stimmte nickend zu. Ein feiner Luftzug trug den Geruch in sich, von dem sie nie genug bekommen würde. So roch die Freiheit. Wie immer, wenn sie an der Küste war, stellte sie sich vor, von hier aus jeden Küstenstaat der Erde erreichen zu können. Geradeaus kam Island, dann Grönland, dahinter Kanada. Alles, was es noch brauchte, war ein hochseetüchtiges Boot. Kristin seufzte, als zwangsläufig die Gedanken an ein altes Thema wieder an die Oberfläche kamen. Sie hätte den Segelkurs, den sie während des Studiums begonnen hatte, nicht abbrechen sollen, nachdem ihr eine kleine Unachtsamkeit bei einem Wendemanöver eine Gehirnerschütterung beschert hatte. Den Spott der anderen gab es obendrauf. Sie hätte es durchziehen und sich einen Dreck um *die anderen* scheren sollen.

»Das Meer lässt einen nicht mehr los, nicht wahr?«, sagte Hovland, als könnte sie Kristins Gedanken lesen. »Sehen Sie, ich sitze den ganzen Sommer auf dieser Bank und schaue in die weite Ferne hinaus. Das ist doch kaum vernünftig, nicht wahr?«, fuhr sie fort, lachte leise und lud Kristin ein, sich zu setzen. »Sie mögen doch eine kleine Stärkung, nicht?«

Das Tischchen vor der weißen Holzbank war gedeckt. Kristin entdeckte Kuchen und zwei Thermoskannen.

»Tee oder Kaffee?«

»Ach, bitte machen Sie sich bloß keine Umstände wegen mir. Sie haben am Telefon gemeint, Sie hätten Ähnliches erlebt wie ich?«, drängte sie.

»Kommen Sie, setzen Sie sich doch. Bitte.«

Kristin nahm Platz, schnaufte einmal durch und verbot sich weitere Eile. Auch, wenn sie nur noch dieses Wochenende hatte. Sie entschied sich für Kaffee.

Hovland, die direkt neben ihr Platz genommen hatte, schenkte ein und lud ein viel größeres Stück Kuchen auf ihren Teller als das, auf das Kristin gezeigt hatte. Obwohl der *Kvæfjordkake*, auch »bester Kuchen der Welt« genannt, eine Art norwegischer Nationalkuchen ist, hat sie ihn vor Ewigkeiten zuletzt gegessen. Beim Anblick der Baisertorte und bei dem

Geschmack, den sie versprach, regte sich ein altes, längst verloren geglaubtes Gefühl in ihr.

»Kosten Sie!«, forderte Hovland.

Kristin entsprach ihrem Wunsch und spürte, wie Konsistenz und Aromen des Kuchens die Emotion noch intensivierten. Sie fühlte sich instinktiv wohl und merkwürdig geborgen, hier auf dieser Bank, in diesem Garten am Meer, bei dieser Frau. Sie wollte Alma Hovland ein Kompliment machen, ahnte aber, dass mit dem ersten Mucks auch die Tränen kommen würden. Also nickte sie bloß anerkennend, schluckte und griff zum Kaffee.

»Also, Frau Doktor Jørgensen, nun zu meinem Anruf. Ja, ich habe wohl etwas Ähnliches erlebt wie Sie«, begann die Frau zu erzählen und machte eine Pause, die sie nutzte, um aufs Meer hinauszusehen. Als müsste sie sich versichern, dass es noch hier war. Dann fuhr sie fort: »Mein lieber Stian ist auf der 77 gestorben.«

Kristin stellte die Kaffeetasse mit zitternden Händen auf den Untersatz zurück. Sie konnte sich nicht erinnern, den Namen Stian Hovland während ihrer Recherchen gelesen oder gehört zu haben. Wollte die alte Dame ihr erzählen, dass es noch einen Toten gab, von dem niemand wusste?

»Es liegt lange zurück, müssen Sie wissen. So lange. Und doch vermisse ich ihn jeden Tag«, sprach sie langsam und eindrücklich.

»Wann ist das gewesen?«

»Vor fünfzehn Jahren. Zwei Jahre, bevor er in Rente hätte gehen können. Wir hatten Pläne«, sagte sie schwer und doch gefasst. Über ihre Trauer, die riesig gewesen sein musste, war im Lauf der Jahre eine dicke Narbe gewachsen.

Kristin selbst war noch lange nicht so weit. Schon vom Zuhören wurden ihre Augenwinkel feucht. »Wie ist das passiert?«, fragte sie und nutzte den Moment, in dem Hovland wieder versonnen hinaussah, um sich das Gesicht zu wischen.

Die Hausherrin ließ ihren Blick auf dem Meer ruhen, während sie sprach. »Ein Unfall, lautete die offizielle Version. Man hat mir gesagt, er sei gestürzt. Bei Reparaturarbeiten an der Reling. Man habe versucht, ihn zu retten, aber vergebens.«

»Er ist verschollen?«, fragte Kristin vorsichtig.

»Nein nein, sie haben ihn geborgen. Aber da war er bereits tot. Schauen Sie. Sehen Sie den weißen Stein da drüben? Dort liegt er. Mit Blick aufs Meer. Wir beide liebten das Meer.«

Kristin schluckte trocken. »Sie glauben aber nicht an diese offizielle Version?«

Hovland lachte bitter. »Sehen Sie, wenn Stian zum Wartungstrupp gehört hätte, wäre das ja zu verstehen gewesen. Irgendwie jedenfalls. Wobei er handwerklich geschickt war, mein Stian. Hier, dieses riesige Haus hat er ganz alleine renoviert. Neue Leitungen, neue Böden, eigentlich so gut wie alles.«

Kristin sah kurz zurück und nickte anerkennend.

Alma Hovland fuhr fort: »Doch er war keiner von den Arbeitern. Er gehörte zu den Aufsichtspersonen. Und ich weiß, dass er etwas verfolgt hat. Vielleicht auch jemanden. In den Wochen vor seinem Tod hat er sich ganz anders verhalten als sonst.«

»Verfolgt?«, wiederholte Kristin knapp, um Hovland am Erzählen zu halten.

»Ich weiß nicht, was das für eine Spur war, wenn Sie mich das fragen wollen. Es muss eine große Sache gewesen sein. Etwas stimmte nicht mit der Insel. Aber ich habe es nie herausfinden können. … Wahrscheinlich … wahrscheinlich habe ich mir auch zu wenig Mühe gegeben.«

Die letzten Worte gingen Hovland nur zaghaft über die Lippen. Dann hielt sie einen Moment lang inne, bevor sie in sich zusammenfiel und schluchzte: »Bitte verzeihen Sie.«

Kristin meinte herauszuhören, dass sich die Witwe nicht

bloß des Gefühlsausbruchs wegen entschuldigte. »Ich bin mir sicher, Sie haben alles getan«, sagte sie, obwohl sie wusste, dass ihre Worte wie eine Floskel wirken mussten und kaum zu trösten vermochten.

»Ich konnte nie den Mut aufbringen. Ich bewundere Sie, Frau Doktor … als Sie in diesem Interview vom Verschwinden Ihres Bruders berichtet haben, ist bei mir alles wieder aufgebrochen. Sagen Sie, ist das wirklich so oft vorgekommen in den letzten Jahren?«

Jetzt war ihr völlig klar: Hovland fühlte sich mitschuldig an den merkwürdigen Todesfällen. Weil sie glaubte, nach dem Tod ihres Mannes zu wenig nachgesetzt zu haben. Kristin überlegte lange, was sie antworten sollte, und entschied sich für eine offene, ehrliche Antwort. »Ich möchte Ihnen nichts vormachen. Ja, ich denke schon, dass sich die Unglücke auf der Insel 77 häufen. Bisher wusste ich nur von drei Fällen, davon zwei Selbstmorde. Das mit Ihrem Stian ist mir neu.«

»Ich hätte mich damals auch an die Medien wenden sollen«, sagte sie bedrückt. »Dann wäre das alles nicht passiert!«

Kristin, die in den letzten Wochen in der Überzeugung lebte, dass sie es war, die getröstet werden musste, legte Hovland die Hand auf den schmalen Rücken, spürte die Dornfortsätze ihrer Wirbelsäule. »Das kann doch niemand wissen. Es ist schon schwierig genug, mit dem Verlust klarzukommen. Sie haben sicher alles getan. Was hätte das schon gebracht?«

Der letzte Satz drehte sich in ihrem Kopf. Kristin ahnte, dass es sehr wohl etwas hätte bringen können, schon damals eine öffentliche Diskussion in Gang zu setzen. Wenn es sich um Sicherheits- oder Qualifikationsprobleme handelte, hätte man sie beheben können. Wenn es zwielichtige Vorgänge gab, hätte man sie aufdecken und bestrafen können. Hätte, hätte, hätte. Genau das war das Problem am Konjunktiv: Er nützte niemandem etwas.

Als sich Hovland wieder etwas gefangen hatte, setzte Kristin fort: »Haben Sie etwas gefunden? In seinen Sachen, meine ich? Hat er vielleicht Notizen gemacht? Oder etwas gesagt?«

»Glauben Sie mir, diese Fragen habe ich mir schon tausend Mal gestellt. Was hat er gesagt? War etwas merkwürdig? Hat er etwas versteckt, einen Hinweis vielleicht? Aber nein, nein und nochmals nein. Nichts. Es gibt einfach nichts.«

Kristin nickte und beschloss, nicht weiter nachzubohren. Sie verbot sich, Hovland ihre wahren Gefühle zu zeigen. Denn innerlich ärgerte sie sich gerade, hierhergefahren zu sein, um etwas zu erfahren, das sich auch am Telefon hätte mitteilen lassen. Kaffee und Kuchen mit Aussicht brachten sie ebenso wenig weiter wie kryptische Hinweise auf lange zurückliegende Verdachtsmomente, die ihr Mann gehegt haben soll.

»Nur diesen Schlüssel hier«, sagte Hovland fast beiläufig, kramte ihn aus der Tasche ihrer Wolljacke und legte ihn bedächtig auf den Tisch.

Kristin starrte einen Moment lang darauf, unsicher, was das jetzt zu bedeuten hatte. Ein gewöhnlicher Schlüssel für ein Zylinderschloss. Aber es musste wohl mehr dran sein. Also beugte sie sich nach vorne, zog ihn mit dem rechten Zeigefinger bis zum Rand des Tisches, kippte ihn und nahm ihn auf.

»Wofür ist der?«, fragte sie, weil das Ding aussah wie jeder andere. Wollte Hovland sie etwa hinhalten?

»Schauen Sie genau«, forderte die Witwe.

Kristin hielt ihn sich näher vor Augen und drehte und wendete ihn, doch da war nichts. Ein Schlüssel wie Millionen andere auch. Sie ließ ihre Hände sinken und sah Alma Hovland an. Offensichtlich hatte sich diese Frau in eine fixe Idee hineingesteigert.

»Jetzt sehen Sie sich doch die Zahlen an«, drängte die Gastgeberin.

Kristin hob kurz ihre Augenbrauen, unternahm dann aber

einen letzten Versuch, kniff ihre Augen zusammen und führte den Schlüssel ganz nah heran.

Da sah sie es.

77.

Es war eindeutig eine winzige 77 am Rand eingraviert, vermutlich per Hand. Weil das Fabrikat aber noch andere, deutlich auffälligere Aufschriften trug, hatte sie die Kennzeichnung vorhin übersehen.

»Siebenundsiebzig«, sagte Kristin und schaute wieder auf.

»Sie sagen es«, bestätigte Hovland. Ein Lächeln umspielte ihre Lippen. »Er war unter seinen persönlichen Sachen, die ich nach seinem Tod bekommen habe«, erklärte sie. »Ich habe gedacht, dass ihn die Ölfirma sicher wiederhaben will … aber sie meinten, dass das keiner von ihren sei – und er daher meinem Mann gehören müsse.«

Kristin hielt die Luft an. *Wo ein Schlüssel, da ein Schloss*, dachte sie und bat, ihn mitnehmen zu dürfen. Alma Hovland war einverstanden.

21

MITTWOCH, 15.58 Uhr, Insel 77

Sie konnte sich gerade rechtzeitig von der Krankenstation loseisen, um nicht verdächtig zu wirken. Nur noch zwei Minuten. Sie eilt zum Bereich C, muss dafür zuerst in Richtung Fitnessraum. So weit, so erklärbar. Doch als sie dessen Eingangstür links liegen lässt, betritt sie Neuland. Gut, sie kennt die Strecke natürlich von den verpflichtenden Sicherheitsübungen, doch sie ist sich bewusst, dass sie – hier und jetzt – nichts in diesem Bereich zu suchen hat. Sie kann die Blicke der Leute hinter den Bildschirmen förmlich an sich spüren. Ob Kapitän Skeide sie gerade sieht? Ob sie will oder nicht, wandert ihr Blick über Wände und Decke. Doch hier hängt zur Abwechslung keine Kamera.

Wieder schimpft sie sich selbst für ihre paranoiden Gedanken. *Die haben wohl Wichtigeres zu tun, als jeden meiner Schritte zu überwachen.*

Sie entdeckt das Fluchtsymbol über einer Stahltür und drückt diese mit aller Kraft auf. Sofort wird es laut, viel lauter, als sie erwartet hätte. Der Sturm bläst ihr die Feuchtigkeit ins Gesicht. Kristin ahnt, dass das nur ein harmloser Vorbote ist.

Sie hätte sich mehr anziehen sollen. Doch das wäre wiederum aufgefallen. So schnell sie kann, zwängt sie sich durch den Spalt hinaus und schließt die Tür wieder, verharrt und sieht sich um. Die Treppe, die nach unten führt, ist rundum mit Stahlplatten verkleidet. Damit wirkt sie nicht nur optisch wie ein zu groß geratener Kamin: Der Aufwind hier drin führt große Mengen fein zerstäubten Meerwassers mit sich und ist so heftig, dass er ihre Haare zu Berge stehen lässt.

Kristin nimmt die ersten Gitterstufen nach unten. Man kann durch sie hindurchsehen, bis zu den riesigen Wellen, die gegen die Pfeiler der Insel schlagen. Sie entdeckt niemanden. Und auch hier sind keine Kameras. *Das ist gut*, sagt sie sich, um sich die Aufregung zu nehmen. Jan-Petter Berge hat den Treffpunkt sorgfältig ausgewählt.

Er weiß, was er tut.

Als sie das erste Stockwerk hinter sich hat, blickt sie hinauf, doch niemand folgt ihr. Sie will diese Notfalltreppen so schnell wie möglich hinter sich bringen. Sie braucht dabei nicht leise zu sein. Hier hört man nichts als tosende Naturgewalt. Im Vergleich zu ihrer Umgebung ist sie eine winzige Ameise. Selbst wenn sie einen Urschrei loslassen würde, würde ihn kein Mensch hören.

Womit plötzlich eine Befürchtung in den Vordergrund rückt: *Niemand kann dich schreien hören.*

Kristin bleibt auf halber Strecke stehen und beginnt zu zittern. Noch zwei Ebenen nach unten. Sie begibt sich geradewegs in die Hände eines Fremden. Auf einer Bohrinsel, auf der anscheinend nichts mehr mit rechten Dingen zugeht.

Sie ist wahnsinnig. Sie wird sterben. Der Mann wird sie genauso erstechen wie Kolnes. Sie atmet schnell, hyperventiliert fast, wischt sich über das nasse Gesicht. Sie kann doch nicht sehenden Auges in ihr Unglück rennen! Wieso wendet sie sich nicht an den Kerl von gestern – an Braathen? Der Kapitän hat ihn Sam genannt und als Chef der Abteilung vorgestellt. Wenn einer das Geschehen aufklären kann, dann wohl er. Braathen muss von den Dingen erfahren – und dann sollen die alle sie gefälligst in Ruhe lassen.

Sie macht schon kehrt, als ein Wort vor ihrem inneren Auge erscheint.

Marius.

Der Name stellt sich quer in ihre Gedanken.

I C U – M.

I C U kann nur bedeuten: *I see you.*

Ich sehe dich. Und M wie Marius.

Sie will, nein, sie muss daran glauben, dass die Nachricht mit Marius zu tun hat. Noch einmal geht ihr Blick nach oben und nach unten. Doch alles liegt verlassen. Da sind nur sie und der Sturm. Und die Kälte.

Wo ist Marius?

Hier?

Soll sie sich in Wahrheit mit Marius treffen? Darf er sich nicht zeigen? Lebt er in diesem ungenutzten Teil der Insel? Oder hält er sich gar in dem Boot auf? Wird sie ihn gleich wiedersehen?

Der Gedanke alleine reicht, um weiterzugehen. Egal, was passiert. Diese Chance darf sie nicht ziehen lassen.

Sie wird ihm alles verzeihen. Sein Verschwinden, den Überfall, alles. Selbst wenn er es war, der Hermud Kolnes so zugerichtet hat. Er muss seine Gründe gehabt haben.

»Bitte!«, fleht sie auf den letzten Stufen, dann tritt Kristin auf eine Plattform, sie schätzt sie auf zwanzig Quadratmeter. An der Wand ein riesiges C, am Ende der Sammelfläche die Rückseite des schräg nach unten zeigenden Rettungsboots.

Niemand hier.

Instinktiv tritt sie an die hintere Wand heran und bleibt dort stehen. Ihr friert. Lange wird sie hier nicht durchhalten können. Riesige Wellen kommen unter der Plattform hervor und rollen davon. Obwohl sie hier im Windschatten steht, wehen ihr kräftige Böen immer wieder die zerstäubte Gischt ins Gesicht. Sie wird nicht leugnen können, draußen gewesen zu sein. Allein der Zustand ihrer Haare wird Bände sprechen. Der Wunsch nach einer heißen Dusche wird größer und größer.

Sie hätte sich mehr anziehen sollen. Ob es nun auffällt oder nicht. Kristin reibt sich die Oberarme, dann geht sie in die Hocke. Wie lange soll sie noch warten? *Sechzehnhundert. Bereich C, Freifallrettungsboot.* Er hat es laut und deutlich gesagt.

Freifallrettungsboot … meint er vielleicht IM Boot?, fragt sie sich und weiß, dass sie nicht darum herumkommen wird, die Theorie zu überprüfen. Dort könnte sie auch niemand sehen. Außerdem wäre es wohl um einiges windstiller und folglich wärmer als hier.

Sie geht auf das Rettungsboot zu und betritt die erste Stufe. Beim Hinuntersehen wird ihr schwindlig. Also zwingt sie sich, den heftigen Seegang direkt unter ihr zu ignorieren, vor allem aber: nach vorne zu schauen. Drei Gitterstufen führen an die hintere Seite des klobigen orange lackierten Freifallrettungsboots heran, das im Notfall – wie der Name schon sagt – samt Insassen im freien Fall ins Meer hinabstürzt. Die schnellste Art, von hier wegzukommen. Zwei simple Hebel, Fenstergriffen ähnlich, halten den Einstieg verschlossen. Kristin legt sie langsam um und zieht daran, hat ihren Schwerpunkt aber viel zu weit verlagert, kippt fast um und muss neu ansetzen, schafft es aber nur einen Spaltweit. Weil das ganze Boot schräg nach unten zum Wasser zeigt, muss sie jetzt fast das ganze Gewicht der Eingangstür anheben. Die rechte Hand am unteren Griff, die linke an der Reling der Planke, zerrt sie nach Kräften und fühlt sich kurz an eine Fitnessübung erinnert – mit deutlich zu viel Gewicht. Schließlich schafft sie es, das Ding aufzuziehen, späht hinein, entdeckt aber niemanden. Sie steigt ins Boot, lässt die Tür zufallen und konzentriert sich auf ihr Gehör. Als sie keinen Laut vernimmt, fasst sie all ihren Mut zusammen und ruft: »Marius? … Berge?« Da sie keine Reaktion bekommt, setzt, genauer gesagt: legt, sie sich in die erste Passagierschale, die wie die anderen auch mit dem Rücken zum Wasser zeigt und über den Kopf reicht, um beim Auftreffen auf die Meeresoberfläche keine Halsverletzungen zu riskieren.

Dann entspannt sie sich und konzentriert sich weiter auf ihre Sinne.

Licht dringt durch die kleinen oberen Fenster, die den Steuerplatz umgeben. Unten in der Passagierzelle ist alles auf maximale Sicherheit und Stabilität ausgelegt, was heißt: Es gibt keine Fenster. Kristins Augen brauchen ein paar Momente, um sich auf die düstere Umgebung einzustellen.

Wieder reibt sie sich die Arme, dann die Oberschenkel. Im Inneren dieser Überlebenszelle ist es zwar wirklich wärmer, windstill und auch relativ leise, doch die Kälte steckt tief in ihren Knochen. Ihre Haare sind mittlerweile so nass, dass sie sie auswringen könnte. Sie spürt, wie sehr sie zittert, hört sich selbst beim Atmen zu …

Wo ist Marius?

Vor lauter Konzentration darauf, ins Boot zu kommen, drängt sich die Frage der Fragen erst jetzt wieder ins Bewusstsein. *Niemand hier* – das bedeutet, dass auch Marius verschollen bleibt. Es gibt nicht die geringste Spur, die darauf hinweisen würde, dass sich jemand in diesem Boot versteckt gehalten hätte. Alles wirkt sauber und aufgeräumt.

Siedend heiß durchfährt sie der nächste Gedanke: *Was, wenn jemand das Boot von draußen hinabfallen lässt?* Sie würde nach dem Aufschlag aufs Wasser in der Nordsee treiben, ahnungslos, wie man das Ding anlässt oder steuert … zwar wäre sie relativ sicher und hätte diverse Sachen an Bord, um sich bemerkbar zu machen – sogar Notproviant gäbe es –, doch passieren könnte trotzdem noch genug. Sie sieht sich schon mit Wucht gegen einen der Pfeiler prallen, der Verbundstoff ihres Boots würde zerbersten und sie in hohem Bogen hinausgeschleudert, Überlebenszeit maximal drei bis fünf Minuten …

Blödsinn! Wieder einmal macht sie sich unnötig verrückt. Im Sicherheitstraining hat sie genau gesehen, wie es abläuft: Der Mechanismus wird links neben dem Sitz des Steuermanns durch diesen ausgelöst und nicht von außen.

Aber könnte nicht doch jemand …?

»Schluss damit«, rügt sie sich laut und ballt ihre Fäuste.

Nur eine Sekunde später geht alles ganz schnell.

Etwas legt sich um ihren Hals, wird eng, fixiert ihren Kopf an der Sitzschale.

»Hallo, Doktor!«, sagt jemand ganz nah an ihrem Ohr, noch bevor sie überhaupt realisieren kann, was gerade geschieht.

Kristin reißt die Hände in die Höhe, um den Angriff abzuwehren, doch sie kommt nicht zwischen das Band und ihren Kehlkopf. Zu eng. Viel zu eng. Sie bekommt kaum Luft. Als sie husten muss, glaubt sie, ihr Kopf explodiert. Sie will um Hilfe schreien und schafft bloß ein ersticktes Wimmern.

»Hör zu, du kleine Sch…lampe. Das hier ist die letzte W…w…warnung. Nur einmal noch m…mischst du dich in u…unsere Sachen ein, dann bist du m…mmmausetot, kapiert?«

Sein Stottern kann nicht darüber hinwegtäuschen, wie ernst er es meint. Als Kristin nicht reagiert, zieht der Mann noch fester zu.

»Ob du das k…kapiert hast, will ich wissen«, zischt er.

Kristin nickt, so deutlich sie noch kann.

»Kein Wort zu irgendw…wem, hörst du? Sonst stirbt M…m…«

Marius, vervollständigt ihr Verstand, womit sich ein neuer Adrenalinschub freisetzt.

»Marius!«, röchelt sie.

Der Mann erwidert nichts. »Und jetzt ha…hau ab. Und sch…schau dich bloß nicht um, klar?«

Glasklar, denkt sie und drückt sich aus der Sitzschale nach vorne, sobald ihr Hals wieder frei ist. Sie muss heftig husten, als sie die Tür aufstößt und nach draußen stürzt, will alles, nur keinen Verdacht erregen oder gar nach hinten sehen, nur nach vorne, sie muss sofort hinauf ins schützende Innere, doch sie darf die Empörung, die sich vehement bis in die letzte Faser ihres Körpers ausbreitet, mit niemandem teilen.

Sie glaubt immer noch zu wenig Luft zu bekommen, fürchtet, dass ihr Hals verletzt ist, fasst im Laufen hin und reibt vorsichtig, tastet ihren Kehlkopf, schiebt ihn leicht zu beiden Seiten, schluckt.

Der Fluchtweg selbst ist so verlassen wie vorhin. Sie nimmt Abschnitt für Abschnitt nach oben, ohne jede Vorsicht. Erst als sie die warme Luft des Innenbereichs spürt, hält sie einen Moment lang inne. Dann geht sie auf direktem Weg zu ihrer Kabine.

Sie muss sehen, was das Würgen mit ihrem Hals angerichtet hat, und mögliche Spuren verdecken. Sie darf keinen Verdacht mehr erregen.

Auf den ersten Metern denkt sie an Berge, der sie schließlich mit dieser merkwürdigen Botschaft hinausgelockt hat. Doch sie ist sich sicher, dass die Stimme des Angreifers nicht seine war. Andererseits: Wenn es an Bord wirklich eine Art kriminellen Vereins gibt, ist das auch gar nicht nötig. Dann verabredet man sich einfach. Einer lockt, ein anderer greift an.

Jan-Petter Berge würde das nicht tun, denkt sie weiter. Ja, er wollte sie warnen, als er mit der vorgetäuschten Halsentzündung ins Arztzimmer kam, aber nicht auf diese Art. Er wirkte bisher wie ein Helfer.

Da hört sie etwas.

Schritte.

Hinter ihr! Aber das kann nicht sein. Dort war doch niemand – nur der Kerl aus dem Boot, verfolgt er sie? Warum sollte er ihr jetzt noch nachstellen? Sie hat es doch kapiert! Wieder verbietet sie sich zurückzuschauen. Vorne kommt der Fitnessraum, der andere Menschen und damit Sicherheit verspricht. Sie muss es schaffen. Sie läuft jetzt, der Verfolger auch, sie beschleunigt ihr Tempo, doch sie ahnt, dass sie ihm nicht entkommen wird. Kristin überlegt, in den Raum zu fliehen und hinter einem der Fitnessgeräte Schutz zu suchen, möglicherweise trainiert dort gerade jemand, der ihr helfen könnte – da ist sie schon dran vorbei, weiter und links um die Ecke. Sie sieht zwei Männer, die keine zwanzig Meter entfernt vor ihr stehen. Kristin läuft auf die beiden zu wie eine Irre, springt zwischen ihnen hindurch, hört ein »Hey, Doktor!« und erlaubt sich zum ersten Mal zurückzuschauen, drosselt ihr Tempo, weil sie keinen Verfolger sieht, kennt den Kerl allerdings nicht, der sie gerade begrüßt hat und ihr jetzt auch noch winkt …

Sie gibt sich Mühe, nicht noch mehr weiter aufzufallen, indem sie durch die Gänge rennt wie von der Tarantel gestochen. Die Männer raunen sich etwas zu und glucksen, dann lachen sie schamlos.

Endlich erreicht sie den Gang, in dem ihre Kabine liegt. Sie zieht die Scheckkarte aus ihrer hinteren Tasche und will sie an den Magnetcode-Leser halten. Da merkt sie es.

Die Tür ist bloß angelehnt.

22

Der Tag vor Kristins Rückkehr auf die Insel 77

Am frühen Morgen klingelte das Telefon. Kristin war im Hotel in Bergen geblieben, um sich gedanklich auf den Inseldienst und ihre eigenen Pläne dafür vorzubereiten.

»Jørgensen?«

»Ja, guten Morgen, Frau Doktor. Therjesen, Kripo Bergen. Erreiche ich Sie ungelegen?«

Kristin war gerade mal wach und hatte noch nicht gefrühstückt. Sie beschloss, auf Höflichkeiten zu verzichten und gleich zum Punkt zu kommen. »Gibt es etwas Neues? Haben Sie Marius?« Inzwischen, nach allen ihren Erlebnissen mit der Polizei, ging ihr der Satz erstaunlich leicht über die Lippen. Wahrscheinlich, weil sie ohnehin nicht damit rechnete, dass die Beamten jemals irgendetwas herausfanden.

Sie hörte ihn durchatmen und zweifelte plötzlich, ob sie die Antwort wirklich wissen wollte. Er antwortete: »Ja, sehen Sie. Ich habe übers Wochenende zwei Dinge auf meinen Schreibtisch bekommen. Eigentlich drei.«

»Sie haben eine Spur?«, hakte sie nach.

»Ja.«

Kristin hielt die Luft an und setzte sich an den Rand des Bettes.

»Wir haben Spuren sichergestellt. Im Fahrzeug. Die Ihres Bruders und auch die seines Mitbewohners.«

»Sie haben Marius also nicht gefunden?«, schloss Kristin, der die kriminaltechnische Untersuchung des Mustang völlig gleichgültig war. Verblüffend, dass er den Untermieter tatsächlich ans Lenkrad gelassen hat. Oder hat sich dieser das Auto einfach geliehen, ohne Marius zu fragen?

»Wir gehen davon aus, dass …«

»Ja?«

Therjesen rang hörbar mit den Worten. Dann setzte er neu an. »Also gut. Ich habe hier den Abschlussbericht der Ermittlungen zu seiner Abgängigkeit vorliegen.«

»Ja bitte?«, drängte sie ihn weiter.

»Offiziell überbringe ich solche Nachrichten persönlich.«

»Sagen Sie es doch endlich!«, rief Kristin ins Telefon, wobei sie eine wesentlich derbere Version ihrer Aufforderung gerade noch verschlucken konnte.

»Also gut. Das hier ist ein Grenzfall … hören Sie. Die Staatsanwaltschaft geht nach Erwägung aller Fakten, insbesondere auch der offiziellen Flugprotokolle und Befragung der Verantwortlichen, von einem Suizid aus und will die Akte schließen. Es tut mir leid.«

Die Selbstmordtheorie überraschte Kristin kaum, doch glauben würde sie niemals daran. Sofort regte sich Ärger in ihr. Für die Polizei war das natürlich die angenehmste Variante. »Aber man hat nichts gefunden, oder?«

»Nein«, musste Therjesen zugeben.

»Also kein Abschiedsbrief?«, fragte Kristin und wunderte sich selbst darüber, wie leicht es ihr fiel, das zweifelhafte Ermittlungsergebnis der Polizei anzugreifen.

»Nein.«

»Aber es gab nicht das geringste Anzeichen«, sagte sie dann. »Glauben Sie etwa an einen Suizid aus heiterem Himmel?«

Jäh drängt sich die schmerzlichste aller Erfahrungen in Kristins Bewusstsein. Wer hätte wohl das Gleiche von ihrer Mutter gedacht? Dass sie einfach so, von einem Tag auf den anderen, ohne irgendein besonderes Warnzeichen, in den See gehen würde? Die Erfahrung hatte Kristin gelehrt, dass man einen Menschen nie zu hundert Prozent durchschauen kann. Nicht einmal die eigene Mutter. Nein, es durfte nicht schon wieder passiert sein – Marius wusste doch genau, welches Leid das für die Hinterbliebenen bedeutete!

»Der Überfall auf die Tankstelle könnte durchaus auf eine Verzweiflungstat in einer psychischen Ausnahmesituation hindeuten«, gab Therjesen zu bedenken.

»Marius war das nicht!«, rief sie in den Hörer. Dann zwang sie sich, leiser weiterzusprechen: »Hat der Untermieter … hat dieser Karlsson nicht gestanden? Schließlich war er genauso mit dem Auto unterwegs! Er war's.«

»Woher wollen Sie das wissen?«

Ja, *woher*. Es war einfach so, hatte sie für sich beschlossen. »Gibt es Spuren auf dem Geld?«

»Die Untersuchung läuft noch.«

»Ach?«

»Hören Sie, Jørgensen. Sie können sich diesen abfälligen Ton sparen. Mir ist klar, wie schmerzlich Sie der Verlust trifft, aber wir machen hier nur unsere Arbeit. Dazu gehört, den Raub zu klären. Aber Geldscheine zu untersuchen, hat im Labor nun mal nicht die oberste Priorität, und es fällt mir schwer, da Druck zu machen.«

»Immerhin wüssten Sie dann endlich, dass Marius es nicht gewesen sein kann! Er hat sich nicht umgebracht.«

»Das eine und das andere gehören nicht zusammen, Frau Doktor. Amtlich gesehen werden wir das Verschwinden von

Marius Jørgensen nicht weiterverfolgen, zumal es nicht den geringsten Anhaltspunkt gibt, dass es sich anders verhalten haben soll. Es gab keinen anderen Weg von der Insel, den er überlebt hätte.«

»Dann muss er noch dort sein«, klammerte sie sich an die letzte Möglichkeit.

Therjesen räusperte sich, sagte aber nichts. Es war klar, dass er ihre Bemerkung für unglaubwürdig hielt – im besten Fall.

»Hören Sie, Therjesen. Sie glauben vielleicht, dass ich die Wahrheit nicht ertragen kann und mich deshalb an andere Möglichkeiten klammere. Aber ein Selbstmord ist völlig … völlig ausgeschlossen.« Sie verbat sich den Zweifel, der auftauchte, als sie es aussprach.

»Ich kann hier nichts mehr für Sie tun«, sagte er so lapidar, wie es nur ein Beamter zustande brachte, und schwieg anschließend. Ein Mann mit professionellem Schutzpanzer. Ob Marius wieder auftauchte oder nicht, war ihm unterm Strich genauso egal wie die Aufklärung des Überfalls. Therjesen tat seinen Dienst, bekam sein Geld und fertig.

Wie geht es jetzt weiter?, war die Frage, die ihr auf der Zunge lag. Die Antwort wäre gewesen, dass man ihn sofort oder nach einer Frist für tot erklären und einen leeren Sarg bestatten würde. Dinge, die sie gar nicht wissen wollte. »Sie haben noch einen dritten Punkt erwähnt?«, fragte sie stattdessen.

»Ja …«, druckste er herum, »ist nur eine Nebensache. Aber wir sind verpflichtet, Sie davon in Kenntnis zu setzen. Wir haben einen Bericht des Datenschutzbeauftragten in Oslo erhalten.«

»Mhm?«, machte Kristin, für die sich die Ankündigung wenig spannend anhörte.

»Es hat unbegründete Abfragen Ihrer Akte gegeben.«

»Meiner Akte?«

»Sehen Sie, immer wenn Verfahren laufen, werden persönliche Daten und Ermittlungsergebnisse elektronisch gespeichert – und so, wie es aussieht, ist Ihr kompletter Datensatz kopiert worden.«

»Es gibt eine Akte von mir?«

»Nun ja, Sie waren ja neulich bei uns und …«

»War das nicht eine Befragung?«

»Ja. Die Sache ist mir unangenehm. Seien Sie versichert, dass …«

»Wer hat sich die Akte angesehen?«, unterbrach sie seinen gestelzten Erklärungsversuch. Sie hätte wetten können, dass Therjesens junger Kollege hinter der Speicherung ihrer Daten steckte.

»Das wird die Ermittlung zeigen. Aber die braucht Zeit.«

Die ich nicht habe, vervollständigte Kristin für sich.

Der Polizist fuhr fort: »Die interne Revision wird sich darum kümmern. Aber bitte nehmen Sie das nicht allzu ernst. Es kann sich auch um einen Fehler handeln – jemand hat sich falsch eingeloggt … eine zufällige Namensverwechslung …«

»Oder jemand ist hinter mir her«, sprach Kristin aus, was ihr logischer vorkam, und spürte, wie sich augenblicklich Beunruhigung in ihr breitmachte.

»Sehen Sie, das ist die Krux an der Spekulation. Es kann alles und jeder gewesen sein und eine Million Gründe dafür gehabt haben. Noch einmal: Wir gehen der Sache nach. In der Zwischenzeit kann ich mich nur für die Unannehmlichkeiten entschuldigen.«

»Ich werde morgen zurück auf die Insel fliegen«, informierte sie ihn noch. »Mein Dienst beginnt wieder.«

»Sie arbeiten nach wie vor für diese Firma?«, staunte Therjesen. »Nun, Frau Doktor, offensichtlich sind Sie mutiger, als ich dachte.«

23

MITTWOCH, 16.50 Uhr, Insel 77

Jemand ist in ihre Kabine eingedrungen.

Ihr erster Impuls war, auf der Stelle kehrtzumachen und zur Krankenstation zu gehen, der einzigen Rückzugsmöglichkeit, die ihr eingefallen war, um von dort aus die Sicherheit zu verständigen. Aber das kann sie immer noch tun. Deshalb hat sie gewartet, bis zwei Männer den Gang entlangspaziert kamen, und diese gebeten, kurz stehen zu bleiben – nur für den Fall, dass sich jemand Unerwünschter in ihrem Raum aufhält. Zum Glück willigten die beiden ein, ohne einen dummen Spruch abzulassen.

Ohne jeden Zweifel hatte sie beim Verlassen der Kabine die Tür zugezogen und sich wie immer vergewissert, dass diese wirklich verriegelt war. Jemand hat sie geöffnet, während sie weg war.

Vorsichtig drückt sie die Tür weiter auf – und kommt gerade mal zehn Zentimeter weit, dann stößt sie gegen etwas.

Oder gegen jemanden?

Ihr Herz setzt einen Schlag aus, als sie sich einen Attentäter vorstellt, nur das Türblatt zwischen ihnen … aber es scheint sich eher um einen harten Gegenstand zu handeln, der auf dem Boden liegt. Sie probiert es fester und kann ihn schieben, sodass der Spalt größer wird. Wieder wartet sie ein paar Sekunden.

»Was ist los? Hast du eine Spinne gesehen, hm?«, sagt einer der Männer hinter ihr. Der andere lacht.

War ja klar, denkt sie, stellt zuerst einen Fuß in den Spalt und streckt dann ihren Kopf ins Innere, langsam – sie horcht in den Raum hinein, doch da sind nur die üblichen allgegenwärtigen Geräusche. Sie schiebt weiter, dann späht sie um die Ecke. Sie glaubt, Dinge auf dem Boden zu erkennen. Sie legt die rechte Hand an den Lichtschalter, atmet noch einmal durch und drückt dann. Die Helligkeit überrascht sie – aber nicht annähernd so sehr wie der Zustand ihrer Kabine.

Ihre Sachen, besser gesagt die von Tuva geliehenen Sachen, sind zerwühlt und liegen quer über den Boden verstreut. Gleiches gilt für Bettlaken und Bezüge. Das Hindernis hinter der Tür entpuppt sich als umgekippter Stuhl. Sämtliche Schubladen und Schrankfächer stehen offen, auch die Tür zum Badezimmer.

Es sieht so aus, als hätte der Eindringling nach etwas gesucht. Kristin kann sich nicht vorstellen, was das sein soll. All ihre Sachen, darunter auch Alma Hovlands geheimnisvoller Schlüssel, sind schließlich mit dem Hubschrauber zurück aufs Festland geflogen. Das einzige Persönliche ist die durchweichte Kleidung, die sie am Körper trägt.

Sie macht einen Schritt auf ihr Bett zu, auf dem ein Foto liegt, bückt sich hinunter und erkennt das Motiv sofort: ihr Vater, Haakon Jørgensen, am Ufer des heimischen Sees. Er trägt die Windjacke, die er erst seit Kurzem besitzt.

»Holt Braathen, sofort!«, befiehlt sie den Männern, die im Türrahmen stehen und große Augen machen. Der autoritäre Ton ihrer Stimme überrascht Kristin selbst. Aber hier wurden gleich mehrere Grenzen überschritten. Das Foto, das nur als Drohung interpretiert werden kann, geht zu weit. Sie hat keine Lust mehr, ein Teil dieses wahnsinnigen Spiels zu sein. Was erwartet man denn von ihr? Dass sie sich wegduckt, während man sich ihren Vater als Reserveopfer hält?

»Na los!«, keift sie die Männer an. Einer der beiden schüttelt den Kopf. Gleich darauf sind sie weg.

Keine fünf Minuten später ist Sam Braathen hier und sieht sich um. Sie zeigt auf das Bild und sagt: »Jemand war hier und hat eine Botschaft für mich hinterlassen. Sehen Sie!«

»So so?«, brummt er. »Dann hätte er auch gleich aufräumen können, was?«

Der unangebrachte Scherz prallt ebenso an ihr ab wie sein Grinsen. Ihr Gesichtsausdruck scheint ihm zu reichen, um seinerseits ernster dreinzublicken und zu fragen: »Kennen Sie diesen Mann?«

»Er ist mein Vater. Haakon Jørgensen.«

»Hmhm«, macht er und greift mit bloßen Händen nach der Aufnahme.

»Moment!«, protestiert Kristin. »Ich will, dass Fingerabdrücke abgenommen werden! Fassen Sie das nicht an!«

Er mustert sie, als käme sie vom Mond. Dann unterdrückt er ein Lachen. »Fingerabdrücke? Doktor, glauben Sie, ich bin Sherlock Holmes?«, entgegnet er. »Ich kann doch hier nicht die Arbeit eines Kripobeamten machen, nur weil Ihnen jemand ein Foto aufs Bett legt.«

Sie könnte ihn erwürgen. »Ich will wissen, wer das getan hat, und nicht mit Ihnen diskutieren, was Sie können und was nicht!«

»Frau Doktor«, erwidert er im Tonfall eines Erwachsenen, der mit seinem Kind spricht, »hier hat sich ganz offensichtlich jemand einen kleinen Scherz …«

»Einen KLEINEN Scherz?«, wiederholt sie aufgebracht.

»Meinen Vater in diese Sache mit einzubeziehen, ist ein kleiner Scherz, ja? Wissen Sie, was das ist? Eine Drohung. Wer hat das Foto gemacht? Ich war es nicht! Ich kenne das Bild überhaupt nicht. Das ist alles geplant, wenn Sie mich fragen! Jemand will nicht, dass ich etwas herausfinde! Ein SCHERZ … dann sind der Tote von gestern und der halb Erstochene heute wohl auch nur ein … ein KLEINER SCHERZ?« Sie ist außer sich und spürt, wie ihr die Zornesröte ins Gesicht steigt.

»Ein halb Erstochener?«, wiederholt Braathen.

»Auf der Krankenstation. Ich habe zu Mittag schon versucht, jemanden von Ihrer Abteilung zu erreichen, aber im Büro war niemand.«

»Wer ist der Verletzte?«

»Hermud Kolnes. Lagerarbeiter. Einstich im Bauchraum, schlecht versorgt, vermutlich selbst. Er verblutet und ich kann ihm nicht helfen.«

Braathen nickt, doch er scheint den Mann nicht zu kennen. »Ich werde dem nachgehen … und diesem Bild auch, Doktor«, sagt er dann und will wieder nach der Aufnahme von ihrem Vater greifen.

»Fassen Sie das Foto nicht an. Wir müssen die Polizei verständigen.«

Sein Ausdruck sagt ihr, dass er sie für übergeschnappt hält. Was Braathen wohl davon halten würde, dass einer seiner Mitarbeiter sie zum Rettungsboot hinausgelockt hat, in dem sie fast erwürgt worden wäre? Unwillkürlich fasst sie sich an den immer noch schmerzenden Hals und zieht den Kragen höher.

»Was ist denn das für ein verdammtes Gezanke hier?«, hört sie jemanden hinter sich. Ihr wird kalt.

Kapitän Skeide.

»Sam? Was ist los? Ich mache gerade einen Kontrollgang und … ach, SIE? Schau an, die Problemmacherin. Was sage ich? Einmal Probleme, immer Probleme. Und? Es gibt Probleme, richtig? Wusste ich es doch. Aber in Stavanger hört man ja bekanntermaßen nicht auf einen, der sich auskennt. Also? Was läuft hier?«

Das Unrecht, das ihr widerfährt, ist so uferlos, dass sie bloß ihren Arm heben und auf ihr Bett zeigen kann. Am liebsten würde sie diesen Scheißkerl anspringen und ihm zeigen, was Probleme sind.

»Soso«, sagt Skeide und tritt ein. »Wie das hier aussieht! Halten Sie auf Ihrer Station auch so viel Ordnung, Frau DOKTOR?«

Sie antwortet nicht. Obwohl sie will. Oh ja, sie will noch so viel mehr. Sie will diesen feisten, untersetzten Napoleon-Verschnitt von Freizeitkapitän grün und blau schlagen. Und Braathen noch dazu. Der steht einfach nur da und gibt sich überhaupt keine Mühe, die Situation aufzuklären.

Da hört sie noch eine andere Stimme.

»Hey, Schnecke, willst du nicht langsam …«

Tuva taucht auf, bleibt an der Schwelle stehen und hat sichtlich Mühe, das Bild zu verarbeiten, das sich ihr bietet. Ihre Sachen auf dem Boden, Skeide, Braathen und Kristin zusammen in der für drei Personen viel zu engen Kabine …

Der Kapitän dreht sich zu ihr. »Ja? Was wollen Sie?«

»Ich … äh …«

Die Assistentin wirkt wie ein scheues Reh. Am liebsten würde sie wohl einfach ihrem Fluchtinstinkt folgen.

»Ja? Sie sehen ja, wir haben hier zu tun. Hier gibt's nichts zu gaffen! Gehen Sie!«, befiehlt Skeide.

»Tuva, wie ist sein Zustand?«, geht Kristin zwischen die beiden.

»Er … äh … es geht ihm nicht gut. Sauerstoffsättigung und Atmung gehen runter …«

Genau wie sie befürchtet hat. Lange wird Kolnes nicht mehr durchhalten.

»Frau Jørgensen hat mich unterrichtet, dass es wohl eine Messerstecherei gegeben hat«, erklärt Braathen dem Kapitän.

»Ach so? Wann? Wo? Zwischen wem?«, kommt es wie aus der Pistole geschossen. Ungeduldig starrt Skeide sie an.

»Ich weiß nicht, wann und wo. Hermud Kolnes hat sich aus eigener Kraft mit einer schlecht versorgten Wunde zu uns geschleppt. Er schwebt in Lebensgefahr.«

Skeide sieht drein, als wollte er ihr gleich auch noch die Schuld für das Gewaltverbrechen geben. Sie entschließt sich, in die Offensive zu gehen, bevor er ausholen kann. »Ist denn niemandem im Lager etwas aufgefallen? Es muss doch Dienstpläne geben, in denen er fehlt, oder? Wieso wissen Sie nichts davon?«

Skeide sieht zornig zu Braathen, der abwehrend die Hände hebt. »Ich werde mich gleich erkundigen«, sagt der und drängt sich an Kristin vorbei. Tuva macht ihm Platz.

»Und räumen Sie den Saustall hier auf!«, tadelt Skeide die Kabinenbewohnerin und ist gleich darauf ebenfalls fort.

»Was für Vollhirnis«, sagt Tuva, ohne sich zu vergewissern, dass es draußen auf dem Gang keiner hören kann.

Kristin bleibt still und fixiert das Foto auf dem Bett. Obwohl sie überhaupt nichts dafür kann, fühlt sie sich seltsam schuldig. Für die Gefahr, der sie ihren Vater aussetzt. Was soll sie jetzt mit ihm machen? Ihn warnen? Ihm sagen, er dürfe das Haus nicht mehr verlassen? Das würde er nicht verstehen, und wenn, dann …

Da fällt ihr Irma ein.

24

Der Tag vor Kristins Rückkehr auf die Insel 77

Nach dem Telefonat mit Therjesen hatte Kristin erst einmal gefrühstückt. Da sie am nächsten Tag wieder auf die Insel zurückfliegen würde, stand an diesem Montag die Fahrt von Bergen nach Stavanger an. Kristin nutzte den späten Check-out des Hotels und fuhr erst knapp vor zwölf Uhr Mittag los.

Natürlich hätte sie einen der günstigen Direktflüge nehmen können, wie es die meisten Norgoil-Beschäftigten taten. Norwegen war nicht für Überlandfahrten gemacht. Besonders, wenn man von einer Küstenstadt in die andere wollte, musste man Umwege, Tunnels und Fähren einkalkulieren. Öffentliche Verkehrsmittel wie Busse oder die Bahn zu benutzen, war oft unmöglich. Wer alle Gebühren und Umstände zusammenrechnete und auf dieser Basis eine rationale Entscheidung traf, gab dem Flugzeug den Vorzug.

Aber Kristin hatte ausreichend Zeit, was Möglichkeiten, aber auch Probleme mit sich brachte. Sie wusste, dass zu viel Zeit nicht gut für sie war. Vor allem nicht, wenn sie diese in Hotelzimmern oder Flughäfen verbrachte und ihre Gedanken

Gelegenheit bekamen, Karussell zu fahren. Sie konnte kaum noch schlafen. Sobald sie im Bett lag, die Augen schloss, es um sie herum still war und der Körper ruhen wollte, schaltete ihr Kopf auf Dauerlauf. Ihr Verstand versuchte, das riesige Puzzle zusammenzufügen, das sich in seinen Einzelteilen vor Kristin ausbreitete. Doch wie man die Stücke drehte und wendete, die Verbindungen wollten nicht ineinanderpassen. Über allem standen Marius, sein gelbes Auto und der Überfall, dessen er verdächtigt wurde. Aber wieso hätte er die Tankstelle ausrauben sollen? Und was war dann mit ihm passiert? Wo steckte er bloß? Kam sie ans Ende dieses Gedankenpfads, ging es weiter zu den anderen Verschollenen, wobei die Umstände deren Verschwindens ebenso mysteriös blieben. Dann erinnerte sie sich an ihr Zeitungsinterview, Ivars Auftrag, den sie als Gegenleistung zu erfüllen hatte, den merkwürdigen E-Mail-Kontakt … und an Alma Hovland in ihrem kleinen Paradies am Meer. Zwischendurch machte sie sich Sorgen um ihren Vater. Was, wenn Irma die Last zu groß wird? Wenn er eines Tages nicht einmal mehr seine engsten Angehörigen erkennt? Ihn in ein Heim zu geben, kam nicht infrage. Notfalls wollte sie sich selbst um ihn kümmern.

Was Marius betraf, war die Situation verfahren wie nie. Alles schien in die falsche Richtung zu gehen, schlimmer zu werden, sodass es immer schwieriger wurde, die Hoffnung aufrechtzuerhalten. Doch gleichzeitig gab es keine andere Möglichkeit, als weiterzumachen. Sie wusste, sie würde sich sonst ihr Leben lang Vorwürfe machen. Aufzugeben war keine Option.

Die Autofahrt nach Stavanger, unterbrochen von zwei Fährpassagen, war genau das richtige Mittel gegen den Gedankenkoller. Auf dem Festland hatte sie nichts mehr zu erledigen. Zumindest war ihr nichts eingefallen, was sie noch hätte tun können. Auf der 77 dafür umso mehr. Nun musste sie nur noch die Zeit bis zum Hubschrauberflug am nächsten Morgen totschlagen.

Noch eine Nacht im Hotel. Sie hoffte, sie würde am Ende des Tages müde genug sein, um wenigstens ein paar Stunden Schlaf zu finden.

Bergen verabschiedete sich mit strahlendem Sonnenschein. Schon für die kommende Nacht waren die Vorboten eines gigantischen Sturmtiefs prognostiziert. Aber das konnte sie nicht abhalten.

Nichts und niemand würde sie abhalten.

Wenn nur diese Tunnel nicht wären, dachte sie, als sie kurz vorm Troldhaugen-Museum in eine längere unterirdische Passage bog. Danach ging es zum Glück geraume Zeit unter freiem Himmel weiter. Schon bald würde sie in Halhjem die erste Fähre nehmen.

Als sie am Hafen von Halhjem in der Autoschlange stand und die Fähre bereits kommen sah, läutete ihr Handy. Das Display zeigte: *Unbekannter Teilnehmer.*

»Ja?«, meldete sie sich wie immer, wenn sie anonym angerufen wurde.

»Frau Doktor Jørgensen?«

»Wer will das wissen?« Dieser freche Spruch beruhte auf Erfahrung mit »unbekannten Teilnehmern«.

»Das tut nichts zur Sache. Sagen wir, jemand, der es gut mit Ihnen meint.«

Kristin hätte sich nicht gewundert, wenn dieser Wohltäter gleich als Nächstes den Versuch gestartet hätte, sie zu einer Umfrage oder einem neuen Handyvertrag zu überreden. Er klang genau wie alle aufdringlichen Werbeanrufer. *Ich meine es gut mit Ihnen, hören Sie nur, wie gut dieses Angebot ist, das ich heute für Sie habe! Bla bla bla.*

Sie wollte schon auflegen, als er weitersprach: »Wir haben uns verpasst. Damsgård, Bergen. Erinnern Sie sich? Sie sind nicht gekommen.«

Da horchte sie auf. »Oh«, entfuhr es ihr laut. Ihr Körper spannte sich an. Sie setzte sich kerzengerade auf und lauschte, presste das Smartphone fester gegen ihr Ohr, glaubte, im Hintergrund Meeresrauschen zu vernehmen. Dann stammelte sie: »Da war ein Stau zwischen Vossevangen und Bergen … bitte glauben Sie mir, im Tunnel, ich habe es versucht, aber ich war viel zu spät, es tut mir leid, und später ging Ihr E-Mail-Postfach nicht mehr«, haspelte sie. »Bitte sagen Sie mir, was Sie wissen!«

»Ich habe nur diese eine Möglichkeit, Sie anzurufen, also hören Sie gut zu. Kommen Sie nicht nach Stavanger. Und schon gar nicht auf die Insel.«

»Wieso?«, fragte sie verblüfft. »Was wissen Sie? Was wollen Sie?«

»Ich will Sie warnen, Doktor. Sie mischen sich da in etwas ein, von dem Sie keine Ahnung haben. Bleiben Sie weg.«

»Wieso?«, wiederholte sie.

»Man wird auf Sie war… *Shit!* … Hören Sie, halten Sie sich bloß von Stavanger fern, klar?«, verlangte er hastig. Es klang, als ob er lief.

»Wer spricht denn da? … Hallo?«

Aufgelegt.

Wenige Minuten später stand Kristin schon an der Reling der *Fanafjord*, einer der Fjordfähren, die vorne wie hinten gleich aussahen, um sowohl mit Bug als auch Heck anlegen zu können, und deren nach unten geschwungene Enden Kristin an zu groß geratene vorgestreckte Unterlippen erinnerten.

Wenige Sekunden nachdem das letzte Auto eingefahren war, legte die Fähre ab. Die Ladeklappe senkte sich auf den ersten zweihundert Metern ihrer Fahrt und schloss sich unüberhörbar mit metallischem Klang. Der Dieselmotor brummte ruhig und kraftvoll. Kaum hatten sie die enge Bucht von Halhjem verlassen, zeichnete sich die Kielspur ab. Kurze Zeit später waren sie schon auf Reisegeschwindigkeit. Kindheitserinnerungen kamen auf. So weit Kristin sich zurückerinnern konnte, war das der Moment gewesen, an dem die Familie Jørgensen – gutes Wetter vorausgesetzt – nach vorne ging und sich den Fahrtwind um die Nase streichen ließ, bis es einem von ihnen zu kalt wurde. Meistens war ihre Mutter die Spielverderberin. Marius, Kristin und ihr Vater hätten noch viel länger ausgehalten, wie sie ihr anschließend stets auf die Nase binden mussten.

Kristin seufzte, als sie allein am vordersten erreichbaren Platz der Fähre stand. Sie drückte die Metallstange der Reling fester als nötig. Vor ihr weitete sich der Blick aufs Wasser.

Sie wusste, sie würde niemals genug von ihrer Heimat haben, sosehr sie das Meer auch in die Ferne zog. Die zerklüftete Landschaft, die bewaldeten Geländekuppen, die unzähligen mit Hütten und Stegen bebauten Inseln, der salzige Geruch, die stets gegenwärtigen Farben Blau, Grün und Ocker und mittendrin die ochsenblutroten Sprenkel der Zivilisation – der unverwechselbare Anstrich der Inselhütten und Häuser, kontrastreich und doch seltsam harmonisch.

»Herrlich, nicht wahr?«, sagte jemand rechts von ihr.

»Ja«, antwortete sie so beiläufig wie knapp, weil sie keine Lust auf Konversation mit Fremden hatte.

»Wohin geht es heute?«

Das geht Sie nichts an, lag ihr auf der Zunge. Sie warf ihm einen flüchtigen Seitenblick zu. Groß, bullig, wettergegerbt. Arbeitertyp, vielleicht Fischer. Trotz der angenehmen Temperaturen trug er Wollkappe und Funktionsjacke und wirkte auf sie wie jemand, dem selbst das heimische Klima keine Überraschungen mehr bieten konnte. Sein Dialekt war nicht aus der

Gegend und seine Neugier genauso wenig. Small Talk dieser Art passte eher zu Touristen.

»Ach, in den Süden«, sagte sie, stieß sich demonstrativ von der Reling ab und ging weiter.

Sie spazierte einmal um den Aufbau herum und dachte an den merkwürdigen Anruf von vorhin. Sie kannte die Stimme nicht. Aber das war kein Wunder. Vieles in ihrem Leben war neu.

Der Mann, den sie in Bergen hätte treffen sollen, hatte in seinen E-Mails erwähnt, etwas über die Insel 77 zu wissen. Nach dem verpassten Treffen war er über die Adresse nicht mehr erreichbar gewesen – sie schickte ihm gleich eine Nachricht, doch sofort kam eine Fehlermeldung zurück, dass dieser Empfänger unbekannt sei. Und jetzt rief er sie an. Woher hatte er ihre Handynummer? Ivar und seine Zeitung hatten sie, aber es war vereinbart, dass Kristin entschied, ob sie sich bei Anrufern melden wollte oder nicht. Ihre Rufnummer sollte nicht nach außen gehen. Er musste also über einen anderen Weg drangekommen sein.

»Dann haben wir ja die gleiche Richtung«, meinte der Mann, der schon wieder an ihrer Seite stand. Sie hatte ihn nicht bemerkt.

»Ja«, sagte sie knapp. Langsam wurde er aufdringlich.

»Stavanger?«, hakte er nach.

Sie antwortete nicht. Die meisten hier fuhren nach Stavanger. Sonst lag ja kein größeres Ziel in dieser Richtung. Die Frage war ähnlich platt wie jene, ob der Sonnenschein nicht angenehm sei.

»Ich fahre nach Stavanger«, meinte er und atmete demonstrativ durch. »Herrlich, diese Luft, finden Sie nicht?«

Genau die plumpe Anmache, mit der sie gerechnet hatte – und die sie jetzt am wenigsten brauchen konnte. Eine einsame blonde Frau auf dem Weg in den Süden schien es Männern förmlich unmöglich zu machen, sie alleine an der Reling stehen zu lassen.

Kristin holte ihr Handy heraus. Natürlich hatte es keinen Empfang. Trotzdem hielt sie es sich ans Ohr und tat, als wartete sie darauf, dass ihr Gesprächspartner abhob. Sie ging wieder ganz nach vorne. Aus dem Augenwinkel sah sie noch, dass der Verehrer, wie von ihr beabsichtigt, stehen blieb. Spätestens jetzt musste er die Botschaft verstanden haben. Zur Sicherheit behielt sie das Gerät am Ohr und versuchte die Zeit abzuschätzen, die sie auf diese Weise überbrücken musste. Noch gut zehn Minuten bis zum Anlegen in Sandvikvåg.

Sie dachte wieder an den Anruf. Warum sollte sie nicht nach Stavanger kommen? Wenn man sie nicht auf der Bohrinsel sehen wollte, hätte sie das noch nachvollziehen können. Schließlich war sie dem Ölkonzern auf die Zehen gestiegen und würde damit fortfahren, bis sie wusste, was mit Marius war. Aber Norgoil blieb still. Keine kryptische Terminvereinbarung bei der Geschäftsleitung, kein Verweis, kein Kündigungsschreiben, nichts. Als kümmerte sie kleine Ameise sowieso niemanden.

Einen offensichtlich doch, überlegte sie.

»Interessant, dass Sie hier Empfang haben«, sagte der lästige Mann. Jetzt stand er plötzlich hinter ihr. Sie wollte sich schon umdrehen und ihm Bescheid sagen, dass ihr überhaupt nicht nach aufdringlicher Gesellschaft war, als er in ihren Rücken sprach: »Aber auf der 77 geht's ja auch, das Handy, nicht wahr, Frau Doktor?«

25

MITTWOCH, 22.54 Uhr, Insel 77, Krankenstation

Jetzt sind es nur noch ein paar Minuten, schätzt sie. Eine Stunde im besten Fall. Es gibt keine Möglichkeit mehr, Hermud Kolnes mit den Mitteln, die sie zur Verfügung hat, zu retten. Trotzdem fühlt Kristin sich furchtbar, als sie an seinem Bett steht und seinen Verfall beobachtet. Noch immer ist die Atemfrequenz hoch, doch das Luftholen wird zusehends flacher.

Todesfälle ihrer Patienten treffen sie stärker, als langfristig gut für sie wäre. Sie kennt die Bewältigungsstrategien ihrer Kollegen in den Krankenhäusern. Schwarzer Humor hilft manchen. Andere sehen nicht den Menschen, sondern die Mechanik dahinter, betrachten den Tod als Folge eines funktionalen Defekts. Ein Getriebe, dem ein unersetzliches Zahnrad fehlt, kann nicht mehr laufen. Das ist dann eher logisch als traurig. Was man die Angehörigen natürlich nicht spüren lassen darf.

Die Sauerstoffsättigung sinkt um einen weiteren Prozentpunkt.

Es gehört zu den angenehmen Seiten des Bohrinsel-Arztjobs, dass man trotz der harten Arbeitsumgebung mit dem Ausbleiben letaler Fälle rechnen konnte. Zu gesund die Besatzung, zu rigoros die Sicherheitsvorschriften, zu hoch die überall spürbare Professionalität. Man fördert das Öl seit Jahrzehnten und weiß, wie es geht. Hier ein grippaler Infekt, dort eine kleine Schramme – das Leben als Bohrinsel-Arzt ist dem eines Schönheitschirurgen ähnlicher, als man glauben würde. Man arbeitet mit Menschen, die gesund sind und mitten im Leben stehen.

Auf Kolnes trifft das nicht mehr zu. Er stirbt, und mit ihm geht auch das Wissen unter, das Kristin so dringend bräuchte.

Er stirbt so oder so, sagt sie zu sich selbst, um sich zu beruhigen.

Das, woran sie gerade denkt, widerspricht jeder medizinischen Ethik.

Seine Herzfrequenz sinkt in den normalen Bereich. Doch *normal* ist in seinem Fall schlecht – ein sicheres Zeichen, dass der Körper verfällt.

Die Adrenalinspritze in ihrer Hand würde sein Bewusstsein vielleicht ein letztes Mal aufflackern lassen. Kurz und doch lange genug, um noch etwas von ihm zu erfahren.

Vielleicht aber auch nicht. Sie spürt, wie sie zittert. Er wird damit ganz sicher schneller sterben. Der eine oder andere würde das als aktive Sterbehilfe bezeichnen. *Folter*, fällt ihr die Gegenthese ein. Kolnes würde sich seines Zustands bewusst werden, statt *sanft entschlafen* zu können, wie es so blumig formuliert wird. Ganz sicher würde sie ihm Schmerzen bereiten, seelische wie körperliche.

Sie denkt an Marius, die Toten und Verschwundenen. Sie weiß, es gibt Menschen auf der Insel, die dafür verantwortlich sind.

Einen Sinn geben, denkt sie. Kolnes' Sterben ist so sinnlos. Er hat sich offensichtlich entschieden, die Seiten zu wechseln. So grob sein Äußeres sein mag, Hermud Kolnes wandte sich am Ende der Gerechtigkeit zu. Zumindest will Kristin daran glauben. Und wenn das stimmt, muss sie ihm helfen, seine letzte Mission zu erfüllen.

Sie holt tief Luft und drückt den Inhalt der Spritze in den Zugang in seiner rechten Armbeuge.

Sofort geht sein Puls wieder in die Höhe.

»Kolnes, hören Sie mich?«

Kristin sieht, wie seine Lider zucken. An ihrer Oberfläche zeichnet sich das schnelle Hin-und-her-Wandern der Augäpfel darunter ab. Als würde er träumen. Das Adrenalin tut seine Wirkung.

»Kolnes!«, sagt sie lauter und hofft dabei, dass Lauritzen im Nebenzimmer nicht aufwacht.

Jetzt zittern die Lider, so als müsste er alle verbliebene Kraft darauf verwenden, sie einen Spaltweit zu öffnen.

»Ganz ruhig, Kolnes. Ich bin es, Doktor Jørgensen. Wir sind alleine. Sie sollten mir etwas geben. Sie meinten, es sei eine Karte. Wo ist die?«

Er bewegt seinen Kopf um Millimeter nach links und rechts. Dann öffnet er seinen Mund. Sein Brustkorb hebt sich ein Stück weiter als sonst, doch statt seine Stimmbänder in Schwung zu bringen, schafft er nur ein unverständliches Röcheln.

»Flüstern Sie, wenn es nicht anders geht, Kolnes. Wo steckt die Karte?«

Wieder versucht er es. Ganz leise hört sie: »Wei.«

»Wie bitte, Kolnes? Was?«

»Sind … zwei«, meint sie zu verstehen.

»Zwei Karten? Aber wo?«

Erneut glaubt sie, ein angedeutetes Kopfschütteln wahrzunehmen.

»Zwei …«

»Ja? Kolnes!«

»Zwei Inseln. Zweite … 77.«

Kristin braucht einen Moment, um die Information zu verarbeiten. Zwei Inseln? Von der Vorstellung bekommt sie Gänsehaut.

»Ich … sterbe?«

Sie ignoriert seine Frage. »Zwei Inseln, Kolnes? Es gibt noch eine 77?«, rät sie auf gut Glück und ist fassungslos, als er deutlich nickt.

»Schlüssel«, haucht er kraftlos.

Sie erinnert sich an Hovlands Schlüssel und kombiniert: »Man braucht für diese zweite 77 einen Schlüssel.«

»Ja.«

»Sie haben einen?«

Er nickt und flüstert: »Sterben. Ich … sterbe … ja?«

Kristin will ihn fragen, wo diese zweite Insel sein soll, wo er die Karte für Ivar Mathisen und den Schlüssel versteckt hat, doch sie sieht, wie schnell er wieder schwächer wird. Sie atmet einmal durch und nickt dann.

»Beten«, fordert er. »Beich…ten.« In seinen Augenwinkeln sammelt sich Tränenflüssigkeit. Die geschlossenen Lider zittern.

Kristin erinnert sich an ihre Weigerung zu beten, seit Marius verschwunden ist. Nun liegt da ein Koloss von Mann, der wohl so manches auf dem Kerbholz hat, und will den traurigen Rest seines Lebens aufs Beten verwenden. Sie weiß, sie muss es respektieren. Kristin macht mit ihrem Daumen das Kreuzzeichen auf seine Stirn. Dann hilft sie ihm, die Hände zu falten.

»Bekenne … Sünden«, sagt er mit letzter Kraft.

Kristin weiß nicht, was sie darauf antworten soll, kann sich an ihre eigenen Beichten schon gar nicht mehr erinnern. »Bitte«, sagt sie, weil ihr die Beichtformeln des Priesters entfallen sind, und fühlt sich völlig unwürdig zuzuhören. Eine Gefühlswelle erfasst sie. Trauer und Aufgewühltheit, die sie im Angesicht des Todes immer empfindet, aber noch mehr. Schuld. Dazu die Sehnsucht, von hier wegzukommen, von Kolnes und überhaupt von dieser Insel.

Er murmelt, doch sie versteht kein Wort mehr. Nach wenigen Sätzen driftet er weg.

Kristin legt ihre Hände auf die des Sterbenden. Sie bricht mit ihrem Protest an Gott und beginnt das Vaterunser.

26

Der Tag vor Kristins Rückkehr auf die Insel 77

Kurz bevor die Fähre Sandvikvåg erreichte, hatte der Mann sie fest am Arm gepackt und zurückgerissen, als sie weglaufen wollte. Da war ihr längst klar: Er war nicht liebestoll – er war hinter ihr her.

»Komm mit!«, zischte er und zog sie roh nach hinten. Sie reagierte, wie sie es im Selbstverteidigungskurs an der Uni gelernt hatte: Sie kreischte um ihr Leben. Ihr Organ war eines der verborgenen Talente, das sie im Alltag nur selten benötigte. Aber wenn sie wollte, dann nahm sie es mit jedem Taschenalarm auf. Sofort drehten sich die Köpfe einiger Passagiere zu ihr. Kristin überlegte, den verdutzten Kerl mit aller Kraft in den Schritt zu treten, da kamen zwei Männer in blauer Arbeitskleidung auf sie zugerannt.

Der Verfolger ließ los und hob abwehrend die Hände. Kristin tischte den Helfern ein Märchen auf, von wegen Ex-Mann, häusliche Gewalt und Flucht, woraufhin sich die Schiffsarbeiter dazu bereit erklärten, ihr einen entsprechenden Vorsprung zu verschaffen.

Sie hatte den Vorschlag dankbar angenommen.

Zehn Minuten später jagte sie ihren Fiat 500 aus der Fähre, hinauf auf die Europastraße 39, die an der Ostseite der lang gezogenen Insel entlang weiter nach Süden führte. Zum Glück war sie eine der Ersten, die von Bord konnten. Sie wusste, dass sie einen Vorsprung herausfahren musste, um mit genügend Zeitguthaben zum Bømlafjordtunnel zu kommen, hindurch und weiter, immer weiter bis zur Fähre in Arsvågen. Nach dieser Passage gab es mehr Zivilisation und damit Menschen, die ihr im Notfall helfen konnten. Auf gar keinen Fall wollte sie sich ein Katz-und-Maus-Spiel in dieser eintönigen Landschaft vorstellen.

Kristin preschte mit hundert Sachen und mehr über die E39, ein Auge immer auf die Tankanzeige gerichtet. Der Füllstand befand sich schon wieder im unteren Drittel. Hier gab es kaum Stationen. Blieb sie liegen, war sie ein gefundenes Fressen für den Verfolger. Sie musste es schaffen, musste vorwärtskommen und dabei aufmerksam bleiben. Dazu durfte sie die nächste Tankstelle nicht verpassen.

Sie dachte an Stavanger. An das gebuchte Hotel, das sie auf gar keinen Fall betreten durfte. Das Auftauchen dieses Kerls war Warnung genug. Wie hat er überhaupt dieselbe Fähre erwischen können? Er musste schon länger auf ihrer Spur gewesen sein, musste sie verfolgt haben, musste wissen, woher sie kam und wohin sie wollte. Sie malte sich mit Schrecken aus, was er noch alles über sie in Erfahrung gebracht hatte.

Und was er mit ihr vorhatte.

Sie dachte wieder an die bevorstehende Strecke. Nach der Fähre kam die Inselgruppe Rennesøy. Von dort war es nur noch ein Katzensprung bis Stavanger.

Da fiel ihr ein, wer auf Rennesøy lebte.

Jemand, den ihr Verfolger unmöglich kennen konnte.

Nie im Leben!, protestierte ein Teil von ihr.

Du musst!, meinte der andere.

Zwei Stunden, einen blitzschnellen Tankstopp und eine angespannte Fährfahrt später war sie endlich an ihrem Ausweichziel angekommen. Sie bremste den Fiat 500 vor einem älteren Holzhaus, das sich inmitten einer kleinen Siedlung befand und etwas abseits des Meeres lag. Dann stieg sie aus, ging auf den Eingang zu und wollte die Klingel drücken, als sich die Tür von alleine öffnete.

»Kristin!«, sagte Espen Ludvigsen, der wirkte, als habe er einen Geist gesehen. Was sie ja, in gewisser Weise, auch war. Ein Geist aus seiner Vergangenheit.

»Hallo, Espen!«, begrüßte sie ihren ersten richtigen Freund.

Er trat auf die kleine Veranda heraus und schloss die Tür hinter sich, so leise es ging.

Offensichtlich kam sie ungelegen. »Stör ich dich?«, fragte sie geradeheraus.

»Nein, nein! Nur wegen der Kleinen, verstehst du? Endlich sind sie eingeschlafen, da will ich nicht, dass sie wieder aufwachen.«

»Kinder?«

»Na klar, was dachtest du denn? Hunde?« Er hechelte mit herausgestreckter Zunge und lachte über sich selbst. Als er sich wieder gefangen hatte, erklärte er: »Zwei fabelhafte Kinder. Ein Mädchen und ein Junge. Zweieilige Zwillinge.«

Ja, er hat *zweieilige* gesagt und belohnte seinen Versprecher, indem er ihn wiederholte und mit einem Lacher versah. Womit er Kristin ungebeten vor Augen führte, wie sehr sie seine Art schon damals, in ihrer kurzen gemeinsamen Zeit, genervt hatte. Andererseits nahmen ihm Kinder irgendwie die Schärfe, dieses völlig Abwegige, wenn man sich die weitere Zukunft mit ihm vorstellen wollte. Espen Ludvigsen, der eitle Rockergockel und Fremdgeher aus ihrer Vergangenheit, war heute Vater von *zweieiligen* Zwillingen. Wer hätte das gedacht.

Sie kannte das Haus, vor dem sie standen. Er hatte es kurz vor ihrer Beziehung von den Großeltern geerbt und vollmundig von Renovierung gesprochen. Vermutlich saß er immer noch an den Plänen dafür, denn von außen betrachtet hatte sich seither überhaupt nichts geändert. Im Gegenteil. Der graue Anstrich bröckelte ab und auf dem Grünstreifen rundum sprießte das Unkraut.

»Ich freue mich für dich«, sagte sie.

Das Haus hatte eine besondere Bedeutung für sie, und diese Bedeutung würde es wohl auch zeit ihres Lebens behalten. In diesen vier Wänden hatte Kristin zum allerersten Mal mit jemandem geschlafen. Ein Erlebnis, das sich natürlich eingeprägt hatte. Genau wie Umgebung und Adresse.

Espen sagte nichts, doch die Frage stand ihm deutlich ins Gesicht geschrieben: *Was zum Henker machst du hier?*

»Hör zu, Espen, ich kann nicht lang erklären. Ich stecke in Schwierigkeiten. Ich brauche einen Platz bis morgen. Das Auto muss auch von der Straße runter. Wirklich nur bis morgen früh. Kannst du mir helfen? Bitte?«

Er musterte sie misstrauisch. »Sooo«, sagte er, als brauchte er Zeit, ihre Informationen zu verdauen. Er wirkte seltsam unintelligent. Kristin wusste, dass er sein Studium abgebrochen hatte, aber das sagte ja nichts über geistige Leistungsfähigkeit aus. Es war die Kombination des Gesichtsausdrucks, der zerzausten, schütteren Haare und des offen stehenden Mundes … ihr schien, als wären seit ihrer Beziehung zwanzig Jahre vergangen und nicht bloß fünf oder sechs.

Ein Auto näherte sich und hielt an. Sie sah nicht hin. Espens Augen behielten den Ankömmling im Visier. Kristin hörte, wie sich eine Fahrzeugtür öffnete. Der Gedanke, es könnte sich um ihren Verfolger handeln, ließ ihr das Blut in den Adern gefrieren. Doch er konnte sie nicht gefunden haben, es sei denn …

»Schatz!«, säuselte Espen unvermittelt, in einer Unterwürfigkeit, die sie gar nicht von ihm kannte.

Kristin hörte das Klackern, fast schon Hämmern hochhackiger Schuhe auf Asphalt. Sie drehte sich um und entdeckte eine pralle Schönheit mit Pferdeschwanz und aufgespritzten knallroten Lippen. Das schneeweiße Kleid, das sie trug, war gut drei Nummern zu klein.

»Was machst du hier draußen? Wie geht es den Kleinen? Hm?«, meckerte die Frau und würdigte Kristin keines Blickes.

Espen hob entschuldigend die Hände, nahm ihr die Einkaufstüten ab und wollte ihr einen Kuss auf den Mund drücken, dem sie geschickt auswich. Dennoch ging er gleich in die Offensive. »Schau, wer da ist!«, sagte er, »Doktor Jørgensen!«

Das Märchen, das folgte, spottete jeder Beschreibung. Er tischte seiner Frau eine Geschichte auf, die alles Mögliche beinhaltete, außer der Tatsache, dass er sowohl ihr erster richtiger Freund als auch ihr *erstes Mal* war. Genau hier.

Ein improvisiertes Abendessen mit aufgedrehten Zwillingen und schief hängendem Haussegen später lag Kristin auf einem wackeligen Feldbett im Gartenhäuschen und hoffte, rasch einschlafen zu können. Vorhänge gab es nicht, und Dunkelheit war um diese Jahreszeit ein rares Gut. Es war heiß und stickig. Mücken gab es in Unmengen. Doch sie und der Fiat, der einen Platz hinter der Garage bekommen hatte, waren in Sicherheit. Niemand würde sie hier entdecken.

Kristin hatte Espen einen veritablen Ehekrach eingebrockt, dessen war sie sich sicher. Sie würde wohl der letzte weibliche Hausgast für lange Zeit sein. Vielleicht für immer. Dabei konnte sie ihrem Ex-Freund nicht ersparen, ihn am nächsten Morgen um einen noch größeren Gefallen zu bitten.

Zehn Stunden später

Noch dreißig Minuten bis zum Abflug. Kristin saß auf der Rückbank der Espen'schen Familienkutsche, eingepfercht zwischen den Kindersitzen der Zwillinge. Sie tat ihr Bestes, die beiden Einjährigen zu bändigen, doch egal, was sie versuchte, sie schrien weiter. Sie hatte gehört, dass Autofahren kleine Kinder beruhigen sollte. Von wegen.

Espen fiel es schwer, sich aufs Fahren zu konzentrieren. »Schau nach vorne!«, rief sie mehr als einmal, während sie ihm von der Rückbank aus den Weg ansagte. »Rechts!« kam um einen Tick zu spät, sodass sie einmal ganz um den Verkehrskreisel herumfahren mussten, um zum richtigen Flughafenterminal zu gelangen.

»Dort lang? Sicher?«

»Ja. Wir müssen zu den Hubschraubern … genau, hier rein. Kannst du dort vorne stehen bleiben, bitte?«, fragte sie und zeigte auf einen freien Parkplatz, der nahe am Eingang lag.

Kristin sah auf die Uhr. Kaum zu glauben, aber sie würde es schaffen. Dabei hatte es Spitz auf Knopf gestanden. Sie hatte kaum geschlafen und ab dem Morgengrauen darauf gewartet, dass Espens Frau endlich das Haus verließ. Wie diese am Abend zuvor erzählt hatte, arbeitete sie auf der nördlichen Nachbarinsel in einer Tankstelle, die gleichzeitig Fischerei- und Touristenladen war. »Um ›«, erklärte sie, denn finanziell sei es sinnvoller gewesen, dass Espen den Rest der Elternzeit in Anspruch nahm, da er mit seinen paar Auftritten, die er als Hochzeitssänger hatte, kaum etwas verdiente. Es war unübersehbar, dass sie ihn für einen Nichtsnutz und Versager hielt – und dementsprechend behandelte. Eine gehörige Portion Eifersucht bekam er trotzdem ab. Das Schicksal hatte, zumindest soweit es Espen Ludvigsen betraf, einen ausgeprägten Hang zur Ironie.

Kristin hatte an Espens Haustür geklingelt und ihre ganze Überzeugungskraft einsetzen müssen, um ihn zum nächsten Gefallen zu überreden. Sie musste ihm versprechen, die Verhältnisse klarzustellen, sollte er weitere Schwierigkeiten mit Carmen bekommen. Aber schließlich willigte er ein, sie im Familienvan samt Kind und Kegel nach Stavanger zu bringen und ihr damit die nötige Tarnung zu verschaffen.

Er stellte den Motor aus.

»Also komm. Wie besprochen. Okay?«, forderte sie ihn auf, gab sich selbst einen Ruck und stieg aus. Wind blies ihr ins Gesicht. Sie wusste, das Sturmtief würde bald da sein und den Flug unangenehm machen. Sie wusste aber auch, dass sie keine andere Wahl hatte. Sie musste fliegen. Für Marius.

Espen stieg aus, öffnete die seitliche Schiebetür und beugte sich über den ersten Kindersitz. Kristin trug nicht nur ein Kopftuch, sondern auch Carmens Ersatzbrille, die vorn im Handschuhfach gelegen hatte. Alles, was Tarnung verschaffen konnte, war gut. Nicht so gut war hingegen, dass Carmen Ludvigsen, gemessen am Schliff der Gläser, mehr oder weniger blind sein musste. Immerhin vermied es Kristin durch die getrübte Sicht automatisch, in die Gegend zu starren, und konnte sich ganz auf ihre Rolle konzentrieren: die liebende Hausfrau, die ihren Gatten zum Hubschrauber begleitete.

»Sag mir rechtzeitig, wenn ich auf ein Hindernis zusteuere, Espen«, forderte sie drei Minuten später und schob den Doppelkinderwagen in Richtung des Transfergebäudes. Natürlich brüllten die *zweieiligen* Zwillinge immer noch. Ihr Auftritt war alles andere als dezent. Aber es nützte nichts.

Espen, der sie sanft am Oberarm führte, drückte sie etwas weiter nach rechts. Sie war wirklich blind wie ein Maulwurf.

»Siehst du wen?«

»Nichts und niemanden«, antwortete Espen.

Jetzt fing es auch noch an zu regnen. Aber sie hatten es

gleich geschafft. Zehn Meter vielleicht, einmal noch über die Straße …

»Pass auf!«, rief Espen.

Sie stoppte abrupt und fühlte, wie ein Schauer ihren Rücken heraufzog. »Was?«, fragte sie ihn. Nichts passierte. Kein Mann, kein Auto, kein Schuss, kein …

»Du musst die Räder vorne anheben, um auf den Randstein zu kommen, so!«, erklärte er, drückte die Haltestange hinunter und schob den Kinderwagen auf den Bürgersteig.

Sie hätte den Absatz glatt übersehen. Aber musste er sie deswegen so erschrecken?

Die Eingangstüren glitten auf. Warme, abgestandene Luft strömte ihr entgegen. Nur noch wenige Meter …

Da war er.

Sie entdeckte ihn sofort – Brille hin oder her. Den Mann von der Fähre. Seine Kontur, seine Art dazustehen. Er war es eindeutig.

Er hatte Espen und sie entdeckt, seinen Kopf aber gleich wieder weggedreht. Die Tarnung funktionierte.

Das war ihre Chance.

»Hau sofort ab, Espen! Und danke!«, zischte sie und warf einen letzten Kontrollblick zur Seite.

Einen zu viel.

Ihre Blicke trafen sich. Die Augen des Verfolgers wurden schmal. Unvermittelt begann er zu laufen, keine zehn Meter schräg hinter ihr.

Kristin stürmte in Richtung der Sicherheitskontrolle los, riss sich diese verdammte Brille vom Gesicht, mit ihr auch das Kopftuch, warf beides nach hinten, dorthin, wo sie Espen und die Zwillinge vermutete. Noch fünf Meter, noch zwei … da spürte sie den Eisengriff des Mannes an ihrer Schulter und schrie auf, wie am Vortag auf der Fähre, Hauptsache laut, laut, laut. Sie musste nicht nur selbst entkommen, sondern auch dafür sorgen, dass der Verfolger Espen und den Kindern nichts antun konnte.

Sie ließ sich an der Sicherheitskontrolle zu Boden fallen. Jedes Geräusch im Terminal erstarb. »Der Mann hat versucht, mich zu vergewaltigen!«, schrie sie laut und deutlich, damit es auch jeder verstand.

»Runter mit Ihnen«, brüllte jemand, gleich darauf lag ihr Verfolger neben ihr, stöhnte auf, das Knie eines Polizisten im Kreuz.

»Das wird dir noch leidtun, du blöde Schlampe!«, keifte er, als sie ihm in die Augen sah.

»Doktor Jørgensen?«, fragte jemand aus der anderen Richtung und streckte ihr die Hand entgegen. Kristin nickte und nahm die Hilfe an. »Sie sollen sich sofort fertig machen. Es gibt einen Schwerverletzten auf der 77. Sie sollen Narkosemittel und Blutkonserven mitnehmen. Wir haben alles vorbereitet. Beeilen Sie sich!«

Sie hatte es geschafft. Sie würde auf die Insel kommen.

Und dort würde sie die Wahrheit herausfinden.

Die Wahrheit

27

DONNERSTAG, 1.28 Uhr, Insel 77, Krankenstation

Sie könnte nie im Leben in ihre Kabine zurückgehen. Aber wenigstens hier fühlt sie sich halbwegs sicher. Die Krankenstation ist ihr Territorium. Der Platz, den sie von allen noch am besten kennt.

Trotzdem hat sie Vorsichtsmaßnahmen getroffen. Sie hat die Tür zugesperrt und den Schlüssel nicht abgezogen, das Licht angelassen und ein Skalpell in greifbare Nähe gelegt. Vielleicht sollte sie noch den Aktenschrank vor den Eingang schieben, nur für den Fall, dass sie einnickt und jemand eindringen will?

Und wie kommst du dann raus?, fragt sie sich selbst und verwirft den Plan wieder.

Sie zieht das Foto ihres Vaters, das sie vorsichtig in eine Klarsichthülle gesteckt hat, unter Kolnes' Totenschein hervor, dreht und wendet sie zum zehnten Mal. Aber da ist nichts. Weder vorn noch hinten irgendeine Botschaft oder ein Hinweis auf den, der sie ihr in die Kabine gelegt und diese verwüstet hat.

Kristin gähnt, will sich aber nicht erlauben, die Augen zuzumachen. Sie hat Irma angerufen und sie gebeten, Vater bei sich unterzubringen und ein Auge auf sein Haus zu werfen.

Als sie ihr sagte, es sei wegen der Sache mit Marius, sie stecke in Schwierigkeiten und könne nicht lange erklären, hat Irma sich sofort bereit erklärt. Wieder drückte Kristin das schlechte Gewissen, aber auf die Schnelle war es der beste und sicherste Weg. Die Polizei würde ihr kaum glauben, dass ihr Vater plötzlich Schutz brauchte, ohne konkrete Beweise in Händen zu halten.

Als sie gerade aufstehen will, um sich ein Glas Wasser zu holen, knallt es ohrenbetäubend laut.

28

DONNERSTAG, 1.39 Uhr, Bereich C, im Rettungsboot

Das aufleuchtende Display eines Handys offenbart das Gesicht des Mannes, der draußen im Sammelbereich steht. Ist es der Kerl, der ihn vorhin erwischt hat? Obwohl er nur wenige Meter entfernt ist, könnte er es nicht sagen.

Was soll er machen? Er hat schon eine Ewigkeit gebraucht, zum Ausgang des Rettungsboots zu kommen. Als er das Bewusstsein wiedererlangte, erkannte er zuerst gar nicht, wo er sich befand. Nach und nach realisierte er dann, dass er zwischen den Sitzreihen des Boots lag. Sein Oberkörper war schmerzhaft verdreht, sodass ihm sein Rücken jedes Vorwärtskommen zur Hölle macht. Wie lange mag er bewusstlos gewesen sein? Dem fehlenden Tageslicht nach zu urteilen, eine ganze Weile.

Aber er lebt.

Vorsichtig späht er wieder hinaus. Der Mann tippt auf dem Telefon herum. Wem schreibt er? Was hat er danach vor? Ist er zurückgekommen, um die Sache zu Ende zu bringen?

Er tastet seine Hosentaschen ab und erschrickt. Das Handy fehlt! Hat es dieser Kerl etwa an sich genommen? Was tut er damit? Und dann?

Er ist so gut wie tot.

Er könnte sich mit dem Rettungsboot in die Fluten stürzen und versuchen zu fliehen. Was kann er hier noch ausrichten? Er bräuchte nur diesen kleinen Hebel neben dem Sitz des Steuermanns zu betätigen und sofort …

Nein. *Er MUSS bleiben. Er ist schon zu weit gekommen, als dass er jetzt noch ans Aufgeben denken könnte.*

Der Kerl wendet ihm langsam den Rücken zu.

Das ist seine einzige Chance! Er öffnet die Hintertür des Freifallrettungsboots und steigt hinaus. Der andere kann ihn im Getöse des Sturms unmöglich hören. Hinkend hastet er die Metallstufen hinunter, schleicht sich gebückt an, nimmt auf dem letzten Meter Schwung und …

Da dreht sich der andere um und weicht gerade rechtzeitig aus, sodass er ihn bloß streift und mit dem Oberkörper voraus hinfällt. Er schlägt hart mit dem Kopf auf und hat für den Bruchteil einer Sekunde das Gefühl, erneut das Bewusstsein zu verlieren. Nur der Gedankenblitz, dass es seinen sicheren Tod bedeutet, wenn er jetzt nichts tut, reißt ihn zurück ins Hier und Jetzt. Doch noch während er versucht, auf die Beine zu kommen, kracht der Schuh des Mannes in seine Rippen und er fällt wieder hin.

»Verd…d…dammte Sau!«, schreit der andere.

Er stöhnt auf und windet sich, da trifft ihn schon der zweite Tritt, jetzt in die Magengrube. Kurz bleibt ihm die Luft weg. Doch dann bekommt er den Fuß zu fassen, verkrallt sich im Schuh und zieht daran, so fest er kann, bringt seinen Peiniger aus dem Gleichgewicht, reißt weiter, bis dieser endgültig die Balance verliert und seinerseits zu Boden geht. Das Handy fällt ihm aus der Hand und schlittert davon, der Bildschirm immer noch erleuchtet.

Die blinde Wut, die ihn erfasst, überdeckt jeglichen Schmerz. Er stürzt sich auf den Mann, packt seinen Kopf und knallt diesen mit aller Wucht gegen den Metallboden, wieder und wieder, weiß nur, es geht um Leben und Tod, denn wenn er ihn jetzt nicht überwältigt, wird er sterben.

Doch der andere ist zäh, schafft es schließlich sogar, mit blutüberströmtem Gesicht seinem Griff zu entkommen.

Der Angriff hat ihn fast seine ganze Kraft gekostet, er fühlt, wie die Schwäche Oberhand nimmt, und weiß, dass er bestenfalls noch eine einzige Attacke zustande bringt, um sein Leben zu retten. Eine allerletzte Chance.

Im selben Moment, als der andere auf ihn losgeht, krallt er sich mit beiden Händen in dessen Jacke fest, nutzt die Bewegungsenergie des Mannes für sich und leitet diese nach hinten ab, zusammen torkeln sie auf die Reling zu, er kracht mit dem Rücken dagegen, drückt nach oben, so fest er kann, merkt, wie der andere den Kontakt zum Boden verliert, drückt mit beinahe unmenschlicher Kraft weiter – dann lässt er ihn los.

Keine drei Sekunden später hat ihn die Nordsee verschluckt.

Zur selben Zeit – 1.39 Uhr, Krankenstation

»Wer ist da?«, fragt Kristin verängstigt.

»Der Weihnachtsmann … Braathen, zum Kuckuck, wer soll es denn sonst sein?«, hört sie den Sicherheitschef hinter der Tür zur Krankenstation poltern.

Sie atmet auf und öffnet.

»Was ist denn jetzt schon wieder?«, blafft er sie an und stemmt seine Hände in die Hüften. Es ist unverkennbar, dass sie ihn nicht nur geweckt hat, sondern auch gewaltig nervt.

»Ich … es … es gab einen heftigen Knall. Hier auf der Station.«

»Und?«

»Wie – und?« *Du wirst wohl hoffentlich noch verstehen, dass es auf Bohrinseln nicht laut knallen darf?*, denkt sie hinzu.

»Ist etwas passiert? Gibt es einen Schaden?«

»Nein«, antwortet sie wahrheitsgemäß. Sie hat sofort sämtliche Lichter angeschaltet und alles kontrolliert, auf dem Gang, im Behandlungsraum und auch in Lauritzens Krankenzimmer. »Aber der Patient ist von der Detonation ebenfalls wach geworden!«, rechtfertigt sie sich.

»Das stimmt«, ruft Lauritzen, ohne Kristin dabei sehen zu können.

Kristin holt neuen Schwung. »Hören Sie, Braathen. Überlegen Sie doch, was heute schon alles passiert ist. Hier geht es nicht mit rechten Dingen zu. Ich glaube, jemand will mir drohen oder zumindest einen Schreck einjagen.«

Er schaut sie ausdruckslos an, als kümmere es ihn überhaupt nicht.

»Kolnes ist vorhin gestorben«, legt sie nach.

Er hebt seine Augenbrauen. »Das tut mir leid«, sagt er, als sei es Kristins persönlicher Verlust.

»Ich fühle mich hier nicht mehr sicher. Ich kann nicht mehr in meine Kabine zurück. Ich brauche Schutz«, fordert sie.

Der Sicherheitsoffizier sieht sie ungläubig an. »Schutz? Wie stellen Sie sich das denn vor?«

»Ich will, dass Sie …«

Eine SMS trifft ein.

»Ja? Was?«

Wer so spät noch schreibt, muss einen triftigen Grund haben. »Einen Moment«, sagt Kristin zu Braathen und zieht ihr Handy heraus.

Als sie den Absender erkennt, jagt ihr ein eiskalter Schauer über den Rücken.

Marius Jørgensen: *wurde angegriffen. komm allein. kein wort zu egal wem. Rettungsbereich c, jetzt.*

Der Herzschlag klopft in den Ohren, als wolle er sich ihre ungeteilte Aufmerksamkeit verschaffen. Trommelfeuer, zu laut, zu schnell. Marius' Handy. Die erste SMS seit seinem Verschwinden – das erste Zeichen überhaupt. Die Hoffnung lebt! Kristin fühlt, wie neue Energie in sie fährt, wie sich die Stimmung schlagartig aufhellt. Sie muss zu ihm, und zwar: *jetzt*!

»Was ist? Eine schlechte Nachricht? Sie sehen betroffen aus«, sagt Braathen.

»Nein, nein«, müht sie sich nach Kräften, weiß aber, dass sie keine Chance hat, die Situation herunterzuspielen. Der Sicherheitschef meinte, sie sähe betroffen aus, also entschließt sie sich zur entsprechenden Lüge: »Also eigentlich schon … eine Schulfreundin ist gestorben.«

»Das tut mir leid«, sagt er wieder.

Komm allein. Kein Wort zu egal wem.

Sie muss Braathen schnellstmöglich loswerden. Plötzlich erscheint es wie ein Fehler, ihn gerufen zu haben. Was auch immer vorhin so laut gekracht haben mag, es ist mit einem Mal unwichtig.

Aber was ist hier Wahrheit, was Lüge? Jeder Gedanke, der von einem lebenden Marius mit ausgebreiteten Armen abweicht, fällt ihr unendlich schwer.

Das Handy ist Beweis genug, denkt sie.

»War's das jetzt?«, fragt Braathen und gähnt.

Kein Wort zu egal wem.

Sie sieht auf und starrt ihn an. Zum Glück will er sich ohnehin vor seiner Verantwortung drücken.

»Ja«, antwortet sie und beobachtet, wie er auf der Stelle umdreht und davon ist.

Sie will sofort los, kennt ja mittlerweile den Weg, realisiert aber, dass es unvernünftig und gefährlich wäre. Sie darf sich keinen Fehler mehr erlauben. Um diese Uhrzeit wird kaum noch jemand unterwegs sein. Keine Beobachter zu haben, bedeutet aber auch, dass niemand sie beschützen könnte. Man würde sie über die Kameras sehen können. Und was dann?

Was, wenn ihr wieder jemand auflauert?

Auch Marius wurde laut seiner SMS angegriffen. Das würde erklären, dass sie ihn nicht treffen konnte. Ist er verletzt? Sie muss auf der Stelle zu ihm!

Aber welche Rolle spielt dann der Sicherheitsmitarbeiter, der sie vorhin in den Bereich C gelockt hat?

In ihren Gedanken herrscht Chaos. Sie zwingt sich, einen Moment lang innezuhalten, tippt auf ihrem Handy herum und ruft Marius' Kontakt auf. Könnte jemand seine Rufnummer fälschen? Unwahrscheinlich. Natürlich könnte man das Bordnetz infiltrieren und die Absendernummer imitieren, aber wer würde einen solchen Aufwand betreiben? Viel wahrscheinlicher ist das Naheliegende: Die Nachricht wurde tatsächlich von Marius' Handy aus geschickt.

Von Marius!, präzisiert die innere Stimme. *Marius lebt!* Sosehr sie entschieden war hinzuschmeißen, ist sie nun wieder Feuer und Flamme in der begründeten Hoffnung, ihn wiederzusehen. *Alles wird gut, egal, was gewesen sein mag.* Gleich, in wenigen Momenten schon, kommt ihr Schicksal zurück in die Spur.

Sie will laufen, als sich ein neues Gefühl ihrer bemächtigt: Verärgerung. Warum aber hatte er sein Handy bis jetzt deaktiviert? Wieso konnte er nicht einfach klare Ansagen machen? Warum, zum Teufel, spielt ihr kleiner Bruder Katz und Maus mit ihr?

Weil er sich nicht verraten darf, versucht sie, es sich selbst plausibel zu machen. Weil alle davon ausgehen sollen, dass er tot ist, und es folglich kein Lebenszeichen geben darf. Deshalb musste er mit den Hinweisen warten, bis sie wieder an Bord war, und kann sich auch jetzt nicht offen zeigen, sondern nur über diesen Mittelsmann. Weil es niemand wissen darf.

Er ist in Gefahr und ich muss ihm helfen!, beschließt sie und läuft aus der Station in Richtung verwüsteter Kabine, daran vorbei, um die Ecke auf den Fitnessraum zu, kümmert sich nicht um die Gangbeleuchtung oder die Kameras über ihr, kennt nur noch ein Ziel: den vereinbarten Treffpunkt.

1.58 Uhr

Ihr Vorhaben hat nichts mit Mut zu tun. Es ist pure Dummheit. Sie riskiert gerade, in ihr Verderben zu laufen. Überall Augen und Ohren. Menschen, die verschwinden. Schlüssel ohne Schlösser. Man hat sie mehr als deutlich davor gewarnt, ihre Nase in fremde Angelegenheiten zu stecken. Und doch kann sie nicht anders. Alles, worauf sie in den letzten Wochen hingearbeitet hat, liegt zum Greifen nahe vor ihr. Gleich wird sie die Lösung haben. Sie muss die Wahrheit erfahren.

Sie erreicht die Tür. Wie erwartet, ist alles menschenleer. Schon bei Tag war kaum jemand hier. Trotzdem fürchtet sie, beobachtet zu werden.

Sie stellt sich auf das Unwetter ein, das um die Insel tobt. Immerhin ist es nicht schlimmer geworden. Klatschnass wird sie trotzdem werden. Aber nichts könnte ihr so egal sein. Sie will jetzt endlich Klarheit haben, lehnt sich nach vorne, drückt den Hebel …

Er blockiert!

Er lässt sich keinen Millimeter bewegen, sitzt bombenfest, egal, wie sehr sie daran zu rütteln versucht. Sie schaut, tastet, findet aber nichts. Kein Schloss, keinen Keil, kein …

Lautes Hämmern. Einmal, zweimal, dreimal. Von draußen. Das Grauen kriecht kalt über ihren Rücken, den Hinterkopf hinauf und weiter. Sie hat das Klopfen nicht nur gehört, sondern auch an der Tür gefühlt. Sie schüttelt sich, als könnte sie den Horror damit loswerden.

»Hallo?«, schreit sie hemmungslos. »Marius? Marius, bist du das?«

Sie legt das rechte Ohr an die Tür, hört aber nichts als die übliche Geräuschkulisse, das Heulen des Sturms, das Wasser, hier und da ein metallisches Ächzen …

Kristin könnte schwören, dass dieses Klopfen menschlichen Ursprungs war.

»Marius!«

Da hört sie die Stimme. Einen Mann. Mehr wimmern als sprechen. Sie versteht ihn nicht.

»Was sagst du? … Die verdammte Tür geht nicht auf!«

Dann wieder das Hämmern. Zweimal. Schwächer als vorhin. Was ist mit ihm? Verlassen ihn die Kräfte? Ist er verletzt? Sie muss ihm auf der Stelle helfen!

Sie rüttelt wieder am Türgriff, aber keine Chance. Sie sucht fieberhaft nach einem Werkzeug, egal was … da sieht sie den Brandbekämpfungskasten. *Groß genug, um darin eine Axt bereitzuhalten*, überlegt sie und rennt hin, reißt ihn auf, doch dort ist nichts als eine kleine Wasserlanze an einem aufgewickelten Schlauch. Sie kann sich nicht vorstellen, damit eine Hebelwirkung zustande zu bringen, um die Außentür gewaltsam zu öffnen.

Sie braucht etwas anderes. Etwas – oder jemanden. Jetzt ist ohnehin alles egal. Nur diese Tür trennt sie noch vom Ziel ihres neuen, verzweifelten Lebens.

Der Feueralarm direkt neben dem Kasten brächte maximale Aufmerksamkeit, würde die ganze Belegschaft wecken und möglicherweise sogar eine Evakuierung einleiten.

Allerletztes Mittel, beschließt sie, kreischt »HILFE!«, horcht in den Gang hinein und tut es noch einmal, wieder und wieder. Dann läuft sie in den Wohnbereich zurück und hämmert gegen alle Türen, doch es sind Allgemeinräume, mitten in der Nacht ist dort niemand. Sie muss zu den Kabinen, hämmert gegen die erste, die zweite, kommt dorthin, wo sie Stunden zuvor zwischen den beiden Männern hindurchgeeilt ist, weil sie glaubte, jemand sei hinter ihr her. Endlich rührt sich etwas. Jemand murrt, dann geht eine Tür auf und ein Mann streckt seinen Kopf hinaus. Sie erkennt ihn wieder – er hat ihr nachgerufen, als sie am späten Nachmittag wie von Sinnen an ihm und seinem Kumpel vorbeigehastet ist.

»Was zum Donnerwetter … ach, Sie sind's, Frau Doktor! Immer noch so rasant unterwegs, ja?«

»Kommen Sie! Ich brauche Hilfe!«, ruft sie knapp und läuft zurück um die Ecke und zur Tür – die sich im selben Moment, in einer einzigen ruckartigen Bewegung, doch noch öffnet.

Kristin stoppt und starrt.

Zuerst kommt ein Windstoß, die fein zerstäubten Wassertropfen von einem grellen Fluchtwegscheinwerfer angeleuchtet. Wie ein silbern glänzender Zaubervorhang. Dazu ohrenbetäubendes Rauschen, Pfeifen fast, als wäre der mehrgeschossige Treppenabgang zum Rettungsboot ein Musikinstrument des Sturms.

Dann eine Hand, die sich an der Innenseite des Rahmens festhält, unten, zu weit unten für einen stehenden Mann.

Anschließend der dunkle Kopf. Ihr erster Gedanke ist: Er trägt eine Motorradhaube.

Wieder ein Windstoß.

Dann der Oberkörper, das Becken, die Oberschenkel, er zieht sich weiter herein, doch er ist seltsam kraftlos, wirkt wie ein angezählter Boxer im Ring, der sich krümmt und auf allen vieren versucht, den Unparteiischen davon zu überzeugen, dass er noch weiterkämpfen kann.

Plötzlich erschlafft der Körper und fällt flach nach vorne.

Getrampel hinter Kristin. Die Männer, die sie geweckt hat, kommen endlich. Jemand ruft etwas, doch Kristin versteht nichts, zu viel Lärm, zu viele Eindrücke, die sich nicht gleichzeitig verarbeiten lassen. Dann löst sie sich aus ihrer Schockstarre und läuft zu dem dunklen Körper hin. Sie bückt sich, fasst ihn an den Schultern, doch er ist zu schwer, viel zu schwer.

»Helft mir!«, bellt sie zur Seite, gleich darauf ist jemand bei ihr und zieht den Mann ganz herein, ein anderer schließt die Außentür. Sofort ist es ruhiger, beinahe still.

Kristin deutet, den Mann umzudrehen, und packt selbst mit an. Zentimeter für Zentimeter offenbart sich mehr von ihm. Dann, als er auf dem Rücken liegt, dreht Kristin den blutverschmierten Kopf des Mannes vorsichtig gerade, und trotz der maskenhaften Schicht wird ihr eines sofort klar.

Das ist nicht Marius.

29

Vier Stunden später –5.58 Uhr, Krankenstation

Vor wenigen Minuten hat ihr Körper ein deutliches Warnsignal gesandt. Wie aus heiterem Himmel wurde ihr schrecklich übel. Vielleicht hat sie es vor lauter Anspannung auch zu spät bemerkt – jedenfalls schaffte sie es nicht mehr rechtzeitig vom Akutraum auf die Toilette.

Sie wischt sich das Gesicht ab, schnäuzt, spült runter und versucht anschließend, das einzige gesellschaftstaugliche T-Shirt, das ihr noch geblieben ist, in einen halbwegs akzeptablen Zustand zu bringen. Doch es haftet zu viel Blut und Schmutz daran – ihre Kleidung zeigt nur allzu deutlich, dass auf dieser Insel nichts mehr stimmt.

Sie atmet durch, wieder und wieder, weiß, sie muss bald zurück. Niemand kann dem Verletzten besser helfen als sie. Zumindest, wenn sich ihr eigener Zustand nicht noch weiter verschlechtert. Sie weiß, dass Schlafmangel, psychischer Druck und bestimmt auch zu wenig Nahrung ihren Tribut fordern, und Übelkeit ist noch eines der harmloseren Symptome. Aber sie darf nicht schlappmachen. Sie muss ihre Bedürfnisse unterordnen und hoffen, dass ihre körperlichen Reserven reichen.

Kristin konzentriert sich wieder auf den Patienten. Jan-Petter Berge ist zwar stabil, doch eine Hirnschwellung, die sie aufgrund seiner Kopfverletzungen nicht ausschließen kann, würde das schnell ändern. Dazu haben seine Rippen etwas abbekommen. Sie hat ihm auf Verdacht alles gegeben, das indiziert war, ihn vorschriftsmäßig gelagert, den Flüssigkeitsabbau im Körper gefördert und das Lehrbuch abgearbeitet, so weit es die konventionelle Therapie betraf. Blieben noch chirurgische Eingriffe, die ohne Computertomografie einem Blindflug gleichkämen. Sie will sich lieber nicht vorstellen, wie es wäre, ihm unter diesen Umständen den Schädel zu öffnen, selbst wenn die tiefe Bewusstlosigkeit anhält. Schon das Legen einer Drainage, um Flüssigkeit abzuleiten und ein Hirnödem zu entlasten, geriete hier an Bord zum Albtraum.

Seit Stunden ist sie ganz auf seine Behandlung konzentriert. Doch sie kann jetzt nichts weiter tun, als zu warten.

»Ruh dich aus«, hat Tuva schon vor einer halben Ewigkeit zu ihr gesagt. Auch sie ist unermüdlich auf den Beinen. Kristin klappt den Toilettendeckel zu, setzt sich drauf, platziert ihre Ellenbogen auf den Oberschenkeln und stützt den Kopf mit ihren nassen Händen. Dann fährt sie sich in die offenen Haare, strafft sie am Hinterkopf und zieht, bis es schmerzt.

Nicht Marius, kommt ihr ins Bewusstsein, wann auch immer sie versucht, nicht nachzudenken.

Nicht Marius. Sondern Jan-Petter Berge.

Was zum Kuckuck hat er da draußen gewollt? Wie ist er an Marius' Handy gekommen, und wo ist es jetzt? Wer hat ihn so zugerichtet?

Als er schwer verprügelt vor ihr lag, hatte ihr der Zirkus endgültig gereicht. »Holt die Sicherheit!«, hatte sie jene Männer aufgefordert, die untätig herumstanden und gafften, während andere ihr halfen, Berge so schonend wie möglich auf die Station zu tragen.

Sam Braathen, der zuerst auf jegliche Mühe verzichtete, seinen Ärger über die erneute Störung vor ihr zu verbergen, hatte ein Blick auf seinen Untergebenen gereicht, um den Ernst der Lage zu erfassen. Er inspizierte den Bereich C inklusive des Freifallrettungsboots persönlich, doch außer einigen Blutspuren, die der Sturm schon halb beseitigt hatte, war nichts und niemand zu sehen gewesen. Anschließend hatte er noch den Kapitän verständigt, der daraufhin kurz auf der Station auftauchte, sich aber mit einem pauschalen »Bringen Sie das wieder in Ordnung!« bald wieder aus dem Staub machte.

Nach Kristins Meinung sind Braathen und die anderen Verantwortlichen an Bord mit den Geschehnissen völlig überfordert. Hier braucht es erfahrenere Leute als diese Security-Türsteher, die keine Ahnung von kriminalistischen Ermittlungen haben. Sie beschließt, die Sache selbst in die Hand zu nehmen und die Behörden auf dem Festland zu informieren. Egal, ob hier der Sturm des Jahrhunderts tobt oder nicht. Sie holt ihr Handy aus der Hosentasche und geht die Anrufhistorie durch. Sie findet die Nummer aus Bergen, von der aus Kripomann Therjesen sie am frühen Montagmorgen angerufen hat, tippt sie mit der Daumenspitze an und hält das Gerät ans Ohr.

»Sie erreichen uns leider außerhalb der Bürozeiten …«

»Mist«, schimpft sie leise. Obwohl Therjesen gar nichts dafür kann, fühlt sie sich in ihrer Meinung von den Kripobeamten bestätigt. *Dienst nach Vorschrift* scheint das Motto zu sein.

Nicht zum ersten Mal überlegt sie, ob sie den allgemeinen Polizeinotruf wählen soll. Aber was soll sie den Leuten groß erzählen? Dass sie auf einer umtosten, unerreichbaren Bohrinsel sitzt, auf der es nicht mit rechten Dingen zugeht? *Wie können wir Ihnen da helfen?*, hat sie schon die Frage im Ohr.

Oder wäre Ivar Mathisen eine Option? Nein. Er würde sich garantiert nur für die Karte des toten Informanten interessieren. Wo auch immer die stecken soll.

Niemand kann ihr helfen. Aber Verzagen ist keine Option. *Die Hoffnung stirbt zuletzt*, sagt sie sich wieder. Dann atmet sie noch einmal demonstrativ ein und aus, gibt sich einen Ruck, verlässt die Toilette und eilt zum Krankenbett zurück. Tuva hat sich auf einen Sessel im hinteren Bereich des Raums gesetzt, um sich ein wenig auszuruhen, während Braathen an der Seite des Krankenbetts steht und in den Vitalmonitor starrt.

»Also?«, spricht sie den Sicherheitschef an und hofft auf neue Informationen.

»Nichts!«, antwortet er lapidar und streckt die Arme kurz zur Seite weg.

Kristin winkt Tuva zum Bett und deutet Braathen, ihr auf den Gang hinaus zu folgen. »Kommen Sie.«

Als sie draußen stehen, fragt sie ihn laut: »Nichts? Nichts – was?« Sein *Nichts!* ist völlig fehl am Platz. Kristin will Antworten. Sie *braucht* Antworten. Nicht irgendwann, sondern jetzt.

Er schluckt die provokante Nachfrage einfach hinunter und präzisiert: »Wie schon gesagt, draußen war nichts. Überhaupt nichts.«

»Jan-Petter Berge, Ihr Mitarbeiter, war ausgesperrt!«

»Das kann ich mir nicht vorstellen. Die Fluchttüren lassen sich nicht versperren.«

»Aber es war nun mal so!«

»Was haben Sie überhaupt dort gemacht, mitten in der Nacht?«

Er dreht den Spieß um. Wenn sie jetzt nicht unter die Räder kommen will, muss sie die richtigen Worte finden. »Was ich dort gemacht habe, ist irrelevant. Aber wenn Sie's genau wissen wollen: ich bin einem Hinweis nachgegangen, der eigentlich Ihre Sache sein sollte.«

»Ach so?«, entgegnet er spöttisch.

»Ach so, ja!«, provoziert sie ihn weiter. »Ihr Job, Braathen. Zwei Leute sind tot, bald vielleicht drei. Innerhalb weniger

Tage. Würden Sie sagen, die Sicherheitslage auf dieser Bohrinsel ist zufriedenstellend? Geht es immer so zu auf der 77?«

Da regt sich etwas in seinem Gesicht.

»Jetzt machen Sie mal einen Punkt!«, schimpft er, womit sein mächtiger Körper in Bewegung gerät. Er hält ihr seinen Zeigefinger dicht an die Nase. »Ich weiß schon, wie ich meine Arbeit zu erledigen habe. Sie auch? Ich könnte es mir genauso einfach machen wie Sie und Sie fragen, warum Ihnen alle Patienten unter den Händen wegsterben. Wäre das fair?«

Gemessen am Verhalten, das er ihr gegenüber bisher an den Tag gelegt hat, ist er jetzt regelrecht außer sich. Sie beschließt trotzdem, nicht klein beizugeben.

»Wo ist er, Braathen? WO ist der Tote von vorgestern? Harald Myhre-Nygård. Sie erinnern sich vielleicht an den Verunglückten, den ich operieren sollte.«

»Ach so, ja. Wo soll er denn sein?«, fragt der Sicherheitsmann verwundert.

Kristin glaubt, sie hört nicht richtig. »Sie haben ihn doch abgeholt!«, wiederholt sie Tuvas Aussage. Wobei die medizinische Assistentin nicht explizit die Sicherheitsabteilung genannt hat, um bei der Wahrheit zu bleiben. Aber Kristin wüsste nicht, wer es sonst gewesen sein soll.

»Wie bitte? … Ich?«

»Offizielle«, sagt sie, weil ihr kein besseres Wort einfällt.

»Davon weiß ich nichts. Die Leiche ist fort? Wollen Sie mir das erzählen?«

Wieder versucht der XXL-Mann, die Frage auf den Kopf zu stellen. Jetzt klingt es tatsächlich so, als habe sie die Leiche dem erstbesten Lieferdienst anvertraut. Der sympathische Eindruck, den Braathen noch am Dienstag auf sie gemacht hat, ist jetzt endgültig dahin.

Kristin hindert nichts mehr, ihm nun alles an den Kopf zu werfen. »Wer könnte den Leichnam abgeholt haben – und warum? Das sind die Fragen, die Sie *sich* stellen sollten! Und nicht mir! Sie als oberster Sicherheitsverantwortlicher wissen nichts davon? Wollen Sie mir das allen Ernstes erzählen? Mit den tausend Kameras überall sehen Sie nicht, was hier vor sich geht? Ich will jetzt Antworten. Was geht hier vor? Was passiert mit den Menschen? Wer ist am Nachmittag in meine Kabine eingedrungen? Wer hat Ihren Mitarbeiter so zugerichtet und ausgesperrt?« Sie muss neue Luft holen. »Wieso …« *Was wollte ich noch sagen?*, reißt ihr plötzlich der Faden.

»Jetzt sind Sie aber ordentlich blass geworden«, spricht Braathen in ihre unfreiwillige Pause hinein und schaut besorgt.

Vor Wut könnte sie platzen. Kristin will ihm an den Kopf werfen, dass ihn ihre Gesichtsfarbe überhaupt nichts angeht, dass er nicht vom Thema ablenken und sich um seinen eigenen Kram kümmern soll, als sie es selbst bemerkt.

Sie will noch zur nächstgelegenen Toilette laufen, da ist es schon wieder zu spät.

30

Drei Stunden später – 9.18 Uhr

Jan-Petter Berge ist weiterhin stabil. Das ist die beste Nachricht, die man erwarten kann. Aber jede Aussage darüber, wie schlimm es wirklich um ihn steht, wäre pure Spekulation.

Tuva hat Pause. Wegen ihres akuten Mangels an sauberen Oberteilen trägt Kristin nun grüne OP-Kleidung, steht an der Seite des Behandlungsbetts und überlegt.

Jan-Petter Berge. Die Personalkarte auf der Ablagefläche weist ihn als Prototypen eines Skandinaviers aus. Wie Marius ist er naturblond und hat ein kantiges Gesicht. Doch während ihr Bruder und sie grüne Augen haben, sind Jan-Petters, wie sie schon beim ersten Aufeinandertreffen in ihrem Arztzimmer und jetzt wieder beim Prüfen der Pupillenreaktion feststellen konnte, strahlend, fast unwirklich blau.

Wen sie da wohl vor sich hat? Freund oder Feind? Gefährlich oder nicht? Er hat sie zum Rettungsboot gelockt, wo sie angegriffen wurde. Zuvor hat er sie in der Krankenstation aufgesucht, als sie ihn grundlos untersuchen sollte. Und er hat sie gewarnt. Er scheint etwas zu wissen. Aber er agiert mit größter Vorsicht.

Seine Angst ist offensichtlich berechtigt. Das Gesicht ist so zugerichtet, dass man ihn anhand des Personalfotos nicht unbedingt wiedererkennen würde. Er tut ihr instinktiv leid. Ihr Bauchgefühl sagt, dass er auf ihrer Seite steht. Doch die Vernunft rät zur Vorsicht.

Sein Brustkorb hebt und senkt sich, ruhig und regelmäßig.

Sie muss wissen, was er weiß. Adrenalin wie bei Kolnes würde in diesem Fall nichts bringen und wäre überdies hochgradig unverantwortlich. Aber könnte sie Berge vielleicht erreichen, zu ihm in die Bewusstlosigkeit vordringen, wenn sie mit ihm spricht? Schulmedizinisch betrachtet ist das Unsinn. Trotzdem gibt sie sich einen Ruck und legt die Außenseite ihrer rechten Hand an die Wange, die am wenigsten abbekommen hat. Dann nähert sie sich seinem Ohr und sagt langsam und deutlich: »Kämpfe, Jan-Petter! Für Marius! Für die Wahrheit!«

Er zeigt erwartungsgemäß keine Regung.

Kristin geht wieder auf Abstand. Der Name ihres Bruders hallt in ihr nach. Sie klammert sich an den Gedanken, dass er noch lebt, dass sie sich nur knapp verfehlt haben, auch wenn das immer unwahrscheinlicher wird. *Die Hoffnung stirbt zuletzt!*, wiederholt sie das Mantra, das ihr vorheriges *Du musst es wissen!* abgelöst hat.

Mehrere Minuten lang starrt sie in Berges malträtiertes Gesicht. Dann sagt sie laut: »Ich gebe nicht auf, Jan-Petter. Und du auch nicht. Verstanden?«, wendet sich ab und geht.

Kristin will sich die Leiche von Hermud Kolnes ansehen, solange sie noch hier ist. Zuvor vergewissert sie sich, ob sie wirklich ungestört ist, und schaut bei Jo Lauritzen vorbei. Er ist heute deutlich pflegeleichter als sonst. Vermutlich, weil er den Ernst der Lage anhand der Geräusche aus dem Nebenzimmer mitbekommt und keine Umstände machen will.

Dann kehrt sie ins Behandlungszimmer zurück und geht nach hinten zur Kühlkammer. Der Lagerarbeiter Kolnes ist seit gut zehn Stunden tot. Da die Kammer nicht friert, wird Kristin den Körper einfach untersuchen können. Unwillkürlich holt sie Luft, legt den Hebel um und öffnet die Tür.

Die Silhouette der Leiche zeichnet sich unter dem grünen OP-Tuch ab. Sie tritt an die Krankenliege heran, die jetzt als Bahre dient. Dann greift sie nach dem oberen Stoffende und hofft, das Schicksal möge ihr den nächsten Horrormoment ersparen.

Aber alles ist so, wie sie es in Erinnerung hat. Die erschlafften Gesichtszüge lassen Kolnes die typische Friedlichkeit ausstrahlen, die vielen Toten gemein ist. Der harte Typ, der er war, ist fort. Selbst seine Nackenmuskulatur wirkt weniger mächtig. Kristin empfand es von jeher so, dass ein Körper seine individuelle Prägung verliert, sobald der Geist die sterbliche Hülle verlassen hat. Das mag sich für manche esoterisch anhören. Man könnte es auch so ausdrücken wie ein Professor während ihrer Studienzeit: *Die Software, die die charakteristische Anspannung der Muskulatur steuert, ist verloren gegangen. Was übrig bleibt, ist nur organisches Material.* Eine Sichtweise, die Kristin die Sezierübungen wesentlich erleichtert hatte.

Doch sie hat gar nicht vor, pathologische Untersuchungen an Hermud Kolnes durchzuführen. Auf Sherlock Holmes zu machen, wäre eindeutig fehl am Platz. Es ist sonnenklar, dass Kolnes innerlich verblutet ist.

Kristin geht es um andere Hinweise. Bisher ist sie nicht dazu gekommen, sich seinen Körper oder seine Kleidung genauer anzusehen. Ihre einzige Aufmerksamkeit galt der medizinischen Versorgung, und danach kam sie nicht mehr dazu.

Sie muss diese Karte finden. Und den Schlüssel zur »zweiten Insel«, von der ihr jede Vorstellung fehlt. Sie inspiziert zuerst Kolnes' Vorderseite. Die groben Tätowierungen erstrecken sich über den gesamten Oberkörper. Eine Mischung westlicher Symbole und polynesischer Maori-Tattoos. *Grobschlächtig*, denkt Kristin. Man erkennt weder Bilder noch Schriften. Nur Abstraktes. Die Beine sind untätowiert und wirken surreal bleich, als wären sie niemals an die Sonne gekommen – was in diesen Breiten nichts Ungewöhnliches ist.

Da die Leichenstarre bereits stark ausgeprägt ist, kann sie ihn nicht einfach durch Anwinkeln eines seiner Beine auf die Seite drehen. So greift sie unter seine rechte Schulter und zieht diese hoch, versucht, einen Blick auf seinen Rücken zu werfen, entdeckt aber nichts als die üblichen Muster. Sie wiederholt die Prozedur auf der anderen Seite und sieht die Zahl.

77.

Sofort erinnert sie sich an Ivars Erzählung. Der Alte, mit dem er im Zuge seiner Recherchen gesprochen hat, trug das gleiche Tattoo hinter der Schulter. Zweimal eine große Sieben. *Fast wie ein Abzeichen*, hat sie Ivar noch im Ohr.

Kolnes war einer der 77.

Sind seine Tattoos etwa die Karte, von der er gesprochen hat? Wenn sie sich die Körperzeichnung ansieht, kann sie in diesem Durcheinander beim besten Willen keine Zusammenhänge erkennen. Selbst wenn es so wäre – wie hätte Kolnes ihr diese Karte übergeben wollen? Hätte sie sie für Ivar abmalen sollen?

Die Karte muss etwas anderes sein.

Ein Geräusch lässt sie zusammenfahren, das sie im nächsten Moment als Stationssignal identifiziert. Jo Lauritzen hat den Rufknopf gedrückt, womit Tuva automatisch verständigt wird, egal, wo auf der Insel sie sich gerade befinden mag.

Kristin muss schnell machen. Kolnes' Habseligkeiten liegen in einem Beutel zwischen seinen Füßen. Sie schnappt ihn, öffnet ihn mit zitternden Händen und sieht hinein. Hose, Hemd, Unterwäsche. Eine protzige Armbanduhr, sonst nur die Schuhe.

Sie holt die Jeans heraus und überprüft die Taschen. Nichts außer der Mitarbeiterkarte. Eine Geldtasche sucht sie vergeblich, denn kaum jemand trägt auf der Insel sein Geld bei sich.

Sie inspiziert die Schuhe. Arbeiterschuhe mit Stahlkappen, fabrikneu, wie es aussieht. Sie fährt mit den Händen hinein, tastet, fühlt … nichts. Sie will schon wieder alles in den Beutel zurückgeben, als sie merkt, dass sie die Innensohle des rechten Schuhs lösen kann. Sie zieht sie heraus, dreht den Schuh um und schüttelt ihn, bis etwas herausfällt. Metallisch klingelnd landet das Teil auf dem Stationsboden.

Ein Schlüssel. Noch bevor sie ihn aufgehoben hat, erkennt sie die verblüffende Ähnlichkeit zu demjenigen, den sie von Alma Hovland bekommen hat. Doch der ist mit ihrem anderen Gepäck an Land zurückgeflogen. Kristin erinnert sich sofort, wo sie nachsehen muss, um die beiden winzigen Ziffern zu entdecken.

77.

»Bin wieder da!«, ruft Tuva und knallt die Außentür der Station zu.

Kristin reagiert nicht. Tausend Gedanken kollidieren in ihrem Kopf, mit der Zahl 77 als gemeinsamem Nenner. Sie hat nur diesen Schlüssel im Fokus. Im Hintergrund spaziert Tuva an der offenen Tür des Behandlungszimmers vorbei und weiter zu Lauritzen. Dann spricht sie mit ihm.

Los jetzt!, befiehlt die innere Stimme. Kristin greift nach dem Schuh, als sie ein weiteres Detail stutzig macht: ein Riss an der Innenseite des Sohlengelenks, dort, wo der Fuß am wenigsten aufliegt. Er sieht aus, als wäre seitlich mit einem Messer in die fabrikneuen Schuhe gestochen worden. Sie versucht, den Schlitz aufzuzwängen, sieht aber zu wenig, und trotz ihrer Arzthände kommt sie nicht hinein. Sie nimmt eine Pinzette zu Hilfe und zieht etwas heraus.

Eine SD-Speicherkarte.

Die Karte!

Im anderen Zimmer lacht Jo Lauritzen ausgelassen. Tuva und er schäkern wie üblich.

»Dann frag ich die Frau Doktor gleich, okay?«, ruft Tuva.

Höchste Zeit. Kristin steckt Schlüssel und SD-Karte eilig in ihre Hosentasche. Dann wirft sie Kolnes' Sachen in den Beutel zurück. Einer der klobigen Schuhe sperrt sich dagegen, will nicht zum anderen Zeug hinein. Tuva kann jeden Moment um die Ecke kommen. Keine Chance, alle Spuren zu beseitigen. Kristin wirft die Sachen zwischen seine Füße, schiebt den Leichnam zurück, verschließt die Tür so leise wie möglich und macht zwei schnelle Schritte von der Kammer weg.

»Na, ist die Frau Ärztin wohl einen Moment ausgeflogen, was? Also, Jan-Petter, sag mir, wie können wir dir bloß hel… oh, hi, *Kris-teen*!«, grüßt Tuva sie mit der altbekannten Ausgelassenheit.

»Hallo, Tuva«, sagt Kristin und hofft, dass man das Beben in ihrer Stimme nicht hören kann. Sie überlegt, ob sie erklären soll, wieso sie sich hier im hinteren Bereich des Zimmers aufhält, doch selbst das könnte sie schon verdächtig machen.

Obwohl die Fundstücke tief in ihrer Hosentasche verborgen sind, schweben sie mit doppeltem Ausrufezeichen im Raum. Sie ist keine gute Schauspielerin. Nie gewesen. Garantiert läuft sie gerade krebsrot an.

Aber Tuva nickt nur und tritt an Jan-Petter Berges Seite.

»Hübscher Bengel, eigentlich … was meinst du, *Doctor K*? Ohne diese *fifty shades of blue* in seinem Gesicht, mein ich«, sagt Tuva. »Da müsste man sich fast mal die Motorisierung anschauen, was?«

»Wie?«, stammelt Kristin völlig neben sich.

»Mann, du, DEINE Unschuld möchte ich noch einmal haben. Ich meine, mal kurz unter die Haube gucken. Stoßstange checken, Aufhängung, Getriebe und so.«

Kristin lacht gezwungen, und genauso klingt es auch. Doch Tuva stimmt mit ein.

»Was glaubst du, wer ihn so zugerichtet hat, Tuva?«

Die Gesichtszüge der Assistentin erschlaffen wie auf Kommando. »Ich? Woher soll ich das wissen?«, entgegnet sie und äfft dabei Kristins Tonfall nach. Als hätte sie die Frage beleidigt.

»Oh … nein, ich will damit nichts sagen, bitte verzeih. Ich hab nur gedacht … wegen deiner privaten Kontakte.«

»Private … KONTAKTE?«, stößt sie aus, schaut sie an, verschränkt ihre Arme, wippt mit einem Fuß auf dem Boden und wartet.

Kristin hat Angst vor ihrem nächsten Satz. Sie muss die unglückliche Bemerkung schnellstmöglich ausbügeln. Missverständnisse vermeiden. Niemals wollte sie Tuva etwas unterstellen. »Nein, ich meine, du weißt doch auf der Bohrinsel so gut Bescheid, oder? Du kennst die meisten Männer ja schon.« Sie könnte sich ohrfeigen – je mehr sie sich zu erklären versucht, desto tiefer gerät sie in den Strudel ihrer eigenen Worte hinein.

Tuva starrt sie weiterhin wortlos an. Ist sie jetzt völlig verstimmt? Hat sie am Ende Verdacht geschöpft?

»Hältst du mich für eine Nutte, Doktor?«, fragt sie todernst.

Kristin spürt, wie ihr der Schweiß aus allen Poren kriecht. Sie schüttelt den Kopf und sucht nach einer besänftigenden Erklärung.

Dann zuckt Tuvas Wange.

Keine Sekunde später prustet sie los. Sie explodiert förmlich, lacht hemmungslos, krümmt sich nach vorne, legt die eine Hand an ihren Bauch und die andere auf Jan-Petter Berges Oberschenkel. Ihr schallendes Gelächter will kein Ende nehmen.

»Was?«, macht Kristin, die sich überfahren fühlt. »Was?«, wiederholt sie lauter, wütender.

»Hab dich voll drangekriegt!«, presst Tuva heraus. Sie braucht einige Momente, bevor sie sich wieder aufrichten und erklären kann. »Hab dich verarscht! Böser Cop und so! Mann, sei bloß froh, dass du kein Gangster bist. Was meinst du, Jan-Petter? Voll das Krimiküken.«

Kristin will protestieren, doch Tuva hebt entschuldigend die flache Hand und spricht weiter: »Genau deshalb mag ich dich so, weißt du? Weil du dein Herz auf der Zunge trägst. Sagt man das so? – Egal. Bei dir weiß man eben immer, woran man ist. Sorry wegen des Späßchens eben. Du bist doch jetzt nicht sauer, oder?«

Was Kristin fühlt, geht weit darüber hinaus. Sie findet Tuvas Verhalten unmöglich. Doch sie hat größere Sorgen. »Pass gut auf ihn auf«, sagt sie und zieht sich ins Arztzimmer zurück.

Sie schließt die Tür und setzt sich an ihren PC, holt die SD-Karte aus ihrer Hosentasche und steckt sie in den Leser. Ein Programmfenster öffnet sich, das den Inhalt des Speichermediums als vierzehn Megabyte große ZIP-Datei identifiziert. Sie versucht, diese per Doppelklick zu entpacken, doch der PC fordert sie zur Installation eines Zusatzprogramms auf.

Zeit, die sie nicht hat.

Sie öffnet ihren privaten E-Mail-Account, tippt Ivar Mathisen als Empfänger ein und hängt die Datei an. Der Ladebalken wandert schrecklich langsam weiter. Aber wenigstens hat sie überhaupt noch Internet hier.

Draußen klingelt ein Telefon. Tuvas Stimme erklingt dumpf, doch Kristin versteht kein Wort.

Sie fährt mit dem Mauszeiger auf Ivar Mathisens Adresse. Soll sie ihm die Datei wirklich schicken? Sie steht schon lange nicht mehr in seiner Schuld. Kolnes hat Ivars Gier nach einer guten Story mit dem Leben bezahlt.

Sie fasst den Entschluss, Therjesen von der Kripo als zusätzlichen Empfänger einzutragen. Aber sie hat seine Adresse nicht. Also ruft sie die Suchmaschine auf und tippt seinen Namen und seine Einheit ein, zusammen mit dem Wort *E-Mail*. Die Ergebnisseite hängt zuerst, doch schließlich baut sie sich in aller Gemütlichkeit auf. Kristin findet zwar keine persönliche E-Mail-Adresse von ihm, wohl aber eine allgemeine Meldeadresse der Kriminalpolizei in Bergen. Sie gibt diese als zusätzlichen Empfänger ein und formuliert eilig den Text:

> *DRINGENDE Infos von Insel 77 für Hrn. Therjesen – Passworthilfe durch Journalist Ivar Mathisen/Bergensbladet …*

Sie zieht die Mundwinkel nach oben. Eine Retourkutsche für den Mist, den er ihr eingebrockt hat. Und gleichzeitig die Versicherung, dass Ivar die Informationen niemandem vorenthält, um die große Story exklusiv bringen zu können.

Sie tippt weiter:

> *mehrere Tote auf Insel – Geheimorganisation – es gibt »zweite Insel« – DRINGEND HILFE nötig!*

Man wird die Nachricht wohl frühestens bei Dienstbeginn entdecken, und dann kann Kristin nur hoffen, dass der anwesende Sachbearbeiter den Ernst der Lage erkennt und die E-Mail gleich weiterleitet. Sie klickt auf *Senden*, da erscheint die Meldung: Ihr Anhang ist noch nicht hochgeladen. Die Nachricht wird nach Beendigung des Vorgangs abgeschickt.

»Du, Schnecke?«, sagt Tuva, die, ohne anzuklopfen, eingetreten ist und schnell an ihren Schreibtisch herantritt.

Kristin zieht erschrocken die Augenbrauen hoch und steht auf, fühlt sich dabei seltsam ertappt. »Ja?«, sagt sie und deaktiviert den Bildschirm, so unauffällig es geht.

Tuva kommt noch näher. »Das war gerade der Schrankmann.«

»Wie?«

»Braathen, du weißt schon, oder? Schrank und Mann, LOL … verstehst du? Was machst du denn da überhaupt? Hast du ein Geheimnis, Schnecke? Ich wette, du klopfst gerade ein Datingportal ab. Gib's zu!«, drängt Tuva und will auf den Bildschirm sehen.

»Das geht dich nichts an«, protestiert Kristin.

»Ja ja, schon gut, Schnecke. Musst mir ja nicht alles erzählen.«

Kristin nutzt den Moment, in dem Tuva sich abwendet, um die Speicherkarte aus dem Lesegerät zu ziehen. Dann lässt sie diese schnell in der Hosentasche verschwinden. Sie kann nur hoffen, dass die E-Mail durchgegangen ist. »Und? Was wollte Braathen jetzt, Tuva?«

»Sam, ja … es schaut so aus, als ob …«

»Tuva!«, schimpft Kristin.

»Ja ja, schon gut, reg dich ab. Ich sag's eh gerade, oder? Sag ich's nicht? Also – Wunder geschehen –, Sam hat tatsächlich einen Fisch gefangen. Tadaa!«

Jetzt reicht's ihr. »Was?«

»Er will sich jetzt gleich mit dir in der Kantine treffen.«

»Wieso?«

»Er hat deinen Übeltäter verhaftet.«

31

10.42 Uhr

Die Kantine ist noch menschenleer. In einer Stunde wird es hier ganz anders aussehen, werden sich Arbeiter lautstark unterhalten, scherzen und beim umfangreichen Büfettangebot zulangen. Es ist dieser Raum, der einem eine erste Ahnung vom familiären Klima gibt, das auf allen Bohrinseln herrscht. *Wir sind eine große Familie* ist der Satz, den man am häufigsten hört, wenn man Inselleute nach den schönen Seiten ihres Jobs fragt. Doch Kristin ist noch nicht lange genug dabei und wird es vermutlich nie sein, um diese Aussage bestätigen zu können.

Hinten in der Küche hantieren die Köche mit ihren Utensilien, rufen sich immer wieder etwas zu, es klappert, zischt und klirrt.

Kristin holt sich eine Cola und ein Salzgebäck. Sie erwidert das freundliche Nicken der Dame an der Theke, setzt sich ans Fenster und schaut hinaus.

Der Mensch gewöhnt sich an alles, drängt sich in ihre Gedanken. Der Sturm bläst immer noch stark, die Wellen sind riesig, trotzdem wird wieder gearbeitet. Das Unwetter hat einige Teile der Plattform beschädigt, die repariert werden müssen, bevor man die eigentliche Arbeit wiederaufnehmen kann. Kristin staunt über die Urgewalt, die sie alle umgibt. Die Nordsee ist eindeutig nicht für Menschen gemacht. Und doch sind sie hier draußen – und finden das nach ein paar Tagen schon völlig normal.

Wen hat Braathen verhaftet?, schiebt sich das eigentliche Thema wieder in den Vordergrund. Doch sie könnte bloß spekulieren. Tuva hat *Übeltäter* gesagt. Ist es derjenige, der die Männer getötet hat? Und für Jan-Petter Berges Zustand verantwortlich ist? Oder hat er gar mit Marius' Verschwinden zu tun? Möglich ist alles.

Sie steckt die erste Brezel in den Mund, kaut und schluckt sie hinunter. Ihr Magen giert danach, als hätte sie ihm ein Jahr lang keine feste Nahrung mehr gegeben. Wenn sie zurückdenkt, hat sie in den letzten Tagen wohl wirklich nicht viel gegessen. An Land auch nicht. Sie konnte nicht. Jetzt scheint ihr Körper sagen zu wollen: *Bis hierher und nicht weiter.*

Da fliegt die Tür auf und Sam Braathen kommt herein. Als er sie erblickt, grinst er unverschämt und kommt auf sie zu. »Ah, Jørgensen«, sagt er mit sichtlichem Stolz um die Nase. »Wir haben ihn!«

»Ihn?«, fragt sie. »Wen meinen Sie?« Die Herzfrequenz steigt sprungartig, als sie sich auf irrationale Weise vorstellt, das nächste Wort aus seinem Mund könnte auch *Marius* sein.

Braathen setzt sich. »Den Übeltäter natürlich. Den, der mir Ihre Standpauke verschafft hat. Aber Sie haben ja recht. So können die Dinge hier in meinem Verantwortungsbereich wirklich nicht ablaufen.«

Kristin fehlt immer noch eine essenzielle Information. »Welche Übeltat?« Es gibt schließlich eine ordentliche Auswahl.

»Na, Sie können Fragen stellen«, amüsiert er sich. »Der Einbruch in Ihre Kabine natürlich.«

Sie gibt sich gar keine Mühe, ihre Enttäuschung zu verbergen. »Und? Was noch?«, hakt sie nach. Die Kabine ist ihr geringstes Problem.

»Was meinen Sie?«

»Hören Sie, ein Mann ringt auf meiner Station um sein Leben, zwei andere sind tot, und Sie konzentrieren sich auf den Eierdieb?«

Braathens Backen sinken nach unten. »Eierdieb … na, Sie machen mir Spaß. Glauben Sie, ich bin dämlich, Doktor? Ich habe den Kerl schon länger auf dem Schirm, und beim Kabineneinbruch hab ich ihn jetzt endlich bei seinen Eiern, den Dieb.« Sichtlich zufrieden mit seinem Wortspiel fährt er fort: »Es ist nur eine Frage der Zeit, bis ich ihn auch der anderen Verbrechen überführe. Der hat noch viel mehr auf dem Kerbholz. Das fühle ich!«

Kristin erinnert sich an das Foto von ihrem Vater am See. Wenn der Verhaftete tatsächlich in ihrem Raum war, steckt er wohl auch hinter dieser Sache. *Von wegen Eierdieb.* Braathens Vermutung mit dem Kerbholz trifft wohl zu. »Wer ist es?«

Bevor Braathen etwas sagen kann, geht die Tür wieder auf. Vier Arbeiter poltern herein und schäkern ausgelassen. Ihre roten Gesichter lassen darauf schließen, dass sie im Freien waren. Braathen dreht sich im Sitzen zu ihnen um, grüßt und wendet sich wieder Kristin zu.

»Wer?«, fragt sie leiser.

Er schüttelt den Kopf. »Bedaure, das kann ich Ihnen nicht sagen. Das wäre nicht vernünftig. Aber wenn Sie wollen, spreche ich mit dem Kapitän und sehe, was …«

»Braathen, bitte. Ich habe wirklich einen langen Weg hinter mir und schon Kopf und Kragen für die Sache riskiert. Ich muss es wissen! Und ich muss endlich wissen, was mit meinem Bruder ist. Bitte!«, fleht sie ihn an. »Wenn es noch eine Chance gibt, ihn wiederzusehen, eine einzige, dann bitte …«

Sie unterbricht. Tränen kündigen sich an, die sie mit Gewalt zurückdrängt.

»Doktor …«

»Was?«, entfährt ihr viel lauter als geplant.

Im Raum wird es still. Braathen starrt sie an. Einige Momente später fährt er fort: »Ich will Ihnen nicht die Hoffnung nehmen, Doktor, aber glauben Sie mir bitte: Wir hätten Marius Jørgensen gefunden, wenn er noch auf der Bohrinsel wäre.«

Ich glaube dir nicht!, beschließt sie. Niemals wird sie ihm glauben. Weder ihm noch Kapitän Skeide noch sonst wem. Sie wird nur noch das glauben, was sie mit eigenen Augen zu sehen bekommt.

Weil sie schweigt, spricht er weiter. »Schauen Sie, Doktor, ich weiß, Sie betrachten mich als unfähigen Möchtegernpolizisten. Ich kann es Ihnen ansehen. Aber machen Sie sich nichts draus, da sind Sie nicht die Einzige. Wissen Sie, es kann in meiner Position nicht schaden, wenn man unterschätzt wird. Doch ich versichere Ihnen, ich würde nicht so lange auf dieser Bohrinsel Dienst tun, wenn ich unfähig wäre.«

»Dann sagen Sie mir, wen Sie verhaftet haben.«

Braathens Mimik zeigt ihr, für wie unvernünftig er die Forderung hält. »Sie wissen genau, dass Skeide Ihnen die Hölle heißmachen wird. – Ich will ganz offen zu Ihnen sein«, sagt er und beugt sich nach vorne, bedeutet ihr, es ihm nachzumachen. Als ihre Köpfe so nahe sind, dass kein anderer im Raum ihre Unterhaltung mitbekommen könnte, spricht er weiter. »Hören Sie. Skeide ist ein eitler, verzogener Idiot. Völlig ungeeignet. Er hat den Job nur mit Beziehungen bekommen. Überlegen Sie mal, wie alt der ist. Kaum über dreißig. Aber glauben Sie mir, sein Vitamin B wird er gegen Sie einsetzen, ohne mit der Wimper zu zucken. Und dann sehen Sie als Ärztin kein Land mehr. Ich weiß, Sie werden sich nicht viel aus meinem persönlichen

Rat machen, aber um Himmels willen, lassen Sie's endlich gut sein.«

»WER?«, erwidert sie lauter als nötig.

Mehrere Sekunden lang sehen sie sich an, durchbohren sich mit ihren Blicken. Kristin will ihm deutlich zeigen, wie ernst ihr die Sache ist, zwinkert nicht, schaut nicht weg.

Schließlich lässt Braathens Anspannung nach. »Na schön«, sagt er und richtet sich im Sitzen auf. »Sie sind der unvernünftigste Mensch, den ich kenne. Eines sag ich Ihnen, Doktor: Wenn Sie es wissen, müssen Sie auch mit den Konsequenzen leben. Ich werde mich dann nicht mehr schützend vor Sie stellen können. Klar?«

»Wer?«, drängt sie weiter.

Braathen schüttelt den Kopf, nähert sich, schaut zur Seite, als könnte immer noch jemand mithören, und flüstert widerwillig: »Nesslund.« Er merkt an ihrem Gesicht, dass sie den Namen noch nie gehört hat, und fährt fort: »Skeides erster Offizier.«

»Lassen Sie mich mit ihm reden«, fordert sie.

»Wieso?«, erwidert Braathen verblüfft.

»Ich weiß genau, was ich ihn fragen muss.«

Der Sicherheitschef denkt keine Sekunde lang nach. »Keine Chance, Doktor. Was zu weit geht, geht zu weit. Sie wissen schon viel zu viel.«

Kristin nickt und steht auf.

»Doktor!«, ruft Braathen ihr nach, da ist sie schon aus der Kantine.

32

14.58 Uhr

Kristin steht in Storm Nesslunds Kabine, die im Unterschied zu ihrer noch nicht renoviert wurde.

Dunkel furnierte Sperrholzbretter formen das Bettgestell, darunter befinden sich zwei Staufächer, deren Messingbeschläge abgegriffen sind. Den hygienischen Befund des Teppichs, auf dem sie steht, will sie sich gar nicht erst vorstellen. Eine grün bezogene Bank, ein simpler Holzstuhl, ein kleiner Tisch und ein mannshoher Schrank komplettieren die Siebzigerjahre-Einrichtung. Deprimierend.

Marius hatte genau so eine.

Es war nicht schwer, die Kabinennummer des Verhafteten herauszufinden. Ein Blick in die Stationsdatenbank hat gereicht. Auch der Schlüssel lag wie auf dem Präsentierteller: Unter Jan-Petter Berges Sachen befand sich die Generalkarte, die den Sicherheitsmitarbeitern Zugang zur gesamten Plattform verschafft. Kristin hat sie in einem unbeobachteten Moment an sich genommen, sich bei Tuva eine kurze Pause erbeten und in diesen Trakt der Insel geschlichen.

Jetzt steht sie inmitten der vier Wände eines völlig fremden Mannes. Vor ein paar Wochen hätte sie jeden für verrückt erklärt, der ihr so etwas vorhergesagt hätte. Aber alles ist im Umbruch. Besser gesagt: Alles zerbricht vor ihren Augen. Ihre Familie. Ihr Leben. Und wenn sie aus dem Fenster schaut, die ganze Welt.

Dabei hat der Sturm weiter nachgelassen. Nur hin und wieder dringt noch ein Rauschen herein. Aus den angrenzenden Kabinen kommt kein Laut. Sie kann sich voll auf ihre Suche konzentrieren.

»Wer bist du?«, spricht sie leise und dreht sich einmal im Kreis herum. Keine Fotos, keine offen herumliegenden persönlichen Gegenstände.

Erster Offizier … sie hat die Leute, die sich bei ihrem Eintreffen auf der Brücke aufhielten, nicht mehr in Erinnerung. Bis auf Kapitän Skeide natürlich. Garantiert war Nesslund anwesend, als sie von Skeide zusammengestutzt wurde. Ist er so auf sie aufmerksam geworden?

Wie du mir, so ich dir, denkt sie und zieht die ersten Schubladen auf, wühlt sich durch Unterwäsche, Hemden und Kleinkram, rechnet damit, anrüchige Magazine und Spielzeug für Erwachsene zu finden, aber nichts. Auch im Schrank entdeckt sie nur, was zu erwarten war: Hosen, Jacken, leerer Seesack, ein sauber gebügeltes Hemd.

Sie geht zum Bett und bückt sich zu den Staufächern. Schwimmweste und weiterer Sicherheitskram. Sie richtet sich auf, hebt die sauber gefaltete Bettdecke an, dann das Kissen. Nichts.

Eine Musterkabine. Das Zimmer eines Vorzeige-Internatsschülers. Allerdings ohne jede Persönlichkeit. Kein Laptop, keine Bücher, nichts. *Etwas MUSS doch da sein*, beschließt sie. Jeder hat persönliche Dinge dabei, die ihm die Leerzeiten an Bord überbrücken. Wieso soll es bei Nesslund anders sein?

Plötzlich hat sie das Gefühl, beobachtet zu werden. Kristin

zittert. Sie stellt sich vor, wie jeden Moment die Tür auffliegt, dieser Nesslund hereinstürmt und …

Blödsinn, sagt die innere Stimme. *Braathen hat ihn verhaftet, schon vergessen?*

Trotzdem ist ihr nicht mehr wohl. Im übertragenen und im eigentlichen Sinn. Ihr ist schwindlig. Sie hat das Gefühl, dass sich die Wände auf sie zubewegen.

Ich muss hier raus!

Noch kann sie gegen die aufkommende Panik ankämpfen. Sie wirft das Kissen zurück, klopft es gerade, zieht das Leintuch nach oben und …

Da fühlt sie etwas zwischen Matratze und Bettrahmen. Sie greift hin, zieht es heraus und muss sich vor Schreck aufs Bett setzen. Sie hält sich die linke Hand vor den Mund und starrt auf das uralte Ding, das sie in ihrer Rechten hält, bemalt wie der Mustang, gelb mit schwarzen Rennstreifen.

Marius' Handy.

33

15.13 Uhr

»Wo ist Braathen?«, ruft sie laut, nachdem sie die Tür der Sicherheitsabteilung aufgerissen und ihn nicht gleich gesehen hat.

Sie ist wütend wie selten zuvor. Und diese Emotion überstrahlt alles. Trotzdem muss sie sich zusammennehmen und auf ihre Aufgabe konzentrieren, die näher an ihrer Erfüllung steht als je zuvor.

Sie hält Marius' Handy in der rechten Hand. Sie fühlt die Kerben und abgeschlagenen Stellen. Was hat das Gerät in der Kabine eines Offiziers zu suchen, noch dazu in seinem Bett versteckt?

Es gibt nur eine Antwort.

»Was wollen Sie?«, fragt der anwesende Mitarbeiter.

»Das habe ich doch gerade gesagt. Zu Braathen. Sofort!«

»Der hat gerade keine Zeit.«

»Oh, ich bin mir sicher, er wird sich die Zeit nehmen. Also? Wo steckt er?«

»Er vernimmt gerade den Mann, den er ver…«

Der Sicherheitsmitarbeiter bricht die Erklärung ab, weil

Kristin entschlossen in die Richtung der Tür läuft, auf die er gerade gezeigt hat. Sein Fehler.

»Hey! Sie können da nicht so einfach …«

Bevor er den Satz beenden kann, ist es auch schon passiert. Kristin poltert in das kleine Hinterzimmer und starrt die beiden Herren an, die sich gegenübersitzen. Einer ist Braathen. Der andere muss Nesslund sein.

Sie hat ihn noch nie gesehen.

»Doktor!«, sagt der Chef der Sicherheit. »Was gibt's?«

»Chef, die ist einfach reingestürmt!«, meint sein Mitarbeiter entschuldigend.

»Schon gut, Fred, du kannst uns alleine lassen«, antwortet er und winkt ihn hinaus.

Er gibt ein geknicktes »Okay« von sich und schließt die Tür.

»DAS gibt's«, sagt Kristin und legt Marius' Handy demonstrativ laut auf den Tisch, direkt neben ein altmodisches Diktiergerät.

»Ein Anruf … für wen?«, fragt der Dicke.

Flasche!, denkt sie und erklärt: »Kein Anruf. Es geht um das Handy selbst. Es gehört Marius. Was glauben Sie, wo ich es gefunden habe?«

Während Braathen überlegt, starrt sie den Verhafteten an. Dessen Blick wandert durch den Raum, hauptsächlich zu Boden, aber nie zu ihr. *Verschlagen*, denkt sie. Seine Mimik, seine ganze Gestalt scheint sie davor warnen zu wollen, sich mit ihm einzulassen. *Hände weg! Ich bin gefährlich*. Aber auch: *Ich bin schuldig*.

»Ich habe es in *seiner* Kabine gefunden«, sagt sie fest. Zum ersten Mal hat sie einen konkreten Beweis. Storm Nesslund hat definitiv mit Marius' Verschwinden zu tun. Und mit allem anderen wohl auch.

Braathen schweigt immer noch, als wollte er nicht recht verstehen, was sie ihm da erzählt. Also formuliert sie ihren Verdacht ganz konkret: »Marius' Handy war in Storm Nesslunds Kabine versteckt. Er hat es gehabt und mich damit auf den Fluchtweg hinausgelockt. Er ist für das verantwortlich, was mit Marius passiert ist. Und für Jan-Petter Berges Zustand auch. Hören Sie? Er ist es, der Ihren Mitarbeiter so zugerichtet hat! Und es würde mich überhaupt nicht wundern …«

»So ein Scheiß!«, protestiert Nesslund, das letzte Wort künstlich in die Länge gezogen. Dazu schlägt er die flachen Hände auf den Tisch.

Kristin zuckt zusammen und, wie ihr vorkommt, Braathen auch.

Aber sie lässt sich nicht mehr einschüchtern. Von niemandem. Sie will die Wahrheit, und zwar jetzt. »Lassen Sie mich mit ihm reden«, fordert Kristin. »Ich weiß über alle Einzelheiten Bescheid. Sie müssen nur bleiben und zuhören. Bitte!«

In der Kantine hat sich Sam Braathen noch kategorisch gegen diese Forderung geweigert. Aber jetzt wäre er doch geradezu dumm, wenn er nicht einsehen würde, wie sehr sie ihm nützen kann!

Der Sicherheitsmann schüttelt den Kopf. Kristin will schon protestieren, als er überraschend sagt: »Also gut. Von mir aus. Nehmen Sie sich den Stuhl dort.«

Während Kristin der Aufforderung nachkommt, fragt Braathen den Verhafteten: »Können Sie mir das erklären, Nesslund? Wie kommt dieses Handy in Ihre Kabine?«

»Die lügt doch!«, keift er und feindet sie an. Wieder meint sie in seinem Gesicht etwas Bösartiges zu erkennen. Schmal, ausgeprägte hohe Wangenknochen, flache Stirn, weit auseinanderstehende eisblaue Augen. Einer, bei dem man sich instinktiv unwohl fühlt.

Kristin entgegnet: »Sie haben mich heute Nacht zum Rettungsboot hinausgelockt. Wo Jan-Petter Berge bereits halb tot war. Sie haben die Nachricht geschrieben, um mich zu holen.

Aber wozu? Wollten Sie mich auch zusammenschlagen? War es das, was Sie vorhatten?«

Nesslund schüttelt den Kopf und zieht den Mund schief. Als sei ihre Behauptung lächerlich. Aber Kristin ist sich ganz sicher. Weil es nur auf diese Weise Sinn ergibt. Jan-Petter Berge ist der Mann, der sie die ganze Zeit über warnen und sich zu den Treffen verabreden wollte, auf dem Festland wie auch hier. Er ist ihr Schutzengel.

Nesslund wollte mich töten, denkt sie.

Aber etwas muss ihm dazwischengekommen sein. Jemand?

Kristin legt nach. »Sie waren in meiner Kabine. Sie haben das Foto meines Vaters auf mein Bett gelegt. Sie hatten Marius' Handy. Sie wissen über alles Bescheid, was gerade an Bord passiert!«

Nesslund schweigt.

»Warum bedrohen Sie meinen Vater?«, drängt sie, doch er bleibt still.

»Was sagen Sie dazu?«, hakt Braathen viel zu sanft nach. Es klingt wie eine Einladung, sich gegen ihre Behauptungen zur Wehr zu setzen.

Genauso kommt es auch. »Was soll ich denn dazu sagen? Die abgedrehte Schnalle schiebt mir das Ding in die Schuhe! Die stalkt mich! Die Frau Doktor steht auf mich. Schon seit Wochen lässt sie mich nicht mehr in Ruhe. Jeder weiß doch, dass die nicht mehr alle Tassen im Schrank hat. Wie ist sie überhaupt in meine Kabine gekommen, hm? Das stinkt doch geradezu nach einer Stalkerin.«

»Schluss jetzt!«, stößt Braathen völlig unerwartet aus und legt nach: »Der Einbruch in Jørgensens Kabine geht auf Ihre Kappe, Nesslund! Dem Dienstrhythmus nach hätte Jørgensen gar keine Gelegenheit gehabt, Sie zu *stalken*. Also ersparen Sie mir das Gefasel. Was ist mit dem Handy? Woher haben Sie das? Was wissen Sie über Jørgensens verschwundenen Bruder?«

Die Fragen des Sicherheitsverantwortlichen feuern Kristins Herzfrequenz an. Endlich kommt Braathen in die Gänge.

»Raus damit!«, schreit er unvermittelt und in einer solchen Lautstärke, dass Kristin wieder zusammenzuckt. Etwas vibriert. Braathen scheint gerade den ganzen Raum in Schwingung versetzt zu haben.

»Gestehen Sie, oder Sie werden Ihr blaues Wunder erleben!«, wiederholt er nicht minder laut. Ihr fällt ein, was Braathen in der Kantine gesagt hat. Dass es in seiner Position nicht schaden könne, unterschätzt zu werden. Anscheinend hat sie es bis eben getan.

Nesslund zieht den Kopf ein und wirkt plötzlich kleiner als zuvor. Dann richtet er sich wieder auf und sagt: »Die Gesetze gelten auch für Sie, Braathen! Ich habe das Recht auf …«

Braathen fällt ihm ins Wort: »Sie haben das Recht auf einen feuchten Kehricht! Hier auf der Insel bin ICH das Gesetz! Wir sind in internationalen Gewässern. Und SIE werden es nicht mehr bis zum nächsten Richter schaffen, das schwöre ich.« Plötzlich donnert seine Faust auf den Tisch, ein dröhnender Schlag, der beide Handys kurz abheben lässt. »Raus mit der Wahrheit, Nesslund! Jetzt sofort! Sonst vergesse ich mich, ich schwöre bei Gott.«

Wieder ist der Verhaftete vor Schreck zusammengesunken. Genau wie Kristin. Braathens Verhörmethoden würden sich schwer mit den Prozessordnungen an Land vereinbaren lassen. Aber sie wirken.

»Ich …«, fängt Nesslund an, hält aber wieder inne.

»Was? … Sie? Einen ganzen Satz will ich haben, zum Donnerwetter!«

Kristin hält den Atem an. Sam Braathen schafft es tatsächlich. Sie muss gar nichts tun. Gleich wird sie alles wissen. Sie ist dem Ziel so nah, dass sie es fast greifen kann. Ihr Herz hämmert wie wild.

»Ich war …«

»RAUS DAMIT!«, brüllt Braathen und schlägt wieder auf den Tisch.

»Ich war mit ihm zusammen, okay?«, haspelt Nesslund halblaut.

Kristin versucht, die Antwort in einen logischen Zusammenhang zu bringen. Aber es gibt keinen. Er – mit *ihm?* – *Zusammen?*

»Mit wem?«, fragt Braathen.

»Marius«, antwortet der Verhaftete nach einer weiteren Pause. »Mit Marius. Wir waren ein Paar, okay? … Und jetzt ist er tot! Er hat sich umgebracht, und ich musste es verheimlichen!«, schreit er. »Seid ihr jetzt zufrieden, ja?«, hängt er an, presst die Augen zusammen und heult ungehemmt los.

Da ist nur ihr tobendes Herz. Sie will einen Punkt finden, an den sie einen logischen Gedanken anknüpfen könnte, doch da ist nichts, was Sinn machen würde. Braathen schweigt. Die Unfassbarkeit des Moments wird von Nesslunds Wehklagen noch verstärkt.

Marius und der da – ein Paar?, formuliert sich die Frage in Kristins Kopf, nur um im selben Moment als völlig absurd abgestempelt zu werden. Marius mag vieles sein, aber homosexuell? Wenn sie an so manche Verflossene aus seiner Jugend denkt, kann das doch gar nicht sein. Aber wie auf Kommando kommt ihr der Mitbewohner in den Sinn. Dieser Karlsson, mit dem er sich die Wohnung in Bergen teilt. Geht die Beziehung etwa über die Untermiete hinaus? *Und die Freundin aus Bodø hat er mir nie vorgestellt, nicht mal ein Foto gezeigt*, kombiniert sie weiter. Etwa deshalb, weil sie männlich war? Und weil Marius sich nie getraut hat, es zuzugeben?

Völlig unwichtig.

Auf welches Geschlecht Marius steht, ist ihr einerlei, solange es ihm nur gut geht. Sie weiß genau, dass sie sich gerade selbst von der eigentlichen Botschaft aus Nesslunds Mund ablenkt. Der Nachricht, die zu schlimm ist, um sie zu denken.

Marius ist tot.

»Pff«, macht Braathen jetzt, lehnt sich zurück und steckt seine Hände in die Hosentaschen. »Da haben wir's also!«, sagt er und lehnt sich zurück.

Er wird Nesslund doch nicht etwa glauben wollen? Kristin sucht nach einem Ausdruck des Protestes, nach Fragen, die das Lügengebäude als solches enttarnen, aber alles, was ihr einfällt, wäre schrecklich plump.

»Wie ist das mit Marius Jørgensen genau abgelaufen?«, will Braathen wissen.

Nesslund schnieft und wischt sich mit seinem Ärmel die Nase. »Er hat sich umgebracht.«

»Warum?«, bohrt der Sicherheitsmann.

Kristin verfolgt den Dialog wie gelähmt. Jedes Wort aus Nesslunds Mund ist wie ein Speer, der sich mitten in ihr Herz bohrt. Könnte er doch bloß still sein! Könnte Braathen doch bloß aufhören, ihn zu bedrängen! Sie wünscht sich überall hin, Hauptsache, weg von hier.

»Für uns, okay?«, brüllt der Verhaftete. »Wegen unserer Scheißschulden!«

Wieder legt sich eine seltsame Peinlichkeit über die Anwesenden. Hier der herzzerreißend weinende Mann, dort der schweigende Braathen, neben ihm Kristin, die sich auf seltsame Weise schuldig fühlt.

Plötzlich verliert sie die Beherrschung. »Sie LÜGEN! Das ist alles eine Lüge! Braathen, hören Sie, das kann doch nicht stimmen! Er … er hat Marius um… er hat Marius etwas angetan! Marius hätte sich nie … wo ist Marius, Nesslund? Hören Sie mit diesem Unsinn auf und sagen Sie es endlich!« Auch

Kristin schlägt jetzt auf den Tisch, doch es hört sich viel zu leise an. Alles würde sich jetzt zu leise anhören.

»Es tut mir leid, aber genauso war es, okay? Er wollte, dass ich ohne Schulden weiterleben kann.«

»Wie soll das gehen?«, hakt Braathen nach.

»Die …« Nesslund bricht ab und denkt angestrengt nach.

»Was, die?«

»Mein Gott, machen Sie das bloß nicht kaputt, bitte. Können Sie das Gerät ausmachen?«

»Wieso?«

»Weil ich sonst ganz sicher nichts mehr sage. Deshalb.«

Braathen bleibt einen Moment still, dann beugt er sich vor und drückt einen Knopf, der das Tonband zum Anhalten bringt. »Also los«, sagt er dann. »Die …?«

»Die Versicherung«, flüstert Nesslund beinahe. »Marius' Lebensversicherung. Er hat sich für mich … er hat sich für mich …« Statt den Satz zu Ende zu bringen, schlägt er sich die Hände vors Gesicht.

Geopfert, vervollständigt Kristin in Gedanken. Obwohl das Wort nicht fiel, war es doch überdeutlich präsent. Nesslund behauptet, Marius habe sich für ihn geopfert, damit er die Versicherungssumme kassieren und damit die Schulden bezahlen kann.

»Ich habe ihn so geliebt!«, legt der Verhaftete tränenreich nach. »Er war die Liebe meines Lebens!«, schreit er jetzt beinahe. »Diese verdammte Spielsucht!«

Kristin fasst an ihr Medaillon. Sie wundert sich, dass sie immer noch beherrscht dasitzen und Nesslunds Geständnis anhören kann. Eben zerfällt die letzte Hoffnung vor ihren Augen. Sie drückt das Schmuckstück gegen ihr Brustbein, bis der Schmerz jedes aufkeimende Gefühl überstrahlt.

Braathen macht weiter. »Spielsucht?«

»Online-Wetten.«

Braathen hämmert mit den Fingerkuppen auf die Tischoberfläche, schnell wie Trommelwirbel, und macht damit nicht nur Nesslund, sondern auch Kristin nervös.

Er hat mich um Geld angebettelt, erinnert sie sich. Er wollte, dass sie ihm eine irrational hohe Summe für das Abschiedsgeschenk seines Schichtleiters borgt. *Das passt zu den Spielschulden*, denkt sie weiter. Und zum Tankstellenüberfall. *Schluss damit!*, verbietet sie sich weitere Mutmaßungen. Aber die Zweifel haben sich längst wie ein Spinnennetz über das Bild gelegt, das sie bisher von ihrem Bruder hatte. Trotzdem …

»Das KANN alles nicht sein«, wehrt sie sich endlich.

Sie starrt in Nesslunds furchteinflößend kühles Gesicht. Er erwidert ihren Blick wesentlich selbstbewusster als vorhin. Vielleicht, weil ihm jetzt die sprichwörtliche Last von den Schultern gefallen ist?

»Sie waren nie im Leben mit Marius zusammen. Er hat sich nicht umgebracht. Und schon gar nicht für Sie!«, behauptet Kristin mit dem letzten Aufgebot ihrer Überzeugung. Ihr Blick driftet ab, hinunter auf die Tischplatte, zu Marius' Handy, das sie bis eben noch hoffen ließ, ihren Bruder in die Arme schließen zu können.

Nesslund fährt fort, als könnte er ihre Gedanken lesen: »Woher hätte ich denn sonst sein Handy haben sollen? Es ist alles, das mich noch an ihn erinnert! Alles, das mir noch geblieben ist! Ich konnte es doch nicht einfach ins Meer werfen wie den anderen Kram! Und jetzt macht ihr uns alles kaputt. Alles! Bitte … oh bitte, um Himmels willen, sagt der Versicherung nichts. Mein Marius darf nicht umsonst gestorben sein!«

34

18.13 Uhr

Kristin steht wieder an Jan-Petter Berges Bett. Der Blick zu den Überwachungsgeräten verrät ihr, dass er weiterhin stabil ist. Sie registriert es nur am Rand – ein antrainierter Ablauf in ihrem Gehirn. Werte in Ordnung, alles okay, keine Aufmerksamkeit nötig. Vielleicht ist sie mit der präventiven Behandlung eines Hirnödems übers Ziel hinausgeschossen. Vielleicht erwacht er bald und erholt sich schnell.

Aber die Gedanken *dieser Frau Doktor Jørgensen* erscheinen Kristin gerade völlig bedeutungslos.

Sie kann sich kaum erinnern, wie sie vom Vernehmungszimmer hierhergekommen ist. Sam Braathen hat noch etwas zu ihr gesagt. Dann ist er aufgestanden, hat Storm Nesslund am Arm gepackt und hinausgebracht. Kristin blieb sitzen. Irgendwann, mögen es fünf Minuten oder zwei Stunden gewesen sein, stand sie auf, verließ die Sicherheitsabteilung und kam hierher, mechanisch und ferngesteuert.

Tuva sagt etwas. Als Kristin keine Antwort gibt, tritt die Assistentin an ihre Seite und fasst sie am Arm, zieht sie nach hinten auf einen Stuhl, legt ihr die Blutdruckmanschette an.

Kristin wehrt sich nicht. Sie spürt die Enge am Oberarm, dann den abfallenden Druck. Tuvas Hand auf ihrer Stirn.

Sie kann ihr nicht in die Augen sehen. Niemandem. Sie schämt sich ihrer Gefühle. Denn es ist nicht die Trauer, die im Vordergrund steht – sie ist wütend auf Marius. Nie hätte sie daran geglaubt, dass er seiner Familie so etwas antut, nach der Hölle, die sie mit dem Suizid ihrer Mutter durchmachen mussten.

Tuva reicht ihr ein Glas Wasser und eine Tablette, die Kristin als Benzodiazepin identifiziert. Sie ist genauso wie ihre Assistentin der Meinung, dass sie sich in einer psychischen Ausnahmesituation befindet. Aber sie lehnt das Medikament ab. Tuva hält ihr den Becher an die Lippen. Sie nippt zweimal daran, dann wendet sie ihren Kopf ab.

Eine Million Kronen. War das der Preis eines Menschen? Grund genug, sich für eine Lebensversicherung umzubringen? Eine Million für den Menschen, den man liebt? Und was tat Kristin? Setzte Himmel und Hölle in Bewegung, den wahren Grund seines Verschwindens herauszufinden. Brachte ihn in die Zeitung. Geriet in polizeilichen Verdacht. Lehnte sich gegen ihren Arbeitgeber auf. Nichts von dem, was sie tat, war in Marius' Sinn, sondern nur in ihrem eigenen. Alles, wirklich alles war umsonst, nein, egoistisch, schadete Marius' Zielen sogar.

Dumme Kuh!, schimpft sie sich in Gedanken. Nichts hat sie in den letzten Jahren dazugelernt. Sie ist immer noch die, der man alles erzählen kann. So wenig sie ihre Mutter einzuschätzen vermochte, so wenig kannte sie ihren eigenen Bruder. Die Geschichte ihrer Familie dreht sich im Kreis. Alles dreht sich im Kreis. Kristin läuft und läuft und wird doch niemals von der Stelle kommen, und am Ende wird es auch für sie keinen Ausweg mehr geben.

Sie kann nicht weinen. Sie merkt, dass sie sich wieder bewegt, Schritt für Schritt, roboterhaft. Tuva schiebt sie aus der

Station und weiter in Richtung ihrer Kabine. Sie lässt es mit sich machen. Jetzt ist ohnehin alles egal. Sie weiß nichts, sie kann nichts, kann niemandem mehr helfen, nicht einmal sich selbst.

Sie erreichen die Kabine. Tuva öffnet sie mit ihrer Karte, sie treten ein, wenig später sitzt Kristin auf dem Bett – und überlegt, wo Marius sich in die Fluten gestürzt haben mochte. War es draußen im Bereich C, beim Freifallrettungsboot? Dort hätte ihn niemand gesehen. Das Meer hätte ihn fortgetragen und verschluckt …

Ein Gedanke, der plötzlich seltsam anziehend wirkt. Einfach verschwinden. Alles hinter sich lassen. Sie kann ihn fast verstehen.

Sie legt sich hin, schließt die Augen und stellt sich vor, wie es sein mag, so zu sterben wie Marius. Den Aufprall aufs Wasser hat er ziemlich sicher überlebt, er dürfte sogar bei Bewusstsein geblieben sein. So weit ragt die Insel ja nicht aus dem Meer heraus. Und dann? Hat er wohl instinktiv zu schwimmen versucht, ist an die Oberfläche gelangt, hat nach Luft geschnappt. Der Überlebensinstinkt lässt sich kaum unterdrücken. Dann kam die Kälte, saugte ihm die Kraft aus, machte ihn müde, nahm ihm schließlich die Besinnung. Er ertrank oder erfror. Doch da bekam er schon längst nichts mehr mit.

Es gibt schlimmere Todesarten, denkt sie.

Tuva sitzt jetzt an ihrer Seite, streicht ihr über Haare und Wange. Schließlich sagt sie etwas. Kristin hört die Wörter, doch sie lässt sie zusammenhanglos im Raum stehen, will sie nicht verstehen, reagiert nicht.

Nichts ist mehr von Bedeutung.

Dann wieder die Tablette. Tuva zwängt ihr den Mund auf, steckt sie hinein. »Dir geht's gar nicht gut. Du musst dich erholen, Kristin«, sagt sie dazu. Mit der einen Hand hebt sie Kristins Kopf an, in der anderen hält sie einen Becher an ihre Lippen, nass läuft es übers Kinn, den Hals und weiter aufs Laken. Kristin kann nicht anders, als das restliche Wasser zusammen mit dem Medikament hinunterzuschlucken.

Tuva deckt sie zu. Löscht das Licht. Sagt noch etwas und geht.

Kristin denkt an Marius' Tod.

An ihre Familie.

Alles vorbei?

35

22.48 Uhr

Die Handys, die sie umkreisen, wollen sich nicht fangen lassen. Gelb mit schwarzen Rennstreifen. Sie versucht, sich gegen ihre Attacken zu wehren, aber es ist vergebens. Mit penetrantem Klingeln nähern sie sich, schrammen knapp an ihr vorbei und schwirren davon.

»Was wollt ihr von mir?«, brüllt sie. Vergeblich.

Sie erwacht im Halbdunkel. Das Display ihres Telefons, das auf dem Schreibtisch liegt, macht den Raum erstaunlich hell. Dann verstummt es und klingelt fünf Sekunden später erneut.

Ihr ist so übel, dass sie nur an den schnellsten Weg auf die Toilette denken kann. Längst ist ihr Magen leer, doch es hilft nichts – ihr Körper schreit förmlich danach, sich zu übergeben. Sie erinnert sich, dass Erbrechen zu den häufigen Nebenwirkungen des Beruhigungsmittels und Angstlösers gehört.

»Mein Gott«, sagt sie Minuten später zu der Person im Spiegel, deren Zustand jeder Beschreibung spottet. Sie ist blass, eingefallen, hat dunkle Augenringe und sieht überhaupt nicht mehr nach dem blühenden Leben aus, das sie vor Wochen noch durchströmte.

Die Anrufmelodie beginnt von vorn. Egal, wer sie zu erreichen versucht – er will einfach nicht aufgeben. Kristin schaltet das Licht an, wankt zum Tisch, nimmt das Handy und nimmt das Gespräch an.

»Hallo?«

»Jørgensen, um Gottes willen! Endlich! Therjesen hier, Kripo Bergen!«

»Ja?«, sagt sie benommen.

»Hören Sie, Jørgensen, Sie müssen sofort von dieser Insel runter. Haben Sie verstanden?«

»Was? – Wieso?«

»Verflixt und zugenäht, ich kann nicht lang und breit erklären. Sie sitzen in der Falle, Doktor! Da fliegt gerade eine riesige Sache auf, und Sie stecken mittendrin. Die Datei, Sie erinnern sich?«

Die ZIP-Datei von Kolnes' SD-Karte, kombiniert sie. Was bedeutet, dass er sie erhalten hat und mit Ivars Hilfe öffnen konnte.

»Dieser Mathisen hat sich eine ganze Weile geziert, aber der neue Terrorparagraf wirkt wahre Wunder … ein unangenehmer Kerl, Ihr Bekannter. Ich habe keine Ahnung, was Sie ausgerechnet mit dem zusammenführt … Egal, hören Sie, Doktor, es geht um eine ganze Menge verabredeter Straftaten. Drogen, Waffen, Erpressung, das ganze Programm, mit der Bohrinsel als Verbindungs- und Rekrutierungsstelle. Sie nennen sich die 77. Die Datei enthält alles, was wir wissen müssen, um sie zu Fall zu bringen. Aber dafür müssen wir sie erst einmal fassen. Das ist das dickste Ding, das ich je gesehen habe. Die Behörden in Oslo machen einen Mordszirkus deswegen. Die 77 sind gefährlich. Denen ist alles zuzutrauen. Hauen Sie einfach ab, okay?«

Ihre Gedanken laufen viel zu langsam. Zusätzlich ist ihr schwindlig. Die 77 … sie hat etwas in der Richtung vermutet, aber gleich eine so große Sache?

»Jørgensen, sind Sie noch dran?«

»Hören Sie, ich kann nicht. Es gibt noch einen Patienten, um den ich mich kümmern muss. Jan-Petter Berge«, nennt sie den Namen, um ihrem Argument mehr Gewicht zu verleihen.

»Jan-Petter?«, entfährt es dem Kripomann.

Seine Reaktion überrascht sie. »Sie kennen ihn?«

Therjesen schweigt, doch die Art, wie er den Vornamen des Verletzten ausgesprochen hat, lässt keinen Zweifel übrig. Kristin meint sogar, tiefe Sorge herausgehört zu haben.

»Ich kann nicht einfach so gehen«, wiederholt sie die Weigerung. Es ist mehr das Gefühl als die Überzeugung, aber sie spürt deutlich, dass sie sich jetzt nicht aus der Verantwortung stehlen darf.

Da geht das Licht aus.

»Therjesen?«, sagt sie.

36

23.15 Uhr

Die Verbindung zu Therjesen wurde im selben Moment unterbrochen, als es dunkel wurde.

Kristin schleicht den Gang entlang, das Display des Handys gegen den Oberschenkel gedrückt, um es immer dann kurz aufblitzen zu lassen, wenn sie etwas sehen muss. Wie es aussieht, betrifft der Stromausfall die gesamte Insel.

Sie darf nicht auffallen. Therjesens Warnung war deutlich genug.

Sie hört nichts und niemanden. Normalerweise ist um diese Uhrzeit mehr los. Vielleicht warten alle ab, bis der Strom wiederkommt. Aber so viel Zeit hat sie nicht. Während sie sich vorwärtsbewegt, legt ihr Verstand die neuen Puzzleteile zu den bereits vorhandenen – und es ergeben sich neue Fragen.

Die 77 geistern durch ihren Kopf. Wer sind diese 77, die das größte Ding drehen, das Therjesen je gesehen haben will? Sie denkt an das Tattoo, das der tote Lagerarbeiter wie ein Abzeichen auf der Schulter getragen hatte. Genau wie der Mann, von dem Ivar ihr erzählt hat. Dann fallen ihr die Schlüssel mit den eingravierten Ziffern ein. Schlüssel … Kristin ertastet den des Toten an der Außenseite ihrer Hosentasche. Welche Tür öffnet er wohl, und wo mag diese *zweite Insel* sein, von der Kolnes gesprochen hat?

Sie späht um die Ecke, verharrt, horcht in die Dunkelheit. Nichts. Vorsichtig geht sie weiter. Gleich ist sie bei der Krankenstation.

Sie will, nein, sie *muss* nach Berge sehen. In seinem Zustand wäre er ein leichtes Opfer. Bilder tauchen in ihrer Vorstellung auf – jemand steht an Berges Bett und drückt ihm ein Kissen aufs Gesicht, während dieser, gerade aufgewacht, sich mit letzter Kraft gegen den Angreifer wehrt …

Kristin beschleunigt ihre Schritte. Sie erreicht die Tür und drückt sie lautlos auf. Ganz langsam, damit kein Luftzug entsteht, der sie ebenso verraten könnte wie ein Geräusch. Auf Zehenspitzen geht sie hinein, gebückt wie ein Jäger, schleicht weiter zum Akutraum, verharrt und lauscht, konzentriert sich ganz auf ihre Sinne.

Totenstille. Dazu nicht der kleinste optische Reiz.

Kein Notstrom, registriert sie, als sie weder Stand-by-Lampen noch das Leuchten von Berges Vitalmonitorgerät sieht. Normalerweise hat die Krankenstation Priorität. Genau wie die Brücke.

Kristin weiß, dass Eile geboten ist. Sie tastet sich weiter vorwärts, dann erfühlt sie den Türstock und richtet sich auf. »Tuva?«, sagt sie in die Dunkelheit hinein.

Nichts.

Sie wiederholt, lauter jetzt, aber immer noch keine Reaktion.

Sie geht weiter, bis sie ans Behandlungsbett stößt. Dann erlaubt sie sich, die Taschenlampenfunktion ihres Smartphones zu aktivieren und den Patienten anzustrahlen.

Die Bettdecke ist ganz hochgezogen. Sie fasst sie am oberen Ende, zieht und …

Jan-Petter Berge ist fort.

37

23.27 Uhr

Es scheint, als sei die Stromversorgung tatsächlich überall zusammengebrochen. Wo auch immer sie hinkommt, ist es stockdunkel. Sie macht schneller, leuchtet den Bereich vor sich mutiger aus, gewinnt an Selbstsicherheit.

Kristin klopft an die Tür zur Brücke und wartet. Keine Reaktion. Sie wiederholt – wieder nichts. Also drückt sie die Klinke und ist überrascht, dass sich die Tür einfach so öffnen lässt.

Im Inneren ist es dunkel wie überall. *Verlassen*, denkt sie und macht zwei Schritte hinein.

»Was wollen Sie?«, schnauzt sie jemand an.

Der Schreck lähmt sie kurz. Aber sie hat die Stimme sofort erkannt. »Kapitän Skeide«, sagt sie und hofft, dass er ihre Aufregung nicht hört.

»Ka-pi-tän«, zieht er die Anrede ins Lächerliche und gluckst. »Ein toller Kapitän bin ich!«

Sie erahnt seine Umrisse und nähert sich ihm zögerlich. »Was geht hier vor, Kapitän?«, sagt sie halb fragend, halb anklagend und leuchtet ihm ins Gesicht.

»Es gibt sie doch!«, spricht er vor sich hin.

»Wen?«

»Es gibt sie doch«, wiederholt er.

»Skeide! WEN gibt es doch?

»Sie!« Zwischen seinen Äußerungen gluckst er unangebracht. Seine Stirn glänzt schweißnass.

»Die 77? Skeide?«

Er reagiert nicht. Kristin wundert sich, wie lethargisch er in seinem Stuhl lungert. Sie leuchtet an seiner Gestalt hinunter, da erst sieht sie, dass sein rechter Arm mit Handschellen an die Armlehne gefesselt ist.

»Was haben Sie da?«, stößt sie aus, als sie entdeckt, was er in seiner Linken hält.

»Wonach sieht es wohl aus?«, fragt er viel zu gut gelaunt und hält sich die Waffe an die Schläfe. »Einen Schuss haben sie mir gelassen. Um meine Ehre zu wahren. Und genau das werde ich jetzt …«

»Nein! Nicht!«, schreit Kristin, stürzt auf ihn zu und greift nach dem Ding. Ihre Entschlossenheit überrascht sie selbst. Skeide wehrt sich kurz, lässt sich die Pistole dann aber widerspruchslos abnehmen. Sie legt sie außerhalb seiner Reichweite ab.

»Die 77«, wiederholt sie. »Die 77 haben Sie gefesselt, oder?«

»Nicht einmal zu einem ehrenvollen Abgang habe ich den Mumm«, klagt er.

»Skeide! Das waren die 77, nicht wahr?«

»Es ist alles wahr gewesen. Alle Gerüchte. Ich habe nur nicht sehen wollen, was vor meinen Augen geschieht.«

»Wer steckt hinter diesen 77, Kapitän? – Raus damit!«

»Meuterei … auf der 77«, sagt er statt der erhofften Antwort und beginnt unvermittelt zu lachen, schrill und schneidend.

»Skeide!«, brüllt sie ihn an, doch er macht immer weiter.

Sie leuchtet seinen Kopf an. Sein zur Grimasse verzerrtes feistes Gesicht blitzt auf. Sie riecht seine Ausdünstungen. Er ekelt sie an. Trotzdem fasst sie mit der rechten Hand an seine Schulter und schüttelt ihn. »Skeide! Sie sind hier verantwortlich! Reißen Sie sich zusammen! Wo ist diese zweite Insel?«

Er lacht und lacht, völlig unkontrolliert und wild. Sie holt aus und gibt ihm eine Ohrfeige. Irgendwie muss sie ihn aus dem hysterischen Anfall herausbringen. Aber er reagiert nicht einmal, brüllt inbrünstig, lacht sie aus, lacht sich selbst aus und mit ihnen die ganze Situation, in der sie stecken.

Sie will ihn an den Armen fassen und hochziehen, da erinnert sie sich, dass er gefesselt ist. »Wir schaffen das nur gemeinsam, Skeide. Ich mache Sie los. Haben Sie einen Schlüssel – oder ein Brecheisen, irgendwas, womit ich diesen Stuhl zerlegen kann?«

»Ein! Brech! Eisen!«, grölt er.

Er wird ihr nicht mehr helfen können. Sie schnappt sich die Waffe und läuft in den Gang zurück.

38

23.52 Uhr

Die Sicherheitsabteilung ist komplett verwaist.

Wieder hat sie den Eindruck, dass außer ihr und Kapitän Skeide niemand mehr auf der Bohrinsel ist. Aber das ist unmöglich. Sie können nicht alle fort sein, selbst wenn das Wetter mittlerweile eine Evakuierung ermöglichen würde. Genauso wenig kann die gesamte Mannschaft an dieser Meuterei beteiligt sein.

»Wo steckt ihr?«, fragt sie leise ins Nichts hinein, geht den nächsten Gang entlang, durchstreift Bereich für Bereich, findet nichts und niemanden. In der rechten Hand die schwere Waffe, in der linken das Handy, schleicht sie weiter.

Sie könnte gegen Kabinentüren hämmern und hoffen, dass jemand öffnet. Doch genauso gut könnte sie mit einer Suppenkelle an die Unterseite eines Topfes schlagen und dazu rufen: »Hier bin ich, schnappt mich, fangt mich doch!« Beides wäre sinnlos.

Sie hat Skeide auf der Brücke zurückgelassen. Dort ist er am besten aufgehoben, weil er keine Aufmerksamkeit erregen kann. Angesichts seines hysterischen Anfalls könnte er ihr sowieso nicht helfen. Ihr fällt ein, dass Sam Braathen den Kapitän als »völlig ungeeignet« bezeichnet hat. Wie sehr das doch zutrifft.

Plötzlich meint Kristin etwas zu hören und erstarrt. Wenn die Verbrecher merken, dass sie nicht mehr in ihrer Kabine liegt und trübe Gedanken wälzt, werden sie alles tun, um sie zu schnappen …

Wer sind diese 77? Haben *sie* Jan-Petter Berge aus der Station geholt? Was haben sie mit ihm vor?

Sie darf keine Zeit verschwenden. Vorne ist es wieder still. Also schleicht sie auf Zehenspitzen weiter.

Sie wettet, dass der Schlüssel in ihrer Tasche für diese mysteriöse zweite Insel gedacht ist. Auf der 77 hier gibt es keine Zylinderschlösser mehr. Alle verschließbaren Türen werden über das Chipkartensystem bedient.

Da bemerkt sie den Leuchtkegel einer Taschenlampe und hört Schritte in ihre Richtung kommen. Instinktiv duckt sie sich. Das Geräusch wird schnell lauter. Sie kann nicht mehr weglaufen, entdeckt einen Metallspant, kaum breit genug, um sich dahinter zu verbergen. Aber es hilft nichts. Sie presst sich an den kühlen Stahl, spürt ihr Herz hämmern, zieht den Bauch ein, versucht dasselbe mit der Brust und hält die Luft an.

Der Lampenschein wird heller, schließlich ganz hell, dann bewegt sich der breite Lichtpunkt nur wenige Zentimeter an ihr vorbei, eine Gestalt kommt, stampft vorbei und weiter, Kristin glaubt schon, Glück gehabt zu haben – da stoppt sie plötzlich.

Sie wagt nicht mehr zu denken, zittert am ganzen Körper, will weg, weg, weg. Sie hat zwar die Pistole, weiß aber nicht, ob man zuerst den Schlitten zurückziehen muss, bevor man schießen kann, ob es eine Sicherung gibt und wie man diese überwindet – der Umgang mit Handfeuerwaffen ist ihr völlig unbekannt. Ihr Fluchtinstinkt rät davonzulaufen, jetzt und auf der Stelle. Noch hätte sie zwei Meter Vorsprung. Der Lichtkegel wandert zur Seite, trifft auf die Wand, kehrt zurück in ihre Richtung …

Da knistert etwas, gefolgt von einem elektronischen Signal.

»Wo steckst du, verdammt?«, quäkt ein Funkgerät.

»Schon unterwegs«, antwortet der Mann einen Moment später.

»Hast du ihn?«

»Nein. Keine Spur.«

Nach einer kurzen Pause scheppert das Gerät wieder. »Wir müssen los. Komm endlich.«

Der Mann funkt »okay!« und hastet weiter.

Kristin will in die andere Richtung. Hauptsache, weg, wie Therjesen ihr geraten hat. Aber sie kann nicht.

Sie MUSS ihm nach.

39

LETZTER TAG, 0.01 Uhr

Sie folgt dem Mann in sicherem Abstand, jedenfalls so weit von ihm entfernt, wie sie es ohne Licht schafft. Sie darf nicht stolpern, nirgendwo anstoßen, und wenn es doch passiert, darf sie keinesfalls einen Schmerzenslaut von sich geben. Er eilt ins Treppenhaus, nimmt zwei Stufen auf einmal. Sie hastet ihm hinterher, ist aber höchstens halb so schnell und versucht mit Mühe, im Takt seiner Schritte zu bleiben, um nur ja kein verdächtiges Geräusch zu erzeugen.

Dann ist er unten. Kristin stoppt und hört ein Ächzen und Schleifen. Schließlich dringt Wind ins Innere. Gleich darauf ein metallischer Schlag, sein Widerhall, gefolgt von absoluter Stille.

Sie geht weiter, gelangt auf die Ebene der Krankenstation, wo das Treppenhaus zu Ende ist. Keine Spur von dem Mann. Als hätte ihn der Erdboden verschluckt. Er muss einen Weg genommen haben, den sie nicht kennt. Sie macht die Lampe ihres Handys wieder an und sucht den ominösen Ausgang.

Wenige Momente später wundert sich Kristin, wie sehr man doch sein tägliches Umfeld als gegeben hinnimmt, ganz konkret: wie ihr die durch eine fensterlose Tür verschlossene mannshohe Luke entgehen konnte, an der sie bestimmt schon Dutzende Male vorbeigekommen ist. Vielleicht, weil sie nie auf die Idee gekommen war, am Ende der Treppe noch einmal um die Ecke zu spähen und die hintere Wand zu begutachten. Wozu auch. Die Fluchtwege liegen in anderer Richtung, und schon der Gedanke, gerade diesem verborgenen Winkel seine Aufmerksamkeit zu widmen, wäre völlig abwegig gewesen.

Sie ist sich völlig sicher, dass der Mann genau dort ins Freie gestiegen ist. Aber was – oder wer – erwartet sie hinter der Luke? Eine Falle wie aus dem Lehrbuch? Der Mann, der ihr dahinter auflauert, sie packt und ins Meer wirft? Zack, Problem erledigt?

Unsinn!, sagt sie sich dann. *Er hat gar keine Zeit dafür.*

Er soll schließlich an einen bestimmten Ort kommen. Weil sie *losmüssen*, wie der andere Mann gemeint hat. Sie hat noch das metallische Krachen des Sprechfunkgeräts im Ohr. Den Befehlston, der eine Erinnerung in ihr weckt. Selbst wenn die Stimme von der Technik verzerrt und verfremdet wurde, kommt ihr die Art, wie der Mann sprach, merkwürdig vertraut vor. Aber sie kommt nicht drauf, um wen es sich handelt.

Sie darf jetzt nicht abhauen, wie Therjesen von ihr gefordert hat. Sie muss es wissen. *Für Marius.* Sie fühlt, dass das Ziel in greifbarer Nähe ist.

Kristin geht auf die Luke zu. Sie legt Handy und Pistole auf den Boden, greift mit beiden Händen nach dem Verschlussrad, fühlt seine raue Struktur, die scharfen Ränder, dort, wo die Farbe abgeplatzt ist. In der Hoffnung, es möglichst lautlos zu bewegen, dreht sie zuerst ganz behutsam, muss aber erkennen, dass es trotzdem quietscht, und gibt jede Vorsicht auf. Das Rad schlägt an, und als die Tür frei in den Angeln hängt, zieht sie daran. Der Druckunterschied zwischen innen und außen erzeugt genau den Sog, den Kristin schon vorhin im Treppenhaus gespürt hat. Sie streckt ihren Kopf ins Freie und späht um die Ecke. Der Mann ist fort.

Als sie hinaustritt, fällt ihr erster Blick auf den kreisrunden, voll erleuchteten Mond, der sich aus dem Meer zu erheben und dabei eine kilometerlange Spur durchs Wasser zu pflügen scheint. Der Himmel hat sich beinahe restlos aufgeklart und das Meer liegt still wie ein Leichentuch. Die See wirkt unwirklich. Angeberisch. Fast, als wolle sie dem Sturm zum Abschied die Zunge hinausstrecken. *Sieh her, was du angerichtet hast: gar nichts!*

Immer noch ist sie von dem Teufelszeug benebelt, das Tuva ihr zur Beruhigung gegeben hat. Kristin wird sich der Ironie bewusst: Was sie beruhigt, nimmt ihr gleichzeitig auch die Angst. Sie fühlt sich angesichts der Situation, in der sie steckt, unpassend gelassen.

Nur mit Mühe gelingt es ihr, die Metalltür wieder zuzudrücken und zu verschließen. Dann sieht sie sich weiter um.

Die Ebene, die ihr bisher verborgen geblieben ist, liegt auf derselben Höhe wie die Rettungsboote, sie bildet den Abschluss der Plattform nach unten und ist kein vollwertiges Stockwerk, sondern eine Konstruktion aus frei hängenden Stegen, Unterbauten und einem riesigen fensterlosen Klotz.

Die *zweite Insel*?

Sie steht auf dem üblichen Gitter aus Metallstreben, durch das man frei nach unten sehen kann. Die Meeresoberfläche glitzert im Mondlicht. Kristin nimmt sich vor, nicht zu oft hinunterzuschauen. Der Steg, auf dem sie steht, ist schmal und mit dicken Metallrohren vom nächsthöheren Stockwerk abgehängt. Links und rechts schließt eine brusthohe Reling zur Seite ab, zwischen dieser und dem Gitterboden gibt es nur ein einfaches Metallnetz. Sie vermutet, dass der Weg gelegentlichen Wartungszwecken vorbehalten ist. Und offensichtlich auch ganz anderen Aktivitäten.

Sie hätte sich mehr anziehen sollen. Aber woher soll sie denn ahnen, dass sie schon wieder ins Freie muss? Das dünne krankenhausgrüne OP-Hemd wird die Körperwärme nicht lange halten können. Hier draußen ist es viel zu kalt. Was im Speziellen auch für die Wassertemperatur gilt. Der sichere Tod liegt jetzt nur noch eine kleine Unachtsamkeit entfernt.

Weiter!, befiehlt sie sich, beißt die Zähne zusammen, um sich gegen das Klappern zu wehren, hält sich mit beiden Händen an der Reling fest, immer bereit, das Gewicht ihres Körpers aufzufangen, wenn der Boden nachgibt.

Ihre Augen haben sich in den dunklen Gängen der Insel bereits auf die Dunkelheit einstellen können. Kristin kommt es vor, als ob sie hier draußen, im Licht des Vollmonds, sogar Zeitung lesen könnte. So flach, wie der Mond noch über dem Horizont steht, ist die Unterkonstruktion der Plattform perfekt ausgeleuchtet. Sie entdeckt bereits auf halber Strecke die Tür, an der dieser Steg endet. Sie führt in den großen Quader, der aussieht, als sei er nachträglich an die Unterseite der Bohrinsel gekommen.

Wenn ihr jemand entgegenkommt, hat sie nicht die geringste Chance. Spätestens an der Luke, durch die sie nach draußen gekommen ist, wäre ihre Flucht zu Ende.

Als sie sich anschickt, die letzten Meter auf die Tür zuzugehen, wird ihr Blick auf die andere, dem Mond abgewandte Seite der Insel gelenkt. Ihr ist, als hätte sie gerade weit draußen auf dem Meer etwas aufblitzen sehen, das künstlichen Ursprungs ist. Sie dreht sich hin und kneift die Augen zusammen. Hier im Halbdunkel, noch dazu auf diese große Distanz, wird ihr selbst ihre geringe Kurzsichtigkeit zum Hindernis. Doch dann sieht sie es wieder. Ein Funkeln, das nicht zu seiner Umgebung passt. Dazu zeichnet sich ein Schatten am Horizont ab – nein, es sind mehrere Flecken nebeneinander, über denen Kristin Rauchsäulen zu erkennen glaubt.

Schiffe!, schlussfolgert sie. Große Schiffe, die Kurs auf die Insel 77 halten. Ohne Positionslichter.

Der nächste unerwartete Sinneseindruck erreicht sie aus wesentlich geringerer Entfernung: das Brummen eines großen Dieselmotors, dazu das Geräusch von Steuertriebwerken. Ein Schiff muss ganz nah sein, wird aber von der Konstruktion vor ihr verdeckt. Dann sieht sie einen Scheinwerferkegel, der unter der Plattform über das Wasser streicht.

Sie schätzt, dass hier in Kürze einiges los sein wird. Egal, wer sich nähert, das Empfangskomitee lässt bestimmt nicht lange auf sich warten. Sie muss weiter, tritt auf die Tür zu – und sieht das Zylinderschloss.

Kristin schiebt den Schlüssel des toten Arbeiters hinein. Er passt. Sie dreht ihn einmal herum, dann drückt sie die Klinke hinunter und zieht. Die rostige alte Tür lässt sich erstaunlich leicht bewegen. Licht und Lärm dringen durch den Spalt nach außen. Hinter dem Eingang steht zum Glück niemand.

Sie huscht ins Innere, so schnell sie kann, schließt die Tür wieder, dann versteckt sie sich hinter einem Stapel großer Kisten und lauscht.

Männerstimmen bellen im Befehlston, rufen durcheinander, dazwischen mechanische Geräusche aller Art, Gabelstapler, das Stampfen von Stiefeln – ein Lärmbrei, der von den glatten Wänden zurückgeworfen und noch verstärkt wird, dass es fast in den Ohren schmerzt.

Sie versteht kein Wort.

Kristin wundert sich über die Größe dieses Raums, der auch wesentlich höher ist, als sie für möglich gehalten hätte. Er wirkt, als hätte er sich von unten in die obere Etage durchgefressen und diese für sich vereinnahmt.

Die *zweite Insel.*

Der Bohrinselgeruch kommt ihr hier penetranter vor als überall sonst – ekelerregend intensiv –, doch da ist noch mehr. Nicht nur Schmiermittel, Abgase, Dunst und Schweiß, sie glaubt, auch andere Noten zu erkennen. Den schneidend-scharfen Geruch von Benzin. Und eine Art Maschinenöl, ätherisch parfümiert, wie man es von Pflegemitteln kennt … *Waffenöl?*, fragt sie sich. Aus der Kiste direkt vor ihr strömt genau derselbe Geruch, der sie stark an das Glasfläschchen mit dem grün-weiß-roten Etikett erinnert, das ihr Vater seit Jahrzehnten über der Spüle aufbewahrt. Das Öl, mit dem er sein Jagdgewehr pflegt. *Pflegte* – solange er noch Zugriff darauf hatte.

Sie geht nah an einen Spalt heran und riecht. *Eindeutig*, denkt sie.

Kristin richtet sich etwas auf, gerade weit genug, um vorwärtsgehen zu können. Sie muss sich mehr Übersicht verschaffen. Die Finger der rechten Hand streichen über das kühle Metall, die der linken an den Holzkisten entlang, sie steuert auf die Ecke zu, in die Licht fällt. Schatten ziehen hindurch. Sie vermutet, dass sie von dort aus mehr sehen wird.

»Rein da mit euch! Sofort!«

Erschrocken hält sie inne. Die wenigen zusammenhängenden Wörter, die sie versteht, beunruhigen sie. Das anschließend aufbrandende Stimmen- und Geräuschwirrwarr deutet auf die Anwesenheit vieler Menschen hin. Einige von ihnen scheinen zu protestieren.

Waren die Gänge der Bohrinsel deshalb so verlassen? Weil alle, einfach alle bis auf den Kapitän und sie, hier sind – die einen Täter, die anderen Opfer?

Kristin erreicht die Ecke. Mit größter Vorsicht lugt sie um die Kante der letzten Kiste herum. Von hier zweigt der schmale Spalt, durch den sie sich bewegt, rechtwinklig ab, führt weiter nach vorne, zur Quelle des Lichts. Zwei große Frachtcontainer stehen längsseits aufgereiht im Raum. Einer der Scheinwerfer an der gegenüberliegenden Wand leuchtet direkt in den Spalt hinein.

Plötzlich dröhnen Stiefelschritte direkt hinter ihr. Jede Faser ihres Körpers spannt sich an. Sie wirft den Kopf zurück und sieht zwei Gestalten an der Tür, durch die sie hereingekommen ist. Beide tragen längliche Gegenstände vor der Brust. Einer steckt den Schlüssel ins Schloss …

Der Schlüssel!, fällt Kristin siedend heiß ein. Sie hat ihn nicht mehr. Er muss noch im Schloss an der Außenseite der Tür stecken. Und kann sie verraten.

Sie macht einen winzigen Schritt nach hinten. Dann noch einen. Krampfhaft presst sie die Waffe an ihre Seite, versucht sich so schnell, wie es, ohne aufzufallen, möglich ist, zu bewegen, muss um die Ecke gelangen, um für die fremden Blicke unsichtbar zu sein.

Wie befürchtet, verharren die beiden Männer, die sie nur umrisshaft erkennt, am Eingang. Dann zieht einer die unversperrte Tür auf, hantiert am Schloss …

Schließlich sind sie draußen. Kristin atmet einmal durch. Aber hier kann sie nicht bleiben. Sie steht jetzt gebückt im erleuchteten Gang und spürt die kalte Metallwand in ihrem Rücken. Sie muss nach vorne, wenn sie mehr sehen will. Ihr Körper findet das gar nicht gut, verfällt in heftiges Zittern, dazu werden ihre Beine seltsam gefühllos. Auch das Benzodiazepin scheint ihre Aufregung nicht mehr betäuben zu können.

»Ruhig«, spricht sie sich leise vor und denkt: *Atmen, wenn der Körper will – ein – aus – ein …*

Es wird nicht besser. Aber es nützt nichts. Sie macht einen Schritt ins Dunkel zurück, kauert sich hinunter und zieht ihr Handy aus der Tasche, doch nach wie vor gibt es kein Bordnetz. Und was will sie schon damit? Auf dem Festland wissen sie Bescheid, es ist nur eine Frage der Zeit, bis Hilfe kommt. Kristin steckt ihr Smartphone in die Tasche zurück, streckt die Pistole beidhändig nach vorne, wie sie es aus Filmen kennt, und schleicht in den Gang.

Plötzlich läuft jemand los, genauer: er hüpft, begleitet von schallendem Gelächter. Die Aufmerksamkeit aller scheint auf das Geschehen gerichtet. Kristin erstarrt. Ein Schatten wird größer. Dann kommt jemand um die Ecke, auf einem Bein springend, vor Schmerz schreiend, direkt auf sie zu. Sie sieht nur die Umrisse, eine vom Scheinwerferlicht in ihrem Rücken illuminierte schwarze Gestalt. Es ist der Patient mit der gebrochenen Kniescheibe. Jo Lauritzen. Er hüpft zwischen Container und Hallenwand auf sie zu, leidet unheimliche Schmerzen und versucht trotzdem, den anderen zu entkommen. Völlig aussichtslos.

Sie wettet, dass er sie bereits gesehen hat. Sie muss aus seiner Bahn. Auf der Stelle.

Da hört sie den Schuss.

40

0.17 Uhr

Wie ein nasser Sack liegt er da, keinen Meter von ihr entfernt. Sie selbst befindet sich zwischen der Vorderwand des ersten und der Rückwand des zweiten Frachtcontainers, auf halber Strecke zu den Männern, in den Spalt gezwängt wie Ungeziefer. Sie muss kerzengerade stehen, um überhaupt Platz zu finden. Aber Hauptsache, sie ist vor fremden Blicken geschützt.

Lauritzen kann sie sehen. Er starrt auf die Füße, die Beine. Er dreht seinen Kopf weiter zu ihr nach oben. Seine Wange zuckt. Seine Lippen formen ein lautloses *Hilf mir!*, dann lässt seine Körperspannung nach. Blut rinnt aus seinem Mund. Er atmet schwer. Dann hustet er kraftlos.

Jemand hat ihm in den Rücken geschossen. Der anschließende Jubel war animalisch. Entmenschlicht und hemmungslos, von einem Dutzend Männer oder mehr.

Jetzt ist es wieder still.

Kristin hört Schritte. Dazu sieht sie die Umrisse eines Menschen, vom Scheinwerfer hinter ihm unwirklich in die Länge gezogen. Zuerst wandert der Kopf des Schattens über den Angeschossenen, dann der des restlichen Körpers. Eine Schattenhand ist länger als die andere, hält die Waffe, mit der eben auf Lauritzen gefeuert wurde.

Kristin schafft es kaum zu atmen und wundert sich fast, dass sie dem Fluchtinstinkt noch immer standhält. Sie erinnert sich ihrer Waffe und umschließt diese fester, hebt den Arm … aber ob sie wirklich losgeht, wenn sie den Abzug betätigt? Kristin könnte es nicht mal überprüfen. Spätestens jetzt ist ihr klar, dass der Preis, den sie in dieser Sache zu zahlen riskiert, nach oben keine Grenze kennt.

Lauritzens Beine werden von heftigem Schütteln erfasst. Kristin denkt sofort an eine Wirbelsäulenverletzung. Ihr Kopf ruft das entsprechende Notfallprogramm auf. Erste Maßnahme: ruhigstellen und entlasten, dekomprimieren. Aber sie kann ihm nicht helfen. Dann wäre alles aus.

Lauritzen ist der nächste Tote.

Sie hält den Atem an, als die Gestalt mit der Pistole in der Hand stehen bleibt. Die Waffe bewegt sich in ihr Sichtfeld, Kristin sieht den Lauf, eine Hand, dann den Unterarm des Mannes. Er bleibt stehen und zielt auf Lauritzens Kopf. Sie muss an den lauten Knall von vorhin denken, an die Kugel, die sein Körper abgefangen hat.

Die Kugel, die auch sie hätte treffen können.

Und nach ihm bin ich an der Reihe, bringt sie den Gedanken zu Ende. Irgendwie hat sie es geschafft, Lauritzen als Sichtschutz zu nutzen, um in allerletzter Sekunde in den Spalt zu schlüpfen. Aber sie wird sich nicht ewig verstecken können. Die Männer wollen weg, und jede Wette, dass sie alles hier mitnehmen werden.

»Hast gedacht, du kannst einfach so abhauen, du Schwachkopf!«

Sie kennt ihn. Derselbe Tonfall wie am Funkgerät. Auch die Stimmfärbung klingt vertraut, wenn auch eine bisher ungekannte Autorität darin liegt.

Die Männer grölen wieder. Daraus entwickelt sich eine Parole, in die einer nach dem anderen einstimmt, zuerst leise, dann lauter und lauter.

»Sieben-sieben – sieben-sieben – sieben-sieben – SIEBEN-SIEBEN!«

Kristin starrt gebannt auf die Pistole, der Zeigefinger am Abzug.

Da senkt sich die Waffe und ist einen Moment später schon aus ihrem Blickfeld. Dann rutscht Lauritzens Körper ein Stück nach hinten. Und weiter. Er will aufschreien, doch mehr als ein Röcheln schafft er nicht mehr. Sein Verfolger hat ihn an einem seiner Beine gepackt und zieht ihn rückwärts aus dem Gang. Übrig bleiben nur die rote Schleifspur und eine Blutlache auf dem Boden.

»Sieben-SIEBEN …«, kommt von den anderen, immer wieder, immer lauter. Wie auf Kommando jubeln sie auf, dann herrscht plötzlich absolute Stille.

»Männer!«, brüllt jemand mit dem Organ eines Opernsängers. »Unser Schiff ist hier! Eine Ära geht zu Ende! Aber eine neue beginnt!«

Jubel, der gleich wieder erstickt.

»Ihr habt gehört, was an Land passiert ist. Oslo ist heute aufgeflogen. Wir haben keine Wahl, als die 77, die gemeinsame Plattform, aufzugeben. Aber verzagt nicht. Denn WIR sind die 77, und wo immer wir sind, ist auch die 77!«

Der Jubel steigert sich zu ohrenbetäubendem Grölen, begleitet vom Lärm im Takt gegen den Metallboden donnernder Stiefel.

»Jawohl! Spürt ihr unsere Kraft? Wir werden nicht untergehen wie diese Metallhülle. Wir werden ewig bestehen!«

Kristin nutzt den nächsten Beifallssturm, um weiter nach vorn zu kommen. *Untergehen*, hat er gesagt. *Er will die Bohrinsel versenken!*,. Aber was soll mit den Leuten geschehen, die in diese Container gesperrt wurden? Sind sie Geiseln? Oder Opfer? Wollen die 77 ein Massaker an den Unschuldigen verüben? Wollen Sie sich am Ende mit einem Terroranschlag verabschieden?

Sie weiß nur zu genau, dass sie gegen diese Horde nichts ausrichten kann. Sie ist entgegen Therjesens Aufforderung, die Insel sofort zu verlassen, geblieben. Und jetzt ist ihr die Sache weit über den Kopf gewachsen.

Der Anführer hat von einem Schiff gesprochen. *Unser Schiff ist hier*. Einzahl. Keine Rede von den anderen, die Kristin draußen entdeckt hat. Laut Therjesen bricht hier bald die Hölle los. Wer veranstaltet die? Die Küstenwache? Die Marine gar? Nach dem, was sie bisher mitbekommen hat, wären schwere Kampfhandlungen unausweichlich. Was dann wohl mit einer Bohrinsel passiert, auf der es so einiges Brennbares und Hochexplosives gibt?

Sie folgt der Spur von Lauritzens Blut. Sie macht einen Bogen um die Ecke, dorthin, wo der Anführer wieder zu sprechen beginnt.

»Wir, die 77, werden der Phönix aus der Asche sein!«

Wieder brandet Jubel auf, wieder ist er genauso schnell vorbei. Kristin fährt zusammen, als ein Hämmern ertönt, ganz nah bei ihr, aus dem Inneren des Containers, den sie erst zur Hälfte passiert hat. Jemand, nein, mehrere rufen gleichzeitig um Hilfe.

»Ihr könnt klopfen, wie ihr wollt, Schwachköpfe!«, brüllt der Anführer, bevor er leise weiterspricht: »Und was machen wir jetzt mit dir, hm?«

»Töten!«, schreit einer, andere wiederholen die Forderung.

»Du hast es gehört, Lauritzen«, grölt der Anführer in die Parole hinein. Damit wird es still. »Ein letztes Wort?«, flüstert er beinahe.

Sie weiß, wenn sie nichts tut, wird er ihn töten.

Die Hoffnung stirbt zuletzt.

Kristin richtet sich auf, hält die Pistole mit beiden Händen, um ihr Zittern zu unterdrücken, und tritt aus der Deckung.

»Halt!«, schreit sie mit bebender Stimme.

41

0.29 Uhr

Sie hat Sam Braathen im Visier. Kimme und Korn, ganz wie beim Jagdgewehr ihres Vaters, mit dem sie und Marius manchmal unter seiner Aufsicht schießen durften. Der Zeigefinger liegt am Abzug. *So verschieden können Pistolen und Gewehre doch nicht sein*, denkt sie.

Ihr Herz und ihre Beine, ihr ganzer Körper will nur eines: weg.

»Na sieh mal einer an, wen wir da haben«, sagt Braathen. »Frau Doktor!«

»Uuuh!«, machen die anderen. Kristin schätzt ihre Zahl auf gut zwei Dutzend. In keinem Fall sind es 77, worauf der kryptische Name dieser Organisation deuten würde. Wahrscheinlich treibt der Rest an Land sein Unwesen. Trotzdem sind es viel zu viele. Ihre Knie schlottern. Sie sieht den Sicherheitschef über Lauritzen stehen. Die Waffe bleibt auf dessen Kopf gerichtet.

»Legen Sie die Pistole auf den Boden, Braathen!«

Er schüttelt gelassen den Kopf.

Kristin bemerkt, dass sie selbst in der Bahn mehrerer Waffenläufe steht. Nicht nur Pistolen, sondern auch Automatikwaffen, die aussehen, als könnten sie einen ordentlichen Bleihagel ausstoßen.

Sie weiß, sie muss Zeit schinden. Für Lauritzen, aber auch für die Eingesperrten in den Containern. Bis die Verstärkung eintrifft – und die angekündigte Hölle losbricht.

»Waffe FALLEN LASSEN!«, befiehlt sie, so laut sie kann.

»Okay, okay!«, sagt Braathen jetzt und wirft den Trommelrevolver nach einem Moment des Zögerns weg.

»Was geht hier vor?«, fragt sie. Ihr Herz hämmert auf Höchstgeschwindigkeit, sie schwitzt und zugleich ist ihr eiskalt.

Kristin lässt die Pistole auf den Kopf des Anführers gerichtet. Sie kann nicht fassen, wie autoritär er sich hier, in seiner wahren Funktion, gibt. Auch wenn sie ihre Einschätzung vom *unfähigen Türsteher* seit seinem Auftreten beim Verhör von Nesslund ein wenig korrigiert hat, ist er meilenweit entfernt von dem Charakter, den er hier offenbart: bösartig, eigenmächtig und bestimmend. Ein Befehlshaber aus dem Lehrbuch.

»Bringen Sie Lauritzen her!«, fordert sie und überrascht sich selbst damit. Sie sagt einfach das Erstbeste, das ihr einfällt, darf nicht zögern und den Männern damit die Chance geben, auf dumme Gedanken zu kommen.

Nichts passiert. Soll sie einen Warnschuss abgeben, um sich Respekt zu verschaffen? Sie hat nur eine Patrone. Und dann? Würde sie wohl im Kugelhagel sterben.

Sie darf nicht einmal daran denken abzudrücken.

»Wieso ist dir Lauritzen so wichtig, hm? Hast du dich etwa in ihn verknallt, ja? Verlierst du so schnell dein zuckersüßes Herzchen?«, spottet Braathen. Die anderen finden das erwartungsgemäß zum Brüllen komisch.

»Was ist wirklich mit Marius passiert?«, fragt sie fest und ahnt, dass er ihr nur allzu bereitwillig Auskunft geben wird.

Braathens Ausdruck wandelt sich. Er fasst sich mit der freien Hand ans Kinn und reibt daran. »Hm. Bist du etwa doch nicht so einfältig, wie ich gedacht habe? … Kluges Mädchen!«

Kristin fühlt Zorn in sich hochsteigen. Hier, am Tiefpunkt ihres bisherigen Lebens, die Nerven zum Zerreißen gespannt, provoziert sie ausgerechnet das Wort *Mädchen*. Er will sie demütigen. Ihr Zeigefinger zuckt zwar, doch noch beherrscht sie sich. »Was – ist – mit – Marius – passiert?«, fährt sie Braathen an.

Er seufzt theatralisch und dreht seinen Kopf zu einem seiner Männer. »Komm raus!«, sagt er dann.

Zwei andere nehmen ihre Waffen runter, treten zur Seite und lassen ihn durch.

42

Wenige Augenblicke zuvor im selben Raum

Er nutzt das wieder aufbrandende Gelächter, um eine Holzlatte vom Rahmen der Kiste zu hebeln. Dann fährt er mit der Hand durch den Spalt, bis er mit der Schulter ansteht, und tastet den Inhalt ab.

Er kann kaum glauben, welches Glück er hatte, dass sie vorhin im Rückwärtsgang an ihm vorbeigeschlichen ist, ohne ihn zu sehen. Hätte sie ihn entdeckt, hätte sie garantiert hysterisch reagiert und damit alles in Gefahr gebracht.

Jetzt tritt sie der Meute auch noch gegenüber, um den Angeschossenen zu retten. Sie ist wahnsinnig. Und trotzdem bewundert er ihren Mut. Aber alles Bemühen wird nichts nützen. Der Frachter, mit dem die Männer flüchten wollen, hat schon zwischen den Pfeilern der Plattform angedockt. Er schätzt, dass die Marine erst in einer Stunde hier sein wird. Zu spät. Braathen und seiner Bande bleibt mehr als genügend Zeit, mit ihr fertigzuwerden und im Schatten des Infernos, das sie zu entfesseln planen, zu entkommen.

Er hat versucht, die Sprengsätze zu entschärfen. Zwei davon hat er abgerissen und ins Meer geworfen. Beim dritten hätten sie ihn beinahe entdeckt. Ihm blieb nichts übrig, als ihn hängen zu lassen und zu fliehen. Hierher, wo er überhaupt nichts mehr ausrichten kann. Der Rückweg ist von Wachposten blockiert. Dabei sind weit mehr als nur zwei Ladungen angebracht. Die ganze Insel ist voll damit.

Die 77 ist eine tickende Bombe. Sie wird hochgehen und mehr als hundert Unschuldige in den Tod reißen.

Alles ist verloren.

Außer …

43

0.34 Uhr

Er hebt die Hände, als sie seinen Kopf ins Visier nimmt. Dann tritt er bis auf zwei Meter an Kristin heran und sagt: »Das hättest du nicht erwartet, oder?«

»Stehen bleiben!«, verlangt sie und spürt, wie heftig ihre Hände zittern.

Der Mann, der vor ein paar Stunden noch in Selbstmitleid und Trauer zu zerfließen schien, grinst sie schamlos an. Dann klopft sich Storm Nesslund, Marius' vermeintlicher Lebenspartner, selbst auf die Schulter.

»Sie hat mir die Story aus der Hand gefressen, Männer!«, ruft er und tritt noch näher an sie heran.

»Noch einen Schritt und ich schwöre, ich drücke ab!«, versucht Kristin, die aufkommende Panik zu überspielen.

Nesslund bleibt tatsächlich stehen, spricht aber weiter, als hätte sie überhaupt nichts gesagt. »Wie du dich angestellt hast! Die Idee mit dem Handy war übrigens meine. Wir haben uns schiefgelacht. Du warst besser als jede Laborratte! Tja, das ist das Tolle an dummen Puten wie dir. Man kann ihnen jeden Scheiß erzählen und sie fressen's einem aus der Hand. Oder, Männer?«

Höhnisches Gelächter.

»Was ist mit Marius passiert?«, schreit Kristin ihn an.

Ihre impulsive Reaktion überrascht ihn kurz. Dann lächelt er wieder und spricht leiser weiter. »Marius … ja. Dass er nicht mein *Lover* ist, kannst du dir hoffentlich zusammenreimen. Du willst die Wahrheit? Im Ernst? Gut, da hast du sie. Marius ist TOT! Er ist in die Nordsee gesprungen. Von diesem Raum aus.«

Seine Wörter durchbohren sie wie die Klinge eines Dolchs. Wie verlockend es doch wäre, jetzt einfach den Zeigefinger ein Stück weiter zu krümmen, um Nesslund für immer zum Schweigen zu bringen.

Einige Männer im Hintergrund nicken wie zur Bestätigung. Kristin ahnt, dass sie gerade am Ende ihrer Suche angekommen ist.

Er ist tot.

»Wieso?«, sagt sie nur und fühlt schon die Vorboten der Trauer heranrollen, dunkel und schwer. Gleichzeitig hasst sie sich dafür, an Marius gezweifelt zu haben, nur weil Nesslund und Braathen ihr dieses schäbige Märchen auftischten.

Sam Braathen tritt an Nesslunds Seite. »Wieso, wieso?«, äfft er sie nach. »Dein lieber Marius war in Wahrheit ein übler Kerl. Wie gut hast du ihn denn gekannt, deinen Bruder, für den du alles riskierst? Er war ein Betrüger. Ein Taugenichts ohne Ehre. Und du setzt sogar dein Leben für ihn ein. Ja, Familie geht über alles. Und wirklich, Mut hast du. Aber du bist auch dumm. Saudumm.«

Sie zielt abwechselnd auf Nesslund und Braathen. »Wieso habt ihr ihn umgebracht?«, sagt sie mit letzter Willenskraft. Sie steht kurz davor, jede Beherrschung zu verlieren – und damit ihr Ende zu besiegeln. Die Stimme in ihr, die ihr sagt, dass sie Zeit schinden muss, wenn sie weiterleben will, ist nur noch ein Flüstern.

»Wir haben ihn nicht umgebracht. Aber wenn du's wissen

willst: Es ging um Geld«, sagt Braathen und macht eine kurze Pause. »Geld, Geld, immer dreht sich alles ums Geld. Ist das nicht schrecklich? Aber so funktioniert unsere Welt nun mal«, erklärt er. »Wenn sich jemand Geld leiht, dann muss er es auch zurückzahlen. Da hat Nesslunds rührendes Geschichtchen tatsächlich gestimmt. Spielschulden, weißt du? Eine Million Kronen hatte er bei uns offen und konnte nicht bezahlen. Also musste er kämpfen, um die Ehre wiederherzustellen.«

Sie braucht etwas zu lange, um die Information zu verarbeiten. Das Wort *kämpfen* will nicht in den Zusammenhang passen. Auch die *Ehre* nicht. Marius war doch nicht Teil dieser Verbrecherbande! Und *Spielschulden*? Sie weiß nicht, wie sie an Braathens Vorgaben anknüpfen soll.

»Wieso kämpfen?«, fragt sie ungläubig. »Gegen wen denn?«

Braathen mustert sie verschlagen. Nesslund sieht kurz zur Seite und grinst dann. Die Männer hinter ihnen machen keinen Mucks.

Da geht ihr ein Licht auf.

Nesslund war es. Er hat Marius auf dem Gewissen.

Ohne einen weiteren Gedanken richtet sie den Lauf der Pistole auf den Kopf des Mannes.

44

0.40 Uhr, Brücke der »Thor Heyerdahl«, norwegische Marine

»Sie antworten nicht.«

»Versuchen Sie es weiter!«

»Kapitän! Die Fridtjof Nansen *meldet ein Schnellboot ohne Positionslichter im Radarschatten, direkt unter der Plattform.«*

»Ein Schnellboot? Was zum Teufel … Sofort anfunken! Auf allen Frequenzen!«

»Sie haben es schon versucht.«

»Dann versuchen wir es eben auch, zum Donnerwetter! – Wie lange noch?«

»Zwanzig Minuten bei aktueller Geschwindigkeit.«

»Gehen Sie auf Überleistung. Gefechtsalarm! Schussreichweite melden!«

45

0.41 Uhr

Kristin nimmt Tuva erst wahr, als diese sie aus vollem Lauf seitlich rammt. Noch bevor sie am Boden liegt, hört sie das Gejohle der Männer. Zuerst schlägt ihre rechte Hüfte auf, dann die Schulter, schließlich ihr Kopf. Die Waffe, deren Griff sie eben noch umklammert hatte, rutscht meterweit davon. Ein heftiger Schmerz jagt durch ihren Körper. Sie hat einen merkwürdig metallischen Geschmack im Mund, erinnert sich verschwommen, dass das eine Sinnestäuschung ist, die mit der Erschütterung des Gehirns zu tun hat. Wenigstens ist sie bei Bewusstsein geblieben.

Sie wird per Hebelgriff in die Bauchlage gezwungen, liegt mit dem Gesicht auf dem eiskalten Metallboden, spürt Tuvas Gewicht im Rücken, ihre Arme so verdreht, dass sie sich überhaupt nicht rühren kann.

Über allem das höhnische Lachen der Männer.

Langsam erfasst Kristin, was gerade geschehen ist. Und was es bedeutet. Tuva. *Nicht Tuva!*

»Dämliche Bitch!«, kreischt diese und reißt an ihren Haaren.

Kristin will lautstark protestieren, doch sie hat zu wenig Luft, und so kommt nur ein kraftloser Ton heraus.

»Hast geglaubt, du kannst die Heldin spielen, oder? Mann, bist du dumm. Weißt du, was du bist? Ein MÄDCHEN! Glaubst, du kannst hier die Welt retten, oder? SCHNECKE.« Das letzte Wort spuckt sie geradezu aus.

Einem einzigen Menschen auf dieser Insel hat sie ihr Vertrauen geschenkt, sich so weit geöffnet wie sonst keinem – ausgerechnet ihr. Kristin kann nicht glauben, dass ihre Assistentin zu den 77 gehören soll. Aber was kann sie schon glauben. Sie spürt, wie die blanke Wut in ihr hochkocht.

Tuva dreht Kristin mit einem gekonnten Griff auf den Rücken, gibt ihre Arme frei, setzt sich auf ihren Bauch und sagt: »Na komm, wehr dich! Kämpf, du MÄDCHEN!«

Es brodelt in Kristin. Sie starrt in Tuvas Gesicht, das hässliche neue Züge angenommen hat. *Reingefallen.* Genau wie auf diese völlig abwegige Geschichte um Marius und Storm Nesslund. Sie könnte sich ohrfeigen. Sie verabscheut sich selbst, ihre Gutgläubigkeit, ihre Vergangenheit, ihre Mutter, die Krankheit des Vaters und, wenn sie ehrlich ist, auch Marius. Sie könnte sich zerreißen, sich – oder egal, wen, spannt ihre Armmuskeln an und …

Kristin schlägt zu. Sieht sich selbst in Zeitlupe dabei zu und weiß, es ist aussichtslos. Doch die Wucht, mit der ihre rechte Faust gegen Tuvas Wangenknochen kracht, beweist das Gegenteil. Als deren Kopf nach hinten schnellt und nach vorne zurückpendelt, landet Kristins Linke genau auf der Nase. Schützend reißt Tuva ihre Hände vors Gesicht, flucht, da stemmt sich Kristin schon hoch und schubst diese falsche Schlange seitlich von sich hinunter, rappelt sich auf und stürzt sich von hinten auf sie, greift beherzt in ihre Haare und donnert den Kopf mit roher Gewalt gegen den Boden.

Sie hört sich selbst keuchen. Sieht das Blut, das aus Tuvas

Nase und einer Platzwunde an der Stirn quillt. Tuva wimmert und versucht, sich mit den Händen zu schützen. Kristins rechte Hand bleibt fest in den Haaren verkrallt, bereit zum nächsten Schlag, sollte dieser nötig sein.

Erst jetzt merkt sie, dass die Männer still sind. Dann klatscht jemand, theatralisch, wie zum Hohn.

»Na, wer hätte auf diesen Ausgang gesetzt?«, sagt Braathen. »Bravo! Hast unsere Tuva für ihren eigenen Hochmut bestraft. Geschieht ihr ganz recht. Na, Männer, was sagt ihr?«

Kristin hebt ihren Kopf und sieht Braathen an. Er wirkt, als amüsiere sie ihn. Nesslund neben ihm hat jetzt eine Waffe in der Hand. Sie spürt, wie ihr etwas seitlich übers Gesicht rinnt, warm und dick – ihr eigenes Blut. Aber sie spürt keine Schmerzen. Überhaupt nichts. Da sind nur ihr Atem und ihr Herz. Und die Bereitschaft, zu tun, was auch immer noch zu tun ist.

Ein neues Geräusch. Etwas rutscht über den Boden auf sie zu, blitzt kurz auf und bleibt einen Meter vor ihr liegen. Ein Messer. Sie sieht in die Richtung, aus der es gekommen ist. Erwartungsvoll starren die Männer zwischen ihr und Braathen hin und her, wirken fast … gierig? Kristin muss sich vergewissern, aber tatsächlich: Sie wollen Blut sehen.

»Sie muss sie töten!«, schreit einer. Andere stimmen ein, wieder andere widersprechen.

Braathen hebt eine Hand, woraufhin es augenblicklich still wird. Er macht ein Gesicht, als wüsste er nicht so recht, wie er reagieren soll.

»Für die Ehre!«, gibt jemand von sich. Dann rufen alle durcheinander. Das Stimmenwirrwarr wird lauter.

»Haltet den Mund, ihr Idioten!«, donnert Braathen. »Wir haben keine Zeit mehr. Nesslund, knall Jørgensen ab, und dann bring es mit dieser anderen Schlampe zu Ende, los!«

Kristin sieht das Messer auf dem Boden liegen. Wäre sie im

Film, würde sie es jetzt schnappen, nach dem Bösewicht werfen und natürlich auch treffen. In Wirklichkeit hat sie nicht den Hauch einer Chance auf ein solches Action-Happy-End. Aber wenn ihr keine andere Möglichkeit mehr bleibt – wäre es dann nicht besser, es zumindest zu versuchen?

»Die Männer haben recht, Braathen«, sagt Storm Nesslund und kommt ihr damit unerwartet zu Hilfe. »Ehre ist Ehre. Wer gewinnt, soll richtig gewinnen, wer verliert, soll alles verlieren. Egal, ob an Land oder hier. Du kennst unsere Gesetze.«

Immer mehr Männer brechen ihr Schweigen, die meisten scheinen zuzustimmen. Würden Braathen und Nesslund jetzt aneinandergeraten, wäre das ganz in ihrem Sinn.

»Okay«, poltert der Anführer widerwillig. »Also, Doktor! Töte Tuva oder spring!«

Spring? Das kann nur bedeuten, freiwillig in die Fluten zu springen, hinein in den sicheren Tod. Aber Tuva töten? Niemals. Nie im Leben würde sie einen anderen Menschen umbringen, um selbst weiterleben zu können. Egal, was dieser Mensch verbrochen haben mag. Es gibt Werte, die man nicht umstoßen darf, egal, was passiert.

Sie atmet mehrmals tief durch, hofft, dass eine Lösung vor ihrem inneren Auge erscheint, doch es kommt keine. Sie muss sich ganz bewusst zwischen den Alternativen entscheiden – was nur bedeuten kann: den eigenen Tod wählen.

Zeit. Sie braucht Zeit. Die Schiffe, die sie gesehen hat, müssen doch jeden Moment hier sein.

»Mach schon!«, schreit einer der Männer aus der Menge heraus. Andere pflichten ihm bei. Braathen und Nesslund schauen erwartungsvoll, sagen aber nichts.

Zeit.

Kann sie nur so tun, als würde sie Tuva erstechen? Sie wüsste schon, wohin sie das Messer führen müsste, um keinen lebensgefährlichen Schaden anzurichten. Doch Tuva müsste mitspielen und trotz des Schmerzes ihren eigenen Tod vortäuschen. Völlig ausgeschlossen, dass das klappt.

»Los jetzt!«, platzt Braathen der Kragen.

»Also gut«, sagt Kristin, lässt Tuvas Haare los und steht auf. »Ich springe, wenn ihr dafür sorgt, dass Lauritzen überlebt.«

Raunen in den Reihen der Männer. Offensichtlich verstößt sie gegen alle Regeln.

»Du bist nicht in der Position, Forderungen zu stellen«, raunzt Nesslund sie an. »Töten oder springen!«

»Ich springe, wenn Lauritzen am Leben bleibt«, wiederholt Kristin. Sie sieht zu Braathen, von dem sie sich gerade mehr Verständnis erhofft.

Dieser nickt einmal. »In dem Punkt war Marius dir ähnlicher, als man für möglich halten würde«, sagt er und zeigt auf eine Luke, die Kristin noch gar nicht aufgefallen ist.

Marius. Er ist auch gesprungen? Das heißt, er war in der gleichen Situation wie sie, hat seinen Kampf gewonnen, aber den Unterlegenen nicht getötet? War das sein wahres Schicksal?

Zeit.

»Wen hat Marius besiegt?«, stellt sie die Frage, deren Antwort sie bereits kennt. »Wer von euch darf weiterleben, weil er gesprungen ist?«

»Das ist bedeutungslos«, antwortet Nesslund wie aus der Pistole geschossen.

Sie dreht sich zu ihm hin und starrt ihn voller Abscheu an, wünscht, ihre Blicke könnten ihn durchbohren wie ein Messer.

Einer der Männer öffnet die Luke und ruft: »Spring!«. Wind pfeift herein. Kristin hört das Wasser und das Brummen des Schiffs, das sich vorhin genähert hat.

Sie dreht sich zur Öffnung hin.

Die anderen stimmen mit ein. »Spring! – Spring! – Spring! – SPRING! – SPRING! …«

»Harald Myhre-Nygård!«, schreit sie. »Harald Myhre-Nygård! Wer von euch hat den Toten von meiner Station geholt – und warum?«

Doch die Meute lässt sich nicht mehr stoppen. Die Männer bilden einen Halbkreis und nähern sich. Dann schubst sie jemand. Kristin lässt sich auf die Knie fallen und schreit auf, übertrieben wie ein Fußballspieler nach dem Foul. Dass sie sich nichts getan haben kann, sieht ein Blinder. Sie ist keine Schauspielerin, war es nie und wird es nie sein.

»SPRING! – SPRING! – SPRING!«

Jemand fasst sie am Arm und reißt sie einseitig hoch, ein anderer bohrt ihr den Finger in die Nierengegend und stößt sie weiter, wieder ein anderer greift an ihren Hintern. Noch drei Meter. Sie sieht das Mondlicht auf der Wasseroberfläche glänzen, gut zehn Meter geht es im freien Fall hinunter, hinein in den sicheren Tod. Kristin entdeckt den kleinen Absatz, auf dem man stehen kann, aber dort ist keine Reling mehr.

Jetzt steht also auch sie auf der Planke, von der ihr Bruder in die Tiefe gesprungen ist. Die Geschichte ihrer Familie wiederholt sich, wieder und wieder, bis es keine Familie mehr geben wird.

»SPRING! – SPRING! – SPRING!«, skandiert der Mob.

Ein heftiger Stoß von hinten bringt sie aus der Balance. Sie stolpert auf die Öffnung zu und hält sich gerade noch an den Seitenstreben fest. Gleich darauf fühlt sie eine Hand, die sie an den Haaren packt und den Kopf nach vorne drückt, eine Faust kracht gegen ihren linken Unterarm, schlägt die Hand von der Strebe weg. Sie schwankt.

Mehrere Männer schreien aufgeregt durcheinander, dann wird Kristin hin- und hergerissen, an den Haaren, am Hemd, schließlich verliert sie vollends das Gleichgewicht und landet auf ihrem Hintern – nur Zentimeter vom Abgrund entfernt. Sie schaut hinter sich und sieht, wie zwei Männer alle Hände damit zu tun haben, Tuva, die sich laut kreischend wehrt, im Zaum zu halten.

Tuva wollte sie gerade mit aller Gewalt hinausstoßen.

Als Kristin in ihr Gesicht blickt, glaubt sie, das personifizierte Böse zu sehen, mit all dem Blut, den verzerrten Zügen und dem unbändigen Hass, der aus ihren Augen spricht. Ist das die wahre Person, die in ihr steckt? Die *richtige* Tuva Bø? Wo ist die Frau, die Kristin so gemocht hat?

War alles, wirklich *alles* Lüge?

»Du weißt genau, dass sie selbst springen muss!«, weist Braathen sie zurecht.

»Aber sie will ja nicht. Du bist viel zu weich, du Esel!« Tuva spuckt Braathen an. Dann tritt sie nach ihm und trifft ihn direkt in den Schritt. Der Hüne stöhnt und krümmt sich nach vorne. Tuva schafft es beinahe, sich den beiden Männern, die sie festhalten, zu entwinden.

Zeit. Was gerade passiert, bringt Kristin wertvolle Zeit. Aber sie muss von dieser Luke weg! Keiner achtet auf sie. Sie schiebt sich zehn Zentimeter zurück, zwängt sich an einem Bein vorbei, kann aber nicht anders, als zuzuschauen, was weiter passiert.

Langsam kommt Braathen wieder hoch. Mit schmerzerfüllter Miene winkt er Nesslund zu sich und schnappt sich dessen Waffe. Ohne das geringste Zögern legt er die Mündung an Tuvas Stirn und drückt ab.

Wieder meint Kristin, dass die Welt in den Zeitlupenmodus verfällt, als Tuvas Kopf in den Nacken fliegt, der Einschuss noch kaum mehr als ein Fleck, aber der Körper, losgelassen von den Männern, schon leblos.

Tuva ist tot. Vor wenigen Minuten hätte ihr diese Nachricht noch den Rest gegeben. Doch jetzt bedeutet sie vor allem eines: weitere Zeit. Ihre Hinrichtung ist genauso ungerecht wie alles hier. Aber Tuva ist Kristin jetzt egal. Den Menschen, den sie zu kennen glaubte, hat es nie gegeben.

»Wer mich anzweifelt, hat seine Ehre verspielt und muss sterben«, spricht Tuvas Mörder noch in den Nachhall des Schusses hinein.

»Was ist mit Myhre-Nygård?«, klammert sich Kristin an den letzten Strohhalm.

»Harald Myhre-Nygård?«, nimmt Braathen den Gedanken auf, während er sich ihr nähert. »Harald war ein Mann von Ehre. Wir haben ihm das Begräbnis gegeben, das er verdient«, sagt er, hebt die Waffe und kommt näher.

46

1.01 Uhr

Kristin rutscht auf dem Hosenboden zur Seite, weg von der Luke, dann stemmt sie sich blitzschnll hoch, dreht um und will laufen, doch gleich mehrere Arme fangen sie auf, halten sie fest, zerren sie wieder nach vorne zur Luke, lassen sie erst los, als sie nur noch einen halben Meter vom Abgrund entfernt ist.

Das Glitzern des Mondlichts auf der Wasseroberfläche wirkt jetzt beinahe einladend. *Spring!*, scheint auch das Meer zu sagen.

Braathen tritt neben sie und presst die Pistolenmündung an ihr Ohr, so fest, dass sie dem Druck auszuweichen versucht.

Die anderen Männer sind still. Garantiert werden sie aufbrüllen, wenn sie springt. Sie wird sie im Fallen noch schreien hören.

»Spring«, sagt Braathen so ruhig, als säßen sie bei Kaffee und Kuchen in der Kantine und redeten über das Wetter. »Wenn du bei drei nicht unten bist, wird Jo Lauritzen mit dir sterben. Eins.«

Zeit. Die Zeit rinnt nur allzu deutlich davon. Die Schiffe kommen zu spät. Ihr bleibt keine andere Wahl, als diesen letzten Schritt über die Schwelle hinaus zu machen. Sonst ist es ihre Schuld, wenn …

»Zwei.«

Bei *drei* muss sie unten sein. Wie viele Sekunden benötigt der freie Fall?

Sie hört auf zu denken. Spannt ihre Muskeln an. Gibt sich den Ruck und …

»Sam! Draußen kommen Marineschiffe!«, schreit einer der Männer.

Kristin hält sich gerade noch fest.

Braathen dreht seinen Kopf zur Seite und befiehlt: »Öffnet das Seitentor und rollt die Container hinaus! Jetzt sofort!« Als die Männer zögern, setzt er nach: »Wollen wir mal sehen, wer ihnen wichtiger ist – hundertsechzig arme Seelen oder wir!«

Alle sind abgelenkt. Kristin hört Scharniere quietschen, gleich darauf intensiviert sich der Luftzug deutlich. Zwei Gabelstapler starten ihre Motoren und fahren an einen der Frachtcontainer heran.

Sie wollen die Leute über Bord werfen!, realisiert sie und will protestieren, da gibt es einen ohrenbetäubenden Knall. Kristin sieht, wie ein Mann durch die Luft fliegt, hört dumpfes Geschrei. Die Druckwelle bringt sie aus der Balance. Sie versucht, sich an den Seitenstreben festzuhalten, links hat sie keine Chance, rechts schafft sie es gerade noch mit den Fingerspitzen, sie stolpert auf die Schwelle und fällt beinahe, balanciert und schwingt sich zurück, hinein in …

Braathen mit dem Rücken vor ihr. Männer laufen zu anderen Männern, die auf dem Boden liegen. Egal, was hier passiert, es ist offensichtlich, dass es nicht zum Plan der 77 gehört, sondern gegen sie gerichtet ist.

Braathen dreht sich um. »Was wird hier gespielt?«, faucht er. Sie liest es mehr an seinen Lippen ab, als dass sie es verstehen könnte. Dann packt er sie an den Schultern, seine Hände wie

Schraubzwingen, purer, schneidender Schmerz, er drückt sie Richtung Luke!

Eine weitere Detonation.

Und gleich noch eine, viel näher. Splitter zischen durch die Luft, knallen gegen Metallwände, Geräusche von Querschlägern, einer knapp über ihr. Weitere Männer fallen. Die Halle der 77 verwandelt sich in ein Inferno. Und sie mittendrin.

Sie muss hier raus.

Aber er kommt mit!, beschließt sie unvermittelt, verkrallt sich in Braathens Jacke und zerrt und schiebt sich mit ihm nach hinten über den Steg, an dem sie den Fuß abstützen kann wie in einem Startblock. Sie bündelt alle Kraft, lässt sich nach hinten fallen, spürt, wie der mächtige Körper des Mannes ins Kippen gerät. Kristins rechter Knöchel bekommt noch einen Schlag ab, als er zwischen Braathens Bein und die letzte Kante gerät.

Dann sind sie beide kopfüber der Schwerkraft überlassen.

Braathen brüllt auf wie ein Kind.

Sie selbst bleibt still, weiß, es ist vorbei. Schnitt, Abspann und aus. Wenigstens hat sie den Kopf der Bande mit sich in den Tod gerissen.

Dann schlägt sie auf.

47

FÜNF MONATE SPÄTER
Montagmorgen, Oslo, live auf dem Sender TV2

»Wir stehen hier vor dem Gerichtsgebäude am *C. J. Hambros Plass*, wo heute der größte Prozess seit jenem gegen den Attentäter Anders Behring Breivik im Jahr 2012 eröffnet wird: Nicht nur das Interesse der Medien aus dem In- und Ausland ist gewaltig, auch das Volk nimmt regen Anteil am Geschehen. Und das verwundert kaum, sind die Bohrinseln vor der Küste doch ein Arbeitsplatz, dem seit jeher besondere Aufmerksamkeit zuteil wird. Nachrichten von Unfällen gehen um die ganze Welt. Im Fall der Insel 77 ist ein Verbrechen von noch nicht absehbarem Ausmaß ans Licht gekommen. Ein Aufstand auf einer unserer Offshore-Plattformen und Verantwortliche, die bis heute behaupten, von nichts gewusst zu haben. Konkret verfolgt die Staatsanwaltschaft den Verdacht, es handle sich um mafiöse Strukturen, die bis in den Norgoil-Vorstand reichen – mit der Insel 77 als Dreh- und Angelpunkt. Es geht um Waffen- und Drogenhandel, Beitrag zu Korruption, Erpressung, Drohung, Behinderung der Behörden und mehrfachen Mord.

Auf der Bohrinsel wurden die Mitglieder rekrutiert. In teils abenteuerlichen Ritualen hat man sie auf die Kameradschaft eingeschworen. Disziplinäre Maßnahmen und Kämpfe Mann gegen Mann verbreiteten ein Klima der blinden Gefolgschaft. Ein ausgeklügeltes Schmuggelsystem unter dem Deckmantel normaler Versorgungsfahrten sowie des An- und Abtransports der Arbeiter mit den Hubschraubern lief über viele Jahre am regulären Plattformbetrieb vorbei, an den entscheidenden Stellen immer von Angehörigen der Vereinigung gedeckt. Ihr wahres Unwesen trieben die 77 aber an Land.

All das und mehr ist Ergebnis monatelanger polizeilicher Ermittlungen, teils liefen diese verdeckt ab – bis ein Hilferuf die Behörden erreichte. Beim Eintreffen der Marine wollten die Verbrecher einen Massenmord an mindestens hundert Arbeitern nutzen, um von sich abzulenken und in letzter Sekunde zu entkommen. Das sind Dimensionen, wie sie Norwegen noch nicht gesehen hat.

Die 77. Eine Zahl, die nicht nur für die Insel 77 steht, sondern auch für die 77 Mitglieder der Gruppe. Wer einmal dazugehörte, war lebenslang verpflichtet, für den gab es keinen Weg mehr hinaus – außer er starb und gab damit seinen Platz frei. Niemals durften es mehr als 77 Mitglieder sein, von denen sich jeweils ungefähr ein Drittel auf der Plattform aufhielt, während der größere Teil an Land für Schrecken sorgte. Zwei Wochen auf der Insel, vier Wochen an Land – der übliche Dienstrhythmus bot die perfekte Gelegenheit zur kriminellen Jobrotation, wenn man so will. Inzwischen befinden sich die meisten der 77 hinter Gittern und warten auf ihr Urteil, manche sind tot, wenige verschollen oder möglicherweise auf der Flucht.

Wir von TV2 bleiben dran und berichten live, wann immer sich etwas Wichtiges ereignet und die Verhandlung neue Erkenntnisse bringt. Heute, am ersten Prozesstag, steht die Befragung der beiden Hauptzeugen auf der Tagesordnung. Was ist wirklich auf der Bohrinsel 77 passiert? Wir hoffen, dass die nächsten Tage und Wochen mehr Licht in dieses Dunkel bringen werden. Und damit zurück ins Studio.«

48

Zugleich in einem Zimmer des Gerichtsgebäudes

Kristin sitzt alleine im blendend hellen Warteraum. Streicht über das Medaillon. Und lächelt.

Sie erinnert sich nicht mehr, was damals nach ihrem Aufprall aufs Wasser passiert ist. *Retrograde Amnesie* lautet der Fachbegriff.

Man hat ihr gesagt, sie habe sich unten an die Leiter geklammert, die an einem der Stützpfeiler der Plattform angebracht war, habe ihren nassen Körper gerade weit genug über die Wasseroberfläche gebracht, um nicht vollends auszukühlen. Mit Gewalt mussten ihre Finger von der Sprosse gelöst werden, so sehr habe sie sich daran geklammert.

»SO SEHR haben Sie leben wollen, Doktor«, hat es der Kapitän der *Fridtjof Nansen* ausgedrückt, als er sie im Militärkrankenhaus besuchen kam, und seine Schilderung veranschaulicht, indem er ihr seine zur Faust geballten Hände vors Gesicht hielt. Bis auf die Unterkühlung, etliche Prellungen, eine Sehnenzerrung am Fußgelenk und die Platzwunde an der Schläfe hatte sie zumindest körperlich keinen Schaden genommen, was in Anbetracht der Umstände einem Wunder gleichkam.

Sam Braathen hat nicht so viel Glück gehabt wie sie. Zuerst dachte man, er sei ertrunken, bis die Obduktion ergab, dass mehrere Granatsplitter von hinten in beide Lungenflügel und andere Organe gedrungen waren. Eine Ladung, die sonst sie abbekommen hätte. Braathens Körper, ihr Schutzschild, war schon dem Tod geweiht, bevor er ins Wasser tauchte. Sie traf keine Schuld.

Sie fühlt sich nicht als Heldin. Auch wenn ihr das viele einreden wollen. Die meiste Zeit über befand sie sich im Blindflug, getrieben von dem Wunsch, Marius zu finden. Und damit hätte sie beinahe Jan-Petter Berges Undercover-Einsatz vermasselt, von dem sie keine Ahnung hatte.

Wer nach Gewissheit strebt, muss damit rechnen, dass sie schmerzhafter ist als die Ungewissheit, die immer auch Hoffnung in sich trägt. Diese Hoffnung ist gestorben. Marius ist tot. Weil er seine Schulden nicht zahlen konnte, musste er kämpfen. Und weil er Storm Nesslund nicht umbringen wollte, nachdem er ihn im Kampf besiegt hatte, ist er gesprungen. Das haben mittlerweile etliche Mitglieder der 77 bestätigt.

Die 77. Wie sie inzwischen auch weiß, war Marius dumm genug, sich nicht nur Geld von ihnen zu leihen, sondern dieses Geld auch noch im Handumdrehen zu verspielen. Er hat die Tankstelle in Bergen überfallen. Neue Beweise ließen keinen Zweifel mehr. Marius hat Kristin um Geld angebettelt und war enttäuscht, dass sie nur so wenig hatte. Er war am Ende, und sie hat es nicht bemerkt. Er war immer schon der bessere Schauspieler gewesen.

Im Nachhinein ist man immer klüger, denkt sie in letzter Zeit oft. Sie hätte einzelne Hinweise erkennen und ernst nehmen müssen, wie etwa seine Wohnung, in der Spuren eines normalen, verantwortungsvollen Lebens fehlten. Auch, dass er ihr seit seinem Auszug von zu Hause so selten von sich und seinem Leben erzählte, hätte sie stutzig machen sollen – seine letzten

Jahre würden ihr, abgesehen von den wenigen Wochen gemeinsamen Dienstes auf der Insel, ein Rätsel bleiben. Sie wird nicht weiter in seiner Vergangenheit herumstochern. Am Ende sind es die Taten, an denen man gemessen wird – und Marius' letzte Tat bestand darin, sich für einen anderen zu opfern.

49

Zugleich im Verhandlungssaal

Jan-Petter Berge beantwortet die letzten Fragen der Staatsanwältin. Ihm ist, als stehe er neben sich und spräche für jemand anderen.

Das Geschehene ist so weit entfernt wie der Mond von der Erde. Der Undercover-Einsatz auf der Bohrinsel, für den sich der junge Polizist freiwillig gemeldet hatte, ist mit einer gehörigen Portion Glück zu Ende gegangen. Dass Jan-Petter überhaupt rechtzeitig aus der Bewusstlosigkeit erwacht ist, war eine Fügung des Schicksals. Mit letzter Kraft hat er sich hinausgeschleppt und versucht, die Sprengsätze, deren Positionen er im Kopf hatte, zu entschärfen. Dann musste er vor zwei Mitgliedern der 77 fliehen und geriet direkt in die Höhle des Löwen hinein, wo er sich bis zum entscheidenden Moment versteckt halten konnte.

»Dann haben Sie die Handgranaten geworfen?«

»J…ja«, antwortet er zögerlich.

»Wieso?«

»Weil es keine andere Möglichkeit gab. Die Marine war noch zu weit weg. Sie wollten die Container mit den Gefangenen versenken, nachdem sie die Schiffe entdeckt hatten.«

»Fünf Männer sind durch Ihre Aktion sofort gestorben.«

»Fünf von den 77«, stellt er klar. Er ist nicht stolz darauf. Doch fünf tote Gangster müssen auch der Vertreterin der Anklage gegenüber hundertsechzig toten Unschuldigen als das kleinere Übel erscheinen. Oder etwa nicht?

»Sie haben damit auch das Leben der Gefangenen gefährdet.«

Ich habe ihr Leben nicht gefährdet, sondern GERETTET, liegt ihm auf der Zunge. Doch obwohl es zutrifft, schluckt er den Satz hinunter, da er zu heldenhaft klingt. »Die Metallwände der Container boten ihnen Schutz«, erklärt er stattdessen.

»Laut technischem Gutachten hätten Splitter die Wand durchschlagen können«, gibt die Staatsanwältin zu bedenken.

Er fühlt sich, als säße nicht diese Mafia-Organisation, sondern er selbst auf der Anklagebank. *Technisches Gutachten.* Wie stellt sich die Frau das vor – soll er das nächste Mal ein technisches Gutachten einholen, bevor er in höchster Not handelt? Er holt Luft und sagt bestimmt: »Aber das ist ja nicht passiert! Die 77 war eine Bombe, doch sie haben sie nicht mehr zünden können. Der Einsatz war mit erheblichen Risiken für uns alle verbunden. Ich musste improvisieren.«

»Wohl wahr«, kommentiert sie und schiebt ihre knallrote Brille zurück auf die Nasenwurzel, um ihre Unterlagen lesen zu können. »Die Ärztin Kristin Jørgensen befand sich ebenfalls im Raum, als Sie die Handgranaten zur Detonation gebracht haben.«

»Sie war zu dem Zeitpunkt voll von Sam Braathens Körper abgedeckt«, erklärt er, fühlt sich jetzt nicht nur angeklagt, sondern auch schuldig, nicht nur für diese Sache, sondern generell und überhaupt. Diese Staatsanwältin ist ein Albtraum. Muss er doch noch den unbescheidenen Helden herauskehren, um sich aus der Affäre zu ziehen?

»Sie haben auch zu Protokoll gegeben, dass Sie vierundzwanzig Stunden zuvor bereits einen anderen Mann getötet hatten.«

»Aus Notwehr!«, platzt ihm der Kragen. »Entweder er oder ich! Haben Sie meine Krankenakte nicht gesehen?«, empört er sich. An den körperlichen Folgen dieses Kampfes leidet er bis heute.

Der Stotterer hat ihn im Rettungsboot erwischt, als Jan-Petter sich mit Kristin treffen und sie einweihen und warnen wollte. Später ist er zurückgekommen, um es zu Ende zu bringen. Es war ein Wunder, dass Jan-Petter ihn mit letzter Kraft ins Meer werfen konnte – alles andere hätte seinen sicheren Tod bedeutet.

Die rhetorische Pause der Staatsanwältin dauert eine Ewigkeit. »Ich weise Sie darauf hin, dass Sie ein ernsthaftes Problem mit Dienstvorschriften haben, Herr Berge. Ich werde dem nachgehen. Keine weiteren Fragen«, sagt sie schließlich.

Jan-Petter würde zu gern eine kleine Gemeinheit erwidern, aber der Fluchtinstinkt lässt ihn den Gerichtssaal so schnell verlassen, wie ihn seine Beine tragen können.

»Ich rufe Doktor Kristin Jørgensen in den Zeugenstand«, hört er noch.

Kristin und Jan-Petter geben sich die Klinke in die Hand. Im Vorbeigehen streifen sich ihre Hände. Scheinbar unabsichtlich.

Das Lächeln tritt ganz von selbst in sein Gesicht.

50

Eine Stunde später, in einem Gang des Gerichtsgebäudes

»Halt!«

Kristin reißt den Kopf herum. Menschen rufen durcheinander. Jemand streckt seine Hände in die Höhe, gibt zu verstehen, dass er nichts Böses im Sinn hat. Trotzdem fassen ihn zwei Beamte an den Armen und drücken ihn auf die Knie.

Da erkennt sie ihn.

»Nicht!«, ruft sie und läuft hin, um ihn aus der Gewalt der Polizisten zu befreien, die Jan-Petter und sie schützen sollen, solange sie in Oslo sind.

»Ich will doch nur mein Mädchen sehen!«, wimmert Haakon Jørgensen.

Kristin hilft ihrem Vater hoch und umarmt ihn. »Papa!«

»Oh, Kristin, Liebes!«, sagt er, als sie sich loslassen. Er lächelt und weint gleichzeitig. In diesem einen Moment, festgemacht an seiner traurigen Gestalt, flackert der Schmerz wieder auf, der sich in Kristins Familie zu einem riesigen Berg aufgetürmt hat.

Aber Kristin ist nicht willens, sich diesem Schmerz zu beugen. So fest sie sich an die Leiter unterhalb der Bohrinsel geklammert hat, so sehr glaubt sie an die Zukunft der Jørgensens. Die Hoffnung stirbt zuletzt. Und es gibt Hoffnung. Neue Hoffnung. Viel mehr Hoffnung, als sie sich erhoffen hätte können.

Jan-Petter Berge tritt an ihre Seite. Sie spürt seine flache Hand an ihrem Rücken.

Kristin wischt ihrem Vater eine Träne aus dem Gesicht. »Was machst du denn hier? Es war doch vereinbart, dass ich alleine … wie bist du denn überhaupt hergekommen?«

Er lächelt stolz. »Was glaubst du denn? Dass ich mich in meinen alten Volvo setze und fahre? Wer weiß, wo ich dann wieder lande, hm? Nein, dort drüben ist meine charmante Chauffeurin.« Ihr Vater deutet zu Irma, die im Abseits steht und ihnen dezent zuwinkt.

Kristin nickt, schaut ihren Vater an und kann nicht anders, als seinem spitzbübischen Gesichtsausdruck mit einem Lächeln zu begegnen.

Schließlich blickt sie zu Jan-Petter und sagt: »Das war's dann wohl. Kommt, fahren wir.«

Danksagung

Ich bedanke mich herzlich bei den Menschen, die mir mit ihren Anregungen rund um dieses Buch eine große Hilfe waren:

Christine Adamski
Doris Dreesen
Franz Edlmayr
Gertie Gold
Anne Hentrich
Manuela Lustig
Kanut Kirches
Cordula Maiwald
Markus Robinigg
Bernhard *Barney* Salchner
Lisa Sornig
Wedma

34293929R00162

Printed in Poland
by Amazon Fulfillment
Poland Sp. z o.o., Wrocław